台湾原住民文学選 2

故郷に生きる

リカラッ・アウー／シャマン・ラポガン集

魚住悦子＝編訳・解説
編集＝下村作次郎／孫大川
土田滋／ワリス・ノカン

草風館

●故郷に生きる■目次●

◎リカラッ・アウー集◎

誰がこの衣装を着るのだろうか　7
歌が好きなアミの少女　10
軍人村の母　14
白い微笑　20
離婚したい耳　23
祖霊に忘れられた子ども　27
情深く義に厚い、あるパイワン姉妹　34
色あせた刺青　40
傷口　46

姑と野菜畑　54
故郷を出た少年　59
父と七夕　63
あの時代　66
赤い唇のヴヴ　74
ムリダン　97
永遠の恋人　100
医者をもとめて　109
山の子と魚　117
オンドリ実験　122
誕生　130
忘れられた怒り　135
大安渓岸の夜　140

ウェイハイ、病院に行く　143
さよなら、巫婆　148

◎シャマン・ラポガン集◎

黒い胸びれ　157
第一章　157
第二章　166
第三章　194
第四章　265

【解説】部落に生きる原住民作家たち　魚住悦子　322

リカラッ・アウー集

誰がこの衣装を着るのだろうか

老女たちは、喜びいさんで一か所に集まり、これからはじめる演技のために、アミ族（原住民族十一族のうち最大で人口約十七万人）の華やかで美しい衣装に着替えようとしていた。着替えのための部屋から、あたりをはばからない老女たちの笑い声がいくども聞こえてきた。わたしは、好奇心から部屋をちょっとのぞいてみた。老女たちは、おたがいをつかまえては、その身体や皮膚を笑いあっていた。若いころの激しい労働や出産、育児、そして年齢など、人生で避けて通れなかった多くのできごとのせいで、美しかった顔いっぱいに、歳月の通りすぎたあとが無残にも刻みこまれている。やわらかかった皮膚も、樹の年輪が一本ずつふえていくように、角質が何度となく入れかわって、厚くなってしまった。彼女たちは感傷的になっているのだろうか、それとも心配しているのだろうか。わたしは彼女たちにたずねてみたが、「ハハハ！」と大笑いが返ってくるだけで、答はなかった。老女たちの眼は、すでに薄い霧がかかったようにぼんやりしてきていたが、演技の準備を続けていた。

「これはイナ（母親、アミ語）が教えてくれた模様なんだよ。幸いにも思い出せたけど、そうでなかったら、イナはもう死んでしまったんだし、誰におそわったらいいのかわからないところだったよ。きれいだろ、これからは、わたしが娘に教えなきゃね」

ひとりのヴァイ（祖母、アミ語）が、時間をかけ、てまをかけ、心をこめて作りあげた服を興奮して持ちまわり、部屋のあちこちで見せびらかしていた。

「……わたしのこの服もね、何人もの年よりに聞きに行って、やっと聞きだしたものなんだよ。でももうこの年じゃ、派手すぎるかね、どう思う？」

「そんなことはないよ。人間、年をとったら、もっと派手なのを着なくちゃね！」

また、わっと笑い声があがり、あちこちで美しさをきそいあうことばが聞こえた。からかったりほめたり、まるで衣装コンテストのようだ。ほんとうに愉快なおばあちゃんたちだ！　ふとふりかえると、かたすみに座って黙りこんでいるヴァイが目にはいった。

「どうしたのかしら？　ここへ来るのに、疲れすぎたのかしら？　それとも東海岸（アミ族は多く台湾東部の海岸に居住する）の部落のことを思っているのかしら？」

心に疑問符が浮かんだ。時間を見つけてちょっと話してみよう、わたしはそう思った。

リハーサルのあいまの休み時間に、ゆっくりとヴァイに近づいて、心配事をたずねてみた。ヴァイの眼は、口を開くまえから、うさぎのように赤くなった。

「わたしが作った衣装を着てくれる人がいないことが心配なんだよ」

とうとう彼女は心の奥にあった、いちばんの気がかりを口にした。

「娘には、役に立つ人間になってほしいと思ってね、小さいころから山の下の遠い町へやって教育を受けさせたんだよ、今、平地（概念として、原住民族の居住地を指す山地に対して、漢族の居住地を指す）で流行ってる子ども留学みたいにね。山にいるわたしらは心配で、食べ物も喉を通らなかったし、眠ることもできなかった。帰ってくるたびに、娘はいつも、外の世界がどんなにいいか、どんなにきれいかと、そんなことばかり言っていた。わたしは、こう思ったんだよ、この子は、わたしらのようにいつまでもこの山の上に住んで、外の世界のことを知らないってわけにはいかないんだからって。でも、この同級生たちといっしょになってから、アミ族の歌を練習したり、アミ族の踊りを踊ったりしたんだけど、一回歌うたびに、わたしの心はだんだんつらくなってきたんだよ。一回踊るたびに、祖先にぶたれているように感じるんだよ。娘がわたしらから、祖先から伝わる歌や踊りを習わないことがわかっているからね。むかし、わたしのイナがいつもわたしに教えてくれた服の作り方や模様もそうさ。今、わたしがどんなにがんばって作っても、もう役には立たない。だって、娘は、小鳥のように、遠い遠いところへ、あの山の下の町へ飛んでいってしまって、いつになったら帰ってくるのかわからないんだから。わたしが織ったきれいな服を、誰が着てくれるんだろう?」

わたしはよくこういう場面にでくわすのだが、ヴァイは原住民独特の大きな眼をひらき、胸いっぱいの期待をこめて「どうしたらいいんだね?」とわたしにたずねた。わたしは顔をそむけた。涙がとめどなく流れ、ひとことも言えなかった。これらのすべては、彼女には責任がないこと、しかしどういうわけか、彼女やその連れあいの身におこってしまった、ということを、原住民の老女にどう説明していいのか、わからなかったからだ。

これはすべて、強い文化が入ってきたせいなんです、資本主義の必然的な結果としておこったことなんです、政策がまちがっているからなんです、いや、民族の宿命なんです、だから、よりよい教育を受けさせるために、原住民の老人たちは子どもたちをつぎつぎに平地社会に送らなければならなかったし、そのために子どもたちは自分たちのことばや祖先の文化を忘れてしまったんです。もし、わたしが、そう言っても、彼女には理解できるだろうか。

わたしは、また、原住民の老人にどう言えばいいのだろう。教育を受けられたのは幸運だったんです、もっとたくさんの、わたしたちと同じ原住民の血が流れる人たちが、生きていくために、よく知っている部落を離れ、山も川もない街に出て、危険できつい仕事をしなければならないんです、家庭や妻子の生活の責任は重くて、どんな事故もおこすわけにはいかないんです。それにくらべると、このヴァイは運がよかったのかもしれない、こう彼女をなぐさめ、自分自身をなぐさめるしかなかった。

わたしはこの愛すべき愉快なヴァイたちが練習する歌声をあとにしながら、部落を離れて飛び立った娘のことを思った。

「どれくらい多くの原住民の小鳥たちが、この灰色の街をさまよっていることだろう。どれくらい多くの原住民たちが、泥のないコンクリートの上で、苦しい労働に汗を流していることだろう」

そう思ううちに、この街の空はますます重く陰鬱になってきたようだった。

歌が好きなアミの少女

歌うのが好きなアミの少女

わたしの故郷は大海原のそば、
波は時間どおりに、毎日戸をたたく、
かもめはわたしの歌をまねる、
わたしは楽しいアミ族だ！

最近のことだ、家の近くの通りの空いっぱいに、広告のビラが舞っていた。ビラは街にあふれているありふれた広告で、開店を祝ったり優待期間を知らせたりして人を消費にさそいこもうとしていた。道ばたのごみ箱に捨ててしまおうとしたが、細い一行が目にとまった。

「当美容院は、障害がある、向上心が高い学生を特に雇用しています。心あたたかいお嬢様方奥様方のご来店をお待ちしております」

ビラの一番下に印刷されたこの一行が、わたしの好奇心をそそった。遠くもないことだし、この愛にあふれる美容院に行ってみよう。

店に入ると、風鈴の音がリンランリンランと、広々とした空間に鳴り響いた。昼下がりでねっとりと暑く、美を愛する多くの奥様方やお嬢様方もまだ店には来ていなかった。あちこちに置かれた緑の鉢植えが、暑さをいくらかやわらげていた。窓ぎわに置かれた椅子に腰をおろすと、二十歳にもならないらしい少女がタオルを持ってすぐにやって来て、なれたしぐさで肩のマッサージをはじめ、頭を近づけて聞いた。

「いかがですか？」

ごくあたりまえのことばだったが、わたしはかすかに身ぶるいした。この少女は、小さいころから両耳が聞こえなかったのだ。勉学を順調に進めることができないと知ってからは、職業訓練センターに通って技術を身につけのだが、成績はよかったものの、耳が聞こえないせいで、雇い主に大事にされなかった。あちこち職場をかわったあげく、やっと才能を愛する新しい主人にめぐり会って、落ち着いたのだった。ほかの少女たちも似たような身のうえだった。

わたしの髪を洗ってくれた少女は、わたしが店の主人とおしゃべりをしているあいだじゅうずっと、自分の歌の世界にひたっていた。彼女は外の世界とは大したつながりはないようだった。耳が聞こえないために、彼女の発音は、ふつうの人とは少しちがっていた。しばらくのあいだ、わたしは、彼女がいったい何を歌っているのか、正確に聞き取れなかった。長いことテレビを見ていないから彼女がいったい何の歌を歌っているのかわからない、と冗談めかして主人に言うと、主人はこう言った。

「聞き取れなくてあたりまえですよ、あの子が歌っているのは山の歌なんですから！」

思いがけない答を聞いて、わたしはあっけにとられた。それで直感的にたずねた。

「あの子は原住民なの？」

主人はげらげら笑いながら言った

「そうよ！　花蓮《ホワリエン》（台湾東部の海岸の都市）から来たんですって。アミ族だとかいうことらしいわ」

心を落ち着けて、彼女がいったい何を歌っているか、よく聞こうとした。五分ほどたって、彼女がこう歌っているのがぼんやりと聞き取れた。

「わたしの故郷は大海原のそば、波は時間どおりに、毎日戸をたたく、かもめはわたしの歌をまねる、わたしは楽しいアミ族だ！」

少女の顔には幸せそうな微笑があふれていた。聞いているうちに、その歌声にこめられた望郷の思いが、知らぬまに、わたしにも伝染した。

わたしは彼女と意思の疎通をはかろうとした。ジェスチャーと筆談から、彼女が花蓮の豊浜《フォンビン》(花蓮県)から来たこと、子どものころ、家は大海原のそばにあったこと、毎日起きて目を開けると、きらきら光る水平線が目に入ったこと、それだけが、子供時代のほとんど唯一の印象であることを知った。彼女は、生まれてすぐ聴覚を失ったため、ずっと音のない世界に暮らしてきて、五歳になるころ、はじめて、人は話すことができるということを知った。社会は、生理的な欠陥がある人に対して、往々にして残酷で無情なものである。成長する過程で、少女は、多くのショックと挫折を経験したが、それは避けられないことだった。

「幸せなことに、わたしには海のようなおかあさんがいたの。おかあさんの心は、わたしが毎日起きてみる水平線と同じように広かったの。おかあさんはわたしに話し方を教えるために、毎日、たいへんな思いをしながら、口を大きく開いて話をしてくれた、わたしに口の形がはっきり見えるようにね。ある時なんか、力を入れすぎて、あごがはずれてしまったんですよ」

わたしにはっきりわからせるために、少女はこの短い話に、十分近くの時間をかけた。彼女が緊張し、一生懸命になったあまり顔にうっすら汗をかいているのを見て、話を続ける勇気がなくなり、わたしはペンをとって書いた

「わたしは屏東《ピントン》(台湾南部、屏東県)のパイワン族(人口約六万)です」

少女は、驚きに眼をみはっていたが、やっとことばを口にした。

「アミ族のほかでは、パイワン族の歌がいちばんきれいなのよ」

彼女は耳が聞こえないんじゃなかったのかしら? わたしがとまどいの表情を浮かべたのを見て、彼

女はすぐにわたしが疑いを持ったのに気づき、苦労しながらこう説明した。

「おかあさんがそう言ったの。おかあさんはいつも歌って聞かせてくれたわ。聞こえなかったけど、歌っているとき、おかあさんはとても楽しいんだとわかった。ずっと見ていると、わたしも気持ちがよくなったの。だから、よく歌を歌う人は楽しい人にちがいないと思うわ。毎年、わたしの部落の豊年祭で、村じゅうの人がみんな、歌ったり踊ったりするようにね。世界に、豊年祭のときのアミ族より楽しい人がいるかしら?」

アミ族は楽しい民族である。彼らは軽やかな歌声のなかで、すべての悩みを軽くすることができるようだ。耳の聞こえない少女は、この社会のわずらわしい音を聞くことはないが、しかし、大昔からのアミ族の歌声は、母親によってすでに彼女の鼓膜にしっかりとやきついている。雑音がまったくない聴覚の世界では、楽しいアミ族の歌声は、美しく清らかなものにちがいない。

軍人村の母

子どものころ、わたしの家は、空軍基地のそばの軍人村(原文「眷村《けんそん》」、国民党兵士の居住地)にあった。三十軒あまりの住宅が、大きくもない空き地にひしめいていた。六十年代に偉業を成し遂げた「老母鶏《ラオムージー》

（C一一九型空軍輸送機の俗称）」は、毎日村の上空を騒々しく通過すると、ゆっくりと飛行場に着陸した。わたしと妹は、しょっちゅう、村と飛行場をへだてている低い垣根によじのぼって、駐機場にとまっている「老母鶏《ラオムージー》」を遠く指さしながら、あんなにばかでかい鳥が空を飛んで、どうして落っこちないのか、と言いあった。あげくのはてに、「老母鶏」を操縦していたとなりのおじさんに、このばかげた質問をして、こっぴどくののしられた。

軍人村には十年近く住んでいたが、印象に残っているのは、旧暦の正月のときにはいつも、小さな村が何日もにぎやかだったことと、厚く積もった爆竹のくずは雪を踏むみたいで、何時間掃いてもなくならなかったということだけである。そのほかは、ほとんどみんながマージャンをしたということだ。村にはマージャンの「ポン」という声がいつも聞こえていたといってもよいほどだ。これ以外には、思い出は多くない。いわゆる思い出というものには、子供時代には遊びなかまが多くなかったこと、生活の範囲が狭かったことなども含まれている。この問題は、長くわたしの心に残っていた。特に、友人たちが、子ども時代の遊び友だちのことや思い出を話すのを聞いたときには、何度も思い出した。どうして小学校のとき、軍人村からひっこしてから、おさな友だちの誰にも連絡をとらなかったのだろうか、どうしてすべての印象が、糸の切れたタコのようにとぎれてしまい、その跡すらたどれないのだろうか。

ここ数年、フィールドワークを進めるために、部落にもどって母と昔のことを話す機会がよくあった。話は、おのずから、子どものころのことにもおよんだ。母の話から、柵をやぶった野獣のように、思い出がひとつひとつよみがえって、わたしを一口一口食いちぎった。なぜ、遊び友だちがいなかったのか、なぜ、生活の範囲が学校と家だけだったのか、ついにわかったのだ。心にわだかまっていた問題のすべてに、ついに答が出た。母が原住民だからだ、と。そのころ、軍人村の子どもたちは、わたしと妹を頭からばかにしていて、友だちになろうとはしなかった。それで、わたしたちは、学校に行く以外は、家にいるしかなかった。彼らがわたしたちをいじめるとき、いつも「山地人の子ども」と呼ぶからだった。

六十年代は、多くの外省人の老兵（一九四五年以降、国民党とともに大陸から台湾に渡ってきた兵隊）にとって、心がはりさけるような時代だった。「大陸反攻」（八十年代初頭までとなえられていた国民党のスローガン）には望みがないことを知ったが、彼らの妻や子どもは海峡（台湾海峡）の向こう側にいた。いつになったらこの深く危険な「黒水溝」（台湾海峡）を越えて、故郷に帰り、家族の無事を確かめることができるのか、わからなかった。さらには、いつ、異郷で、頼る人もなく、客死するかもしれなかった。そこで、誰もが、女性を見つけて、白く肥って丈夫な男の子を何人かもうけ、後継ぎをつくろうとおもった。こうして、このころ、おおぜいの仲人や仲買人が原住民部落に入りこみ、「結婚売買」の商売をはじめた。母はこうして軍人村に入った。そのころ、軍人村で外省人（一九四五年以降、台湾に渡ってきた大陸出身の中国人）の嫁になった原住民は、母ともうひとりのおばさんだけだった。ふたり以外は、老兵について流れ流れて台湾にやって来た昔からの妻か、頭が切れて性格のきつい閩南《びんなん》籍の女たちだった。母とおばさんはまちがいなく、軍人村では力の弱い少数派だった。母は思い出してこう話してくれた。そのころ、多くの軍人村で、原住民の少女との結婚がはやったために、台湾の地に根をおろして結婚しようと本気で考えた人のほかに、原住民の少女の美しさを見て、妾《しょう》にしようという気になった人たちがいた。このため、老兵たちと生死をともにしてきた、女ざかりをすぎた軍人村の外省籍の女性たちは、原住民の少女を目にすると、まるで猛獣にでも会ったみたいに、食べられてはならないと、大あわてで配偶者をしっかりとつなぎとめたという。（これは母の形容である）

「番婆《ファンポー》」（原住民女性への蔑称）「山地人《シャンディーレン》」は母が早くから慣れっこになってしまった呼び名だった。父とはことばが通じず、習慣もちがっていたが、小さかった子どもたちのために、軍人村での最もつらい最初の何年かを、母は歯を食いしばってのりきった。外省人のきついなまりもだんだん聞きとれるようになり、唐辛子やニンニクがたっぷり入ったおかずも喉をこすようになって、すべてに慣れることができたように見えた。しかし、村の人たちの偏見のまなざしはかわらず、パイワン族の母の肌の色と同じように、どんなに努力しても洗い落とせなかった。邪悪なまなざしは、母に向けられただけでなく、わたしたち子どもの幼いころの記憶にも影をおとしている。

「山地人の子どもは人を食べるんだってよ」というデマが、わたしの暗い幼年時代に何度もくりかえされた。子どもを守ろうとするのは人の本能だろう。母は、自分が他人からどんなに悪く言われてもほうっておいたが、子どもたちが少しでも嫌な思いをさせられるのは許さなかった。わたしと妹がけがをしてうちへ帰るたびに、母は軍人村の子どもたちと遊ばないようにときびしく言いつけた。そして、長女であるわたしに、妹の安全を守る責任をしっかり果たすようにと、幾度もこんこんと言ってきかせた。しかしながら、わたしたちはあいかわらず、しょっちゅうけがをしてうちに帰った。そのたびに、けがの手当をしながら、母が涙を流すのをわたしは目にした。

母のまえに座って、小さいころにおこったことをひとつひとつ聞くうちに、わたしはゆっくりとある場面を思い出した。夢のようでもあり、現実のようでもあったので、思わずこうたずねてしまった。

「おかあさんともうひとりのおばさんが溝のなかにいるのを見つけたことがなかった？」

母は急にぼんやりした。一世紀もの時間が流れたように感じられたが、やがて母はゆっくりと言った。

「そうだよ！　ある時、おまえたちがとなりの子にいじめられてね、わあわあ泣きながら帰ってきて、わたしに言いつけたんだよ。わたしはすぐにとんでいって、その子たちの母親と言いあいになった。すると、なんと、近所のおかみさんたちがみんなとんできて、わたしに打ちかかってきたんだよ。そのときは、おまえのおとうさんがいなかったからね。あの人たちは前からわたしをやっつけたいと思っていたんだよ、わたしが山地人だったからね！」

「山地人」というだけで、母は村の外へひきずりだされ、こっぴどく殴られたのだった。今もおぼえているが、小さかったわたしが、村の中や外をあたふたとさがしまわっても、母は見つからなかった。そして、思いがけず、軍人村の外の大きな水路に、全身泥だらけになった母を見つけたのだった。二十年後、部落の家の庭で、母はたいしたことではないとでもいうように、自分が受けてきた苦しみを語りつづけたが、それを聞いてわたしはむせび泣いていた。

これは実際にあった話だ。わたしの家庭で、わたしが育つ過程で起こったことだ。母の世界は単純で純真なもので、母はわたしに「民族差別」ということばを言ったことはなかった。反対に、自分に原住民の血が流れていることで、自分をひどく卑下していた。そしてそのために子どもたちが不公平にあつかわれることを、たいへん申し訳なく思っていた。

原住民であるわたしは、以前からずっと、台湾には民族差別があるとかたく信じてきた。しかし、この事件ほどわたしを動揺させたものはなかった。わたしは、女性として、つねづね、社会に広く存在する女性差別を深く実感している。しかし、同性のあいだにも差別があることを忘れていた。民族差別と女性差別を追究しようと論争をつづけてきたが、母のような弱者のグループや少数派のなかの弱いグループが、社会の変化や外来文化の衝撃から受ける差別を軽く見ていた。彼女たちは、それまで属していたエスニックグループ（原文「族群」）における地位を失うだけでなく、別のエスニックグループからも民族差別をうけ、同じエスニックグループのなかでは女性差別をうけ、別のエスニックグループの同性からは階級差別も受ける。原住民女性は、民族差別、性差別、階級差別の三重の圧迫を受けているのだ。まさかこれを「文明」だと言うわけにはいかないだろう。

部落は、祖霊を象徴する太陽（パイワン族には太陽を祖霊の象徴とする信仰がある）に照らされて、暖かく心地よかった。母は急に口をひらくとこう言った。

「故郷に帰るのは、ほんとうにいいことだよ」

父がこの世を去ったのち、母は部落にもどって、祖母といっしょに住むようになった。町を離れた母は、心も軽やかな、のびのびした表情になった。よその人から冷たい眼で見られることを恐れなくてもいいのだ。母と部落は、祖霊に守られて、美しくおだやかに見えた。

とはいっても、この部落は百歩蛇の子孫（パイワン族には百歩蛇の卵から生まれたという信仰がある）をいつまで守ることができるだろうか。ブルドーザーのうなり声が聞こえてくる。資本家が部落から二キロほど離れたところに、新しい観光資源を開発しようと工事を始めたのだ。山で働いているはずの部落の少年たちは、収入がいくらかよいのにひかれて、祖先が残した粟の畑をほうりだし、つぎつぎに開発の仕事にたずさわっている。彼らは、そこがまさに部落の水源地であるということも知らないのだ！

部落の外には、文明の獣の群れがつぎつぎに襲いかかろうと待ちかまえていることを思うと、この美しくおだやかな部落をいつまで維持できるだろうかと、恐れを抱かざるをえない。

白い微笑

彼女はタイヤル族（人口約七万）の女性である。五十年代のはじめ、夫が「匪諜」（中国共産党のスパイ）という罪名で逮捕されて入獄したとき、「ばたん」という音とともに、彼女と夫は七年もの長い年月、厚い鉄の扉で隔てられたのだった。彼女は四人の幼い子どもをかかえて、風に舞う枯葉のように、夫が育った部落に戻った。

四人の子どもと年老いた夫の両親を養うために、裕福な家庭で育った彼女は、はじめて家計をあずかる苦労を経験した。夫が入獄する前には、地方の有力者である家族とよく行き来していたが、状況が変わり、「スパイの家族」という汚名を着てからは、街角でつばを吐きかけられる野良犬のように、誰も彼女に近づこうとはしなかった。重い家計を支えて苦労をかさねた結果、タイヤル女性特有のととのった顔だちに、少しずつやつれがめだつようになった。

彼女にはじめて会ったのは、年が明けたばかりのころだった。小さな街には、まだパンパンと活気のある爆竹の音が響いていた。監獄を出てから二十回目の正月だったが、インタビューを受けている夫は、冤罪で拘禁されたいきさつを大声で話し、二十年前の憤りがはっきりと伝わってきた。彼女のほうは、そばに静かに座って、ずっとほほえんでおり、まるで何事もなかったかのようだった。テープレコーダーを彼女の前に移すと、彼女はちょっと驚いた様子で、それまで浮かんでいた微笑が、急に消えてしまった。

「わたし――も何か言わないといけないんですか」

おずおずと言ったが、その口ぶりからは、この訪問をあまり喜んではいないという主張がかすかに感じられた。夫とインタビューの質問者が、半時間ばかりあれこれ言ってみたが、彼女はやはり、変わらない笑顔を浮かべながら、首を振って断った。

インタビューのあと、熱血漢の夫君は、遠くから来た客人と楽しく酒を飲みたいと言いはった。彼女は相変わらず黙ったまま、夫にぴったりついて、人でごったがえすレストランに入った。乾杯が三巡すると、みんなの顔はほんのりと赤くなってきた。ただ、杯を毎回飲みほしている彼女だけは、底なしの酒瓶のように、顔色ひとつ変えなかったので、酒量が相当なものだということがわかった。そばにいた夫君は、妻の酒量は驚くほどだと何度も吹聴し、自分が彼女をきたえた結果だと言った。

このとき、そばに座っていた彼女がぽつりと言った。

「苦いわ！」

わたしは、氷がなくなったアルコールのことを指しているのだと思った。しかし、彼女のコップに涙が一滴一滴と落ちるのを見て、彼女が言っているのは、あの思い出したくないつらい日々のことだったのだとやっとわかった。

「あのころを過ごした人でなければ、あのころがどんなに苦しかったか、わかりません。あなたには想像もつかないでしょう。スパイという罪名でつかまった夫を持ったことで、人から冷たい眼でみられ、侮蔑されるあの気持ちが、どんなにつらいものか。そのうえ、面会に行くたびに、心配させてはいけないと、わたしは無理に笑顔をつくって、何も問題はないとこの人をごまかさなければならなかったんです。でも、この人にはまったくわかっていないんです。刑務所を出たあと、わたしが直面するのは、子どもや年寄りたちの生活、警察局の追及、そして部落の人たちの軽蔑のまなざしなんですよ。刑務所にいる人が失ったものは自由だけれど、わたしたち、外にいるものが失ったのは――生きていくための勇気だったんです！」

きちんとしまらない蛇口のように、彼女の眼から絶えることなく涙があふれた。彼女は泣き声を押し殺し、レストランの紙ナプキンで、この長いあいだ心に隠してきた傷口を、人に知られないようにくりかえしぬぐった。わたしには、彼女の手を握り締めて、こう言うことしかできなかった。

「もう済んでしまったのよ、もう済んでしまったのよ」

顔を上げると、彼女の口元にふたたびかすかな笑みが、花のようにうかんでいるのが眼に入った。

「そうね！　もう済んでしまったわ」

どういうわけか、この微笑を眼にして、思いがけなくも、悲しみがゆっくりとわたしの心に広がるのを感じた。ふたりと別れてからも、この記憶は、いつまでも心から消えなかった。

離婚したい耳

長雨がつづく二月の上旬、干そうと思っても場所がないので洗濯できない服をどうしようかと頭を痛めているところに、はるか遠くの実家から電話がかかってきた。受話器を取ると、母が、機関銃のような速さで襲いかかるようにまくしたてることばがぽんぽんと耳にとびこんできた。わたしは受話器を耳から離すしかなかったが、三十センチほど離しても、母の言うことははっきりと聞きとれた。七十一歳になる祖母が、小祖父《しょうそふ》（原文「小外公」）とけんかをし、離婚すると言っているというのだ。母が緊張のあまり、ひどくあわてているのも無理からぬことだった。

祖母と小祖父は二年前の秋に恋愛した。ふたりの恋愛がまだおおっぴらなものではなかったころ、祖母は夕食時《どき》になると、気づかれないのをいいことに、テーブルの料理を少しずつ茶わんにとり、その後、神様も仏様も見ていないとでもいうように、（当然、祖母はそう思っていたのだが、わたしたちはそばですっかり見ており、それを口にするにしのびなかったのだ）、スカートの上に広げておいたふきんのなかに料理をすばやく入れた。料理がどれも半分ほどに減ってしまってから、祖母は、何か気になることがあるとでもいうように口をぬぐうと、大家長の威厳をしめして、こう言うのだった。

「わたしは十分いただきましたよ、おまえたちは、ゆっくりお食べ」

あとに残されたわたしたちは狐につままれたような顔でテーブルに残された料理を見つめたが、箸のつけようがなかった。その結果、夜食を食べる習慣がなかった家族のものも、深夜、十一時、十二時ごろになるといつも、申しあわせたように出てきて食べるものをあさるようになった。この奇怪な「晩餐症候群」は三か月ばかり続いたが、とうとう、家計を預かるおばさんが、家族の食費がいつもより三分の一も増えたと言い出した。それで、長女である母をよんで家族会議を開き、祖母にもその席に出て原因を説明してもらうことになった。子どもや孫たちの問い詰めるようなまなざしの前で、祖母は、顔を赤くすることも息を切らすこともなく、こう言った。

「わたしゃ、誰々さんと恋仲になってね、毎晩、ふたりでご飯を持って山に出かけて、おしゃべりをしたり、星を眺めたりしているんだよ」

話しおえると、祖母は突然立ちあがって、水桶のような腰に両手をあて、銅の鈴のように大きな目を見はって言った。

「いけないかい?」

そのあと、ビンロウ(ビンロウの実に石灰をはさみ、キンマの葉で包んだ嗜好品、覚醒作用がある)をふたつ、口に入れると、誰も口を開かないうちに、ぷりぷりしながら出て行った。

結局、家族のものは祖母の固い決意をくつがえさせることができず、ふたりの老人のために簡単な婚礼をあげることにした。母は、豚を何頭か屠って両家の親族に配りたいと思っていた。そうすれば両家は婚姻関係にあることを部落の人たちに公表したのと同じことになるからだ。しかし、思いもしなかったことに、独創性にあふれる祖母は、母のやりかたを拒否し、料理を用意してほしいとだけ言った。そうして、小祖父と手に手をとって、山に登り、たくさんの昔なじみたちとそれを分かちあった。この友人たちというのは、祖母と一緒に大きくなったが、すでにこの世を去った幼なじみたちだった。

小祖父はおとなしく穏やかな老人だった。小祖父というのは、彼が祖母にとって三番目の夫であり、排行(同世代のなかで生まれた順序)からいっても年齢からいっても、祖母より若いので、「小祖父」と呼んでいるのだった。

祖母の年と小祖父の年をたすと、ゆうに一世紀を越えた。そのうえ、ふたりの恋愛の熱烈さもロマンチックさも、現代社会ではやっているロマンス小説に決してひけをとるものではなかった。それで、母からの電話をちょっと聞いただけで、わたしはとびあがるほど驚いてしまったのだ。

わたしは母の話を聞いてはじめて、いつもは静かな小祖父におかしな癖があることを知った。小祖父は、酒を飲むといつも人を引きとめてぐだぐだとしゃべり続けるというのだ。酔いがさめてくると、だんだん、もとの無口な性格に戻るという。しかし、そのころには、引きとめられて話を聞かされたほうはくたくたになって倒れそうだということだった。

わたしは、これは、小祖父が長いあいだ自分をおさえつけてきたことと関係があるのではないかと思った。祖母はこの癖を知らなかったわけではないが、たった二年では、慣れるよりも、うんざりしてしまったのだろう。しかも、祖母は自意識がきわめて強い女性で、圧迫されていると感じると、風船が破裂するように、かんしゃくをおこし、人を完膚なきまでにやっつけてしまう。今回は、小祖父がやっかいなことになってしまったのだ。

母に求められて、わたしは大急ぎで部落に戻った。母の話では、祖母と小祖父はもうどうにもならないほどこじれてしまっているということだったからだ。

夕刻、わたしは半年あまり帰っていなかった部落にやっと帰りついた。門を入るまえから、祖母が速射砲のようにまくしたてる声が耳に入った。その速さは、弱い鼓膜なら破れてしまうほどだった。前庭に入ると、小祖父が顔いっぱいに無念そうな表情をうかべて家のそばに座っているのが目に入った。小祖父は祖母の動きを不安そうに目で追いながら、祖母がこの二年間の罪をでっちあげるのを静かに聞いていた。その表情は、タイヤルの部落でわたしがうんざりするほど見てきた、夫からの暴力におびえるタイヤル女性たちにたいへんよく似ていた……。

わたしは祖母の高ぶった気持ちをなだめようとしたが、思いもかけないことに、祖母は急に自分の耳を引っぱりながら、ひとしきりパイワン語で話しはじめた。小さいときからよその地で育ったわたしにとって、母のことばがわからないことは、いつも心の底にある、ひそかな、最大の痛みだった。祖母が突如として母語で話しはじめたので、わたしはなすすべもなく、そばに座っている母に救いを求めるしかなかった。ところがなんと、母は笑い転げていた。母が何とか笑いをおさめてから、やっと訳してもらって、今度はわたしが笑い転げた。祖母はさっき、こう言ったのだった。

「わたしが離婚したいんじゃないよ、わたしの耳が離婚したがってるんだよ。わたしの耳はこう言うんだよ、もうこの人（小祖父）がくどくど言うのにはがまんできないって」

三日間にわたって家族が総出で説得したが、祖母はどうしても考えを変えようとせず、「耳が離婚したがっている」と言いはりつづけた。とうとう、かわいそうな小祖父は自分の荷物を背負って、ひとあしごとに振りかえりながら、祖母のものである「リカラッ」の家を出て行った。

最近、部落に住む妹が、時間ができて中部(台湾中部。当時、作者は台中県に住んでいた)に遊びに来た。よもやま話をするうちに、離婚劇のあとの、この二か月の小祖父の様子を知ることができた。

小祖父は毎日、前と同じように、時間どおりに、祖母の家へ祖母に会いに来ていた。そして、日用品で何か足らないものがないかとたえず気を配り、できることであれば、そっと用意して、「うっかり」家のなかの人目につくところに置いておくのだった。家族の誰かがそれを手にして使っているのを見かけると、その顔にめったに見られない笑みがうかび、いつまでも消えなかった……。ただ、祖母は小祖父を見かけると、あいかわらず鬼の首でも取ったような様子で、文句をあれこれ言わずにはいなかった。

これを聞いて、現代女性であるわたしは、このような男性はもう少なくなってしまった、とため息をつかずにはいられなかった。

祖霊に忘れられた子ども

数日前、母が下の妹をつれて、屏東《ピントン》(台湾南部)の山の部落からはるばるやって来たとき、わたしは母の身体からマンゴーの花の香りをはっきりと感じとった。うっとりっした気持になり、子どものころの思い出にある蒸し暑い夏にもどったかのようだった。母がマンゴーの木のしたに座って、わたしをやさしくあやして寝かしつけている情景がうかんだ。

父が亡くなってのち、母は父への思いを抱いて、二十年も離れていた部落(パイワンの部落)に帰り、死別による心の傷を癒した。気候の温和な中部(作者の家族は南部から台中県に引っ越した)に長く住んでいたので、母の健やかで美しい濃い褐色の肌は、だんだん不健康な青白さに変わっていて、生白い皮膚の下を血液が流れるのが見え隠れし、血管のうしろには目に見えない病苦が潜んでいた。土を離れた花が、最後には養分を失ってしぼんで枯れてしまうように、母が「平地人(概念として漢人を指す)」の肌の色になって、部落にもどってきたとき、部落の人たちは誰もが、これは祖霊の庇護のもとを離れた子どもが受けた罰の結果だと信じた。というのは、祖先に罰を受けた子どもは、母が最初というわけではなかったからである。

とにかく二十年も離れていたので、母が生まれ育ったところではあったが、部落にふたたび帰ることは、社会の規範のうえでは、新しく生活をはじめるのと同じことだった。漢人社会の、男女によって差をつける待遇が、文化の流れとともに、部落の人たちの頭を少しずつ侵しつつあり、部落の偏見の目が、鋭い刃物のように、たえず母の心臓を切り裂いた。母の部落での生活には、「夫に死なれた女」「不吉な家族」などのことばが、空気のように満ちていた。

部落に落ち着くために母があれこれと苦闘し、うわさに苦悩するのを見て、遠く中部に嫁いだわたしは、母を部落に迎えに行って、うわさによる中傷から逃れさせてやりたいと、何度も衝動的に思った。しかし、母はただ頭をふって、こう言うのだった。

「だいじょうぶだよ。慣れたらなんでもないよ。お嫁に行くのが早すぎたせいで、ご先祖様はわたしを忘れてしまったんだよ。家を長く離れていたわたしのことを、いつか思い出してくださるさ。おまえは、しょっちゅう帰って来なさいよ、ご先祖様に忘れられないようにね！」

母は貧しい五十年代に、部落から五、六十キロも遠く離れた老兵の軍人村へ嫁いだ。夢にあふれる十七歳の美しい年ごろだった。純真な祖母は、動乱の時代に下の五人の子どもを育てるため、「結婚仲介人」に騙されて、自分の世界にはないところから来た人に母を嫁がせたのだった。

同じ年に、母と小学校の同級生の半分近くが、糸の切れたタコのように、祖霊の眼の届かないところへ行ってしまった。母は運命とあきらめて、生まれ育った部落から引き離されてからは、どうしたらよい奥さんになれるかを懸命に勉強した。

「部落を離れる前の夜におまえのおばあちゃんがわたしに言いつけた、たった一つのことはね、何度も何度も言われたんだよ、家の顔をつぶしちゃいけないって。ちゃんとしているかどうか、ご先祖様の霊が空から見ているんだからね、よくないことがあったら、ご先祖様が夢でおばあちゃんに言いつけるから、絶対に悪いことはしちゃいけないってね」

結婚して一年後、母は満一か月にならないわたしを抱き、心をたかぶらせて、毎日思いつづけていた部落に帰った。中秋の満月の前の夜だった。一年に一度の部落の大きな行事、豊年祭にかけつけたのだった。歓びの歌や踊りのなかで、母は楽しかった。結婚する前に祖母が縫ってくれた服は、衣装櫃《いしょうびつ》に静かにおさまっていて、母が思い出してくれるのを待っているようだった。こまかく刺繍された何匹もの生き生きした百歩蛇は、おとなしく眠っていた。母は伝統の服を楽しく身につけ、うきうきと踊りの輪にとびこんだ。そのとき、部落の長老が怒って叱りつける声がして、母は驚きとともにはっとわれに帰った——あの子はもう結婚している。そのとき母は十八歳だった。

パイワンの伝統では、祭りでの歌や踊りは、貴族、平民、既婚者、未婚者など、身分や立場によって分けられている。子どもを生むと、年長者からこのきまりをじゅんじゅんと言い聞かされ、厳しく守ってきたのである。母はきまりを忘れていたわけではなかった。あまりに早く嫁に行ったことがまちがいのもとだった。十八歳の娘は、部落では毎日、追われる蝶のように青年たちのあいだを飛びまわってい た。楽しさであたまがぼうっとしていた母は、思いがけなくも部落のきまりを破ってしまったのだ。母はしおしおと既婚者の踊りの輪に入っていった。するとなんと、仲のよかった同級生たちの顔がいくつも、このたそがれつつあるグループのあちこちからあらわれたのだった。

「そのときはじめて、自分が部落から遠く遠く離れてしまったんだなあと感じたんだよ」

その夜、母と同級生たちは夜が明けるまで酒を飲んだ。おしゃべりのなかで、多くの同級生が自分と同じように、遠くはるかなところ、親しい人もおらず、豊年祭も歌声もなく、タブーもないところへ嫁いで行き、軍人村や客家人《はっか》（広東省東部からの移民）の村や閩南人（福建省南東部からの移民）の部落で、自分の子ども以外にはたよる人もなく、寂しく暮らしていることを知ったのだった。

翌日の明けがた、母は少女時代の衣装を脱いで、ていねいに毛布で包み、衣装櫃のいちばん下に収めると、よく眠っている赤ん坊を抱いて、にわとりの最初の鳴き声とともに、日夜思いつづけてきた部落を後にした。そしてこの時、少女時代にも別れを告げたのだった。

軍人村にもどった母は、はじめて自分が「外省人の妻」にならなければならないと真剣に思った。これからは部落からはますます遠くなり、ついには部落から忘れられた子どもになって、「むかしこんな娘がいたっけな……」という老人の記憶になってしまうと知っていたからだ。

それにしても、世の中には思いどおりにならないことがほんとうに多いものだ。母が言うように、「どんなに努力しても、パイワンの肌の色を変えることはできなかったよ。どこへ行っても、冷たい眼が、この黒い色と同じようにわたしについてまわったんだよ」

そのため、母は傷つき、怒ったが、原住民であるという事実を消すことはできなかった。わたしの子どものころの印象では、母はいつも暗いすみっこに隠れて、顔をかくしてすすり泣いていた。小さかったわたしは、母が何ゆえに傷ついているのか、わからなかった。大きくなるにつれてやっと、母の心に長いあいだ秘められてきた苦しみが少しずつ実感できるようになった。

「おまえが家を出たら、家の人はおまえがよその人になったからといって、帰ってきても、お客さんみたいにあつかう。おまえが今、住んでいるところの人からも、よその人みたいあつかわれたら、おまえはどうするね?」

母は、幾度か、例をあげてわたしに聞かせた。そのとき、わたしは、天真爛漫にこう考えだけだった。

「だったら、ちがうところへ行けばいいわ!」

結婚してはじめて、この骨を刺すような痛みを、わが身に感じるようになった。月日は、感情の苦闘がくりかえされるうちに過ぎていくのだ。

父と母の年は、たっぷり二十五歳は離れていた。実直で朴訥な父は、身長百八十センチ、体重百キロの大男だった。母はきびきびして愛くるしく、小柄な体形だった。父のそばに母が立っていると、事情を知らない隣人や友人はいつも、ふたりが親子だと誤解した。「身長の差は問題にならない、年齢は距離にはならない」ということばをよく耳にする。この前半はそのとおりだと思うが、後半には疑問を感じる。年齢のへだたりは、実は、父と母の関係にたいへん深刻な影響をおよぼしたからである。子どものころ、わたしの家はまるで音のない世界のようだった。ふたりのあいだにはことばの壁もあったが、母は率直にこう打ちあけた。

「おまえのおとうさんと何を話したらいいのか、ほんとうにわからなかったんだよ」

現代社会は、男女の関係や共同生活について、必要な条件をいろいろ強調するが、わたしの両親の結婚を顧みると、それは過剰で皮肉なものだと思う。わたしが高級中学(高校)に進んだときのことだ。詩的でセンチメンタルなものを好む年ごろだったが、散文を書くための材料が見つからなかったので、知ったかぶりをして、両親の結婚を強調し誇張して、「歴史が生んだ悲劇の結婚」という散文を書いた。意外なことにこの散文は、学校新聞の編集者の眼にとまって採用された。その学期の新聞が出るとすぐ、わたしは興奮して家に持って帰って父に読ませ、いい機会とばかりに作品をひけらかした。ところが、思いがけないことに、読み終わった父は、細い竹をさっととりあげると、わたしをひとしきり、さんざんに打ちのめした。深夜まで、罰として客間に正座させられたわたしには、いつもは温和な父がどうしてわたしをひどく打ったのか、いつまでもわからなかった。

あとになって、母がわたしに話してくれた。その夜、父はその文章を母に読んで聞かせ(母は字をよく知らなかったので)、ふたりは部屋に座ってことばもなく向きあっていたという。これは誇張され強調された文章ではなく、事実であること、わたしが「歴史が生んだ悲劇の結婚」の主人公である男女の傷口を、無意識のうちに深くえぐったのだということを、そのときになってはじめて知った。

戒厳令解除(一九八七年七月)の二年前、父は、大陸の故郷で出され、各地を転々としてきた手紙を、アメリカに移住していた伯母から受けとった。故郷を離れて四十年たって、心にはさまざまな思いがあったが、一通の手紙と一枚の黄ばんだ写真がはるばる海を越えてきたことで、父は幾度も涙にむせび、自分をおさえられなかった。

母は、父の感情が堤を切ったのを眼にし、自分以外の女性が父の心に四十年にわたってひそかに住んでいたのに驚いた。たちまち、恐れ、悲しみ、怒り、嫉妬……が母の心臓と頭をいっぱいにした。父が、故郷からの手紙を手にした喜びからまださめないでいたある夜、母は自分の荷物をそっくりまとめてそっと家を出て行った。

家族は誰も、母が部落にもどったにちがいないと思い、父はわたしたち三人の子どもを連れて、あわてて山にのぼった。母が帰っていないということで、部落は大騒ぎになった。ある人は「おかあさんは誰かといっしょに行ってしまったんだよ」と言い、またある人は、「おかあさんは自殺したんだよ」と言った。驚愕のうちに、母を失うかもしれないとはじめてさとり、孤児になるという恐怖で幼いわたしは混乱した。三日後、父はほかの軍人村にいた母を見つけた。

その後も、父は結局、戒厳令解除という列車に間にあわなかった。「故郷に帰れなかった」ことが、父の一生の心残りとなった。

母と父のあいだの感情は複雑だった。生前の父は何事もきちんとする性格で、そのことがいつも母の不満のもととなった。母のおおざっぱな物事のやりかたは、ふたりのあいだの導火線の起爆点となった。しかし、たぶんこのように互いにことなる性格であることが、両親の結婚の不十分なところを少しは補っていたのだろう。わたしの印象では、母は父に守られて暮らしていた。そのため、わたしにはずっと「不安定感」があった。わたしが高級中学の連合試験を受けた年、母がわたしの試験会場を見つけられないと涙をこぼした記憶は、わたしの判断が正しかったことを裏づけている。

父が亡くなった日、母は悲しみのあまり幾度も気を失った。長女であるわたしは、母が葬式をとりおこなうことができないのを見て、父の死後の片づけを引き受けざるを得なかった。わたしは、自分がわずか一週間で、少女から大人になったのをはっきりと感じた。そしてまた、いつも弱々しい母がこれからどうするのか心配しはじめた。父が亡くなったとき、母はまだ三十五歳だった。

父が亡くなって四十九日がおわった日、母の顔に毅然とした表情が浮かんだ。父が亡くなって以来、母が涙をこぼさないのを見たのはそれがはじめてだった。わたしは、母が父のことを思い切ることができずに、何か自分を傷つけるようなことをしようとしているのではないかと思った。父の法要がすべて終わると、母は部落にもどると宣言した。

「外の世界には、わたしを引きとめるだけのものは、もう何もなくなってしまったんだよ」

母は下の妹を連れて、二度ともどらないと誓った故郷に帰った。別の社会の女性への挑戦をはじめたのだ。生別死別の洗礼を経て、母はついに勇気を奮って、自分に属する新たな戦場を切り開いた。女性に対して社会は残忍なものである。道徳的な規範にしばられ、世間の目に傷つけられて、女性が「忍耐」ということばとひきかえに得るものは、見るにしのびない傷跡である。

母がマンゴーの花の香りとともにわたしの前に現われたとき、母が思い出すのもつらい年月をふたたび乗り越えたことをわたしは知った。確かに母が言うとおりだった。

「五年かかって、やっと部落の老人たちに、あの人たちが言っていた『むかしいた女の子……』を思い出してもらえたよ。それに、部落を離れたときの百倍もの気力を使って、ご先祖様に、むかしむかしに部落を出て行った子どものことを思い出してもらえたよ。ずいぶん疲れたし、たいへんだったから、もう二度と家を離れようとは思わないよ」

このことばを、長く家を離れている原住民族の人たちに贈りたい。

情深く義に厚い、あるパイワン姉妹

ものごころついたころから、わたしの家にはあるおばさんがしょっちゅう、やってきていた。おばさんは母と同じ村の出身で、昔の同級生で、親友だった。お嫁に来るのまでいっしょで、ふたりはこの小さな軍人村に嫁いできたのだった。ひとりは、村の一軒目の家に住み、もうひとりは村のはしっこに住んでいた。村の長さは、ふたりが毎日、村で起こったさまざまなことをしゃべりおえて、家に帰って食事の用意をし、子どもの面倒をみるのにちょうどいい長さだった。子どものころのわたしは、このふたりにはどうしてこんなにたくさんしゃべることがあるのだろうと、いつも不思議に思っていた。ほんとうに、おじさんたちのいう「三姑六婆」(暇をもてあまして噂話にうつつをぬかす女たちの意)にそっくりだった。

このおばさんの名まえは秀蘭《シューラン》といった。ちょうどそのころ、秀蘭という名のたいへん有名な歌手がいた。こどものころ、うっかりものだったわたしは、おばさんがテレビに出てくるそのスターだと思いこんでいた。それでいつも彼女に歌ってくれるようにせがんだ。パイワン族の女性は、生まれつき、歌が上手だ。もちろん、おばさんはその場で一曲高らかに歌ってくれた。

秀蘭おばさんと母は同い年で、母の言うところによると、小学校で同級生だったころ、ふたりはいつもくっついており、席がいっしょだっただけでなく、ごはんを食べるのもいっしょで、そのうえ、お手洗いにまでいっしょに行き、まるでふたごのようだったという。

ふたりは、相性がよかったが、秀蘭おばさんと母が特になかよしだった原因は、もうひとつあった。二人の家庭環境が似ていたのである。そのころは物がない時代で避妊用品もなかなか手に入らなかった。母は長女だったが、そのあとに、弟がふたりと妹がふたり生まれた。兄弟の年はだいたい二歳ずつ離れていた。

部落での祖母の身分は、平凡な平民(パイワン族には身分階級制度がある)だった。小貴族なのに入り婿になった祖父と、個性の強い祖母の組み合わせは、部落の平民階級の家々の茶飲み話には格好の話題だった。しかし、部落の幾十もの口が、どんなに辛らつだろうと、うちで食べ物を待って泣き叫んでいる子どもたちほどは恐ろしくなかった。五人の子どもを育てるために、祖母はさまざまに手をつくし、畑を作り、よその家の手伝いに出た。それでも、毎月、他人に米やお金を借りなければならず、そうして、やっと日々の暮らしをやりくりしていた。祖父は過労と栄養失調で、ふさぎこんだまま亡くなった。そのため、母はほんの子どものころから家事の大部分を引きうけなければならなかった。

秀蘭おばさんの境遇も母とほとんど同じだったが、ちがうのは、おばさんには、酒びたりの父親がいたことだった。酒びたりの父親を避けるため、秀蘭おばさんは機会を見つけてはしょっちゅう母の家に来て、いっしょに家の仕事をしてくれた。母は言う。

「子どものころは、仕事がたくさんあっても、子どもは遊ぶのが好きだろ、だから、いろいろなことを遊びながらかたづけたものだよ。それに仲のいい友だちもいたし、たいへんだとは思わなかったね。今になって思い出すと、この人生でいちばん楽しかったのは、あのころだったね」

小学校を卒業すると、祖母は母に勉学を続けさせることができなくなり、紹介されて、母は働くことになった。

「それが、たぶん、わたしたちがはじめて別れ別れになった時だと思うよ。悲しくてひどく泣いたよ、もう会えなくなったと思ってね。またいっしょにいられることになるなんて、思いもしなかったよ」

母はそう言いながら、笑い出したが、そのころのふたりの小娘のことを思い出して笑っているようだった。一年たって、部落におかしな人たちがつぎつぎにやって来るようになった。好奇心から、祖母にたずねて、母はひどくしかられた。あとになって、外省人の老兵たちが嫁探しに来ていたのだと知った。

母と工場の二年の契約が終わると、ほかの四人の子どもたちを育てるために、祖母はためらうことなく、母を嫁に出すことにした。秀蘭おばさんも同じ月に「嫁に出て」いて、ふたりは前後して軍人村に入った。

「秀蘭のだんなさんは山東の人（山東省出身者）でね、荒っぽい人だった。何かと言うと、殴ったり怒鳴ったりでね、見ていてつらくてね、わたしは毎晩、ふとんに隠れて泣いてたんだよ。おまえのおとうさんは、ほうっておけないと、秀蘭のだんなさんに会いに行って、意見したんだけど、けんかになってしまってね」

それ以降、秀蘭おばさんは殴られると、小さな荷物をさげてわたしの家にきて、数日たたないと、帰らなかった。おもしろいのは、「家出」しても（通りを一本にすぎなかったが）、おばさんは毎日三度のごはんをちゃんとつくって食卓に置いていたことである。必要な時には、夜食まで用意していた。女の宿命がどんなものか、ここからもうかがい知ることができる。

小学校から嫁に行くまで、母と秀蘭おばさんのあいだの情愛は、姉妹のように濃く、変わることはなかった。軍人村に来てからも、やはりともに民族差別に立ち向かった。秀蘭おばさんの性格は、母よりもきつく、気に食わないことにはすべて、口を出した。

ふたりの世代のエスニックグループ間の衝突は、今よりももっと直接的だった。「蕃仔《ファンツアイ》（蕃人）」（原住民を指す差別語）や「山地人」といった呼び方が、おきまりの概念になっていたし、抗議する人があるかもしれないなど、誰も全く気にもしなかった。ましてや、外省人が絶対的に多い軍人村に身をおけば、今日でも大多数の人が低姿勢になるだろうと思う。

あいにく、イノシシのように強かった秀蘭おばさんは、人から「蕃仔婆《ファンツアイポー》（婆は女を指す）」と呼ばれるのに我慢できなかった。このひとことのために、何人とけんかをしたか、彼女自身もわからないほどだった。山東出身の乱暴者の夫でさえ、彼女をさとそうとはしなかった。しかし、軍人村のほんものの三姑六婆は、それぞれ、口にかけては第一級だったし、人数も多かったから、やせっぽっちの原住民の女ふたりなど、こわがったりしなかった。こうして、民族大戦が起こったのである。

もっとも強く記憶に残っていることがある。わたしが小学校の三年生のころだったと思うが、学校が終わってバスで帰ってくると、家に着くか着かないうちに、おおぜいの人が秀蘭おばさんの家におしかけているのが目に入った。わたしは育ちきっていない身体を利用しておとなたちの戦線をやすやすと突破し、おばさんの家に入りこんで何が起こったのか確かめようとした。

二、三人の女の人が、わあわあ泣きながら、相手の非を責めていた。おばさんと母は、またしても人から指さされて「蕃仔婆」と罵られたのだった。かっとなった秀蘭おばさんはなんと、相手の耳を噛みちぎってしまったのだ。警察が呼ばれたが、結局、ことはうやむやになってしまった。子どもだったわたしたちも多くをたずねようとはしなかった。

しかし、これ以降、面と向かって秀蘭おばさんを「蕃仔婆」と呼ぼうとする人はいなくなった。もしも、彼女があと三十年遅く生まれていたら、原住民運動（一九八〇年代におこった原住民人権運動）のはじまりに間にあい、原住民運動のたくましい女性リーダーとなっていたにちがいない、とわたしは思う。

小学校六年の時、たったひとりの弟が水死した。母の精神状態は危機的な状況に陥ったが、父は、弟の葬儀のためにひどく忙しく、そのうえ、わたしたち三人の娘とひどく悲しんでいる母の世話をしなければならなかった。幸いなことに、秀蘭おばさんが、わたしたちと母の面倒を引きうけてくれて、家のなかは、少しずつふだんどおりにもどっていった。

弟を見送って三か月後、父は、七年近く住んだこの軍人村を離れて、一家で台中に引っ越すことにした。秀蘭おばさんは、悲しそうに、わたしたちの荷物を整理してくれた。これが、わたしがおばさんを見た最後だった。

わたしたちが軍人村を離れて三年目、母と連絡を取りつづけていた秀蘭おばさんから、急にたよりが来なくなった。母は、不安のうちに二か月を過ごしたが、とうとう、南に行って、このきょうだいがどうなったかを確かめることにした。

秀蘭おばさんは一年前に乳癌を患い、途切れながらも治療を受けていたが、最後には、高価な医療費を払えなくなって、医療行為を一切、うちきったのだった。山東出身のおじさんの話では、秀蘭おばさんは、とても苦しんで亡くなったそうだ。あまりの痛みに、おばさんは、ほとんど自殺のようなやり方で、自分の命を閉じたという。亡くなったとき、まだ、三十二歳になっていなかった。子どもが好きだった秀蘭おばさんにとって、ひとりも子どもを生まなかったことが、ただひとつの心残りだった、とおじさんは話した。

色あせた刺青

冷たい風が吹きすさぶなか、いつもは淋しい通りが急に活気づき、新年をむかえる高ぶりが人々の顔を染めはじめた。街が新年を祝う爆竹の音につつまれるころ、山の中腹にある部落は、いつものように静まりかえっていた。ここでは、旧暦の正月を祝うようなことはなかった。わたしのような主婦は、思いがけない数日の休暇を手に入れることになり、ほかの女性たちのように、大掃除や年越しのご馳走など、手がかかるわりには骨折り損の家事のために夜おそくまで働くこともなかった。

わたしの上の妹は、平地人と結婚したために、この愛すべきまた憐れむべきおかあさんたちの戦線に加わらざるをえなかった。彼女がどうしても、と哀願するので、（あとで考えると、少しわたしに嫉妬していたのかもしれないが）、しかたなくわたしも大晦日には完全武装し、妹について伝統的な食品市場に買い物に出かけた。年越しの時期に買い物に出た経験のある人なら、わたしが「恐怖」という二文字でこの感覚をあらわすのを疑ったりはしないだろう。世界中の人が、突然、この日にいっぺんにでてきたかのようで、市場には立錐の余地もなかった。「戦闘」のすえ、わたしたちは年越しに必要な品々をどうにか買いととのえると、やっとのことでこの戦場を離れた。わたしの両手両足はすでに言うことを聞かなくなっており、もっとまずいことには、顔じゅう埃にまみれた、みじめなありさまで、誰か知り合いに出会いでもしたらどうしようかと本気で心配するほどだった。

いつもなら川を泳ぐフナのようにたくさんいるタクシーが、何千回も声をかけてやっと、ゆっくりと走ってきて、のろのろと、いやいやながらというふうにそばに停まった。運転手はひどく傲慢な眼つきでわたしと妹を見た。彼はわたしたちを自分のだいじな車に乗せたくなさそうだった。ことばをつくしたすえ、年越しの割増のほかに、彼にもチップを出して面子《メンツ》を立てるということで、運転手はとうとう、わたしたちを乗せることに不満そうに同意した。フン、強欲な「運転手さん」だ。また会うことがあったら、そのときはきっと「消基会」（消費者文教基金会、消費者の保護などを目的とする）に訴えてやるから。

車に乗ると、わたしは疲れのあまり、すぐ居眠りをしたくなった。車は妹の指図にしたがって、右へ折れ、左へ曲がり、郊外をめざして走った。それまで妹の夫の実家には行ったことがなかったので（妹夫婦は夫の実家から離れてくらしているので）、どれくらい遠いのか、わたしにははっきりわからなかったが、町からある程度はなれていることだけは知っていた。車にゆられて夢の世界に入りかけたとき、タクシーが「キーッ」と音をたてて停まり、わたしは夢の世界からひきもどされた。

そこは、違法建築が一大壮観をなす一角だった。皮肉なことに、これらの建物はこの街でいちばん有名なリゾート別荘地のうしろにあった。都市のはずれにいるこの人たちは、いちばん目立つ建物のかげにかくれて、なんとか生きのびているのであった。一軒一軒がベニヤ板でしきられた狭い空間をとおりすぎながら、わたしは好奇のまなざしをおさえることができなかった。眼がだんだん暗さになれてくると、ついにわたしは自分の眼を解き放ち、見知らぬ世界を自由に探索させることにした。この玉石混交の環境のなかで、入口からまっすぐに入っていくとすぐ、人々がよくいう「チンピラ」のような人物を三、四人、見かけた。つづいて、化粧の濃いお姉さんたちを何人も目にした。わたしは、同じ女性として、彼女たちが何を仕事にしているのか、推測したいとはあまり思わない。ただ、彼女たちが、プライバシーと言えるような場所もまったくなく、酒やタバコ、よどんだ空気のただよう、衛生条件が劣悪なこんな労働環境のなかに長くいて、病気になったりしないのだろうかとひどく疑いをいだいた。

妹の舅の家は、違法建築の列のいちばんうしろにあった。このため、前のほうに住んでいる人たちよりは生活環境はよかった。空気の通り道があったし、騒音などで生活を乱されるようなこともなかった。そのうえ、建物のうらには、街ではほとんど見かけなくなった水田が広がっていて、ふたりの老人が悠々自適の余生を送ることを可能にしていた。

妹と義弟の経済状況はそれほど悪くなかったので、どうして老人たちと同居して、孫といっしょの楽しい晩年を送らせてあげないのかと、わたしは興味をおぼえていた。

妹の説明を聞いて、義弟の母はずっとまえに亡くなっており、今、父親のそばにいるおばさんは、籍が入っておらず、ただ同居しているのだということを、わたしははじめて知った。そうはいっても、もう何十年も助けあって生きてきたのである。わたしを驚かせたのは、このおばさんがタイヤル族の女性だということだった。わたしは彼女を見て身体が震えるのを感じた。彼女の顔にはタイヤル族特有の文化の象徴――刺青《いれずみ》があったのだ。

おばさんは、苗栗県のタイヤル族だった。日本統治時代の歴史資料では、「北勢群」に属する、「凶暴で剽悍な」グループである。そのため、六十歳前後にしかならないおばさんのととのった顔にも刺青が残っているのである。他のグループは、日本の強圧的な統治のもとで、圧迫されて早々と刺青の伝統を放棄し、早い時代に刺青を入れていた人だけが祖先の残した光栄のしるしを持つことができたのである。それが、今、七十歳以上の老人だけに、タイヤル族の輝かしい歳月を見いだすことができる理由でもある。おばさんの顔に残っているような、完全な刺青は、この年齢の人にはめずらしい。よく見ると、彼女のしわだらけの顔に、きれいにならんだ円形や直線、菱形を一本一本数えあげることができた。タイヤルの伝統では、それぞれの模様は特別な意味を持っている。おばさんはマラバン山(苗栗県)のはずれに住んでいて、「ピンスプカン」(タイヤル族の始祖伝説)に守られて、平和に暮らしていたのだった。しかし、よいことは長続きせず、彼女が心から愛していた夫は、三十歳をすぎた男ざかりのころ、ひとりで猟にでかけ、そのままどこともしれない山深いところで永い眠りについてしまった。今日にいたるまで、夫がいったいどこで亡くなったのか、おばさんは知らずにいる。彼女の夫の突然の死について、部落にはさまざまなうわさが流れたが、たったひとつ、彼女の耳に入ったのは、傲慢だった夫が部落の「ガガ」(タイヤル族が祖霊信仰をおこなううえでの集団)のタブーにそむいて、ひとりで部落の共有の狩場へ猟に出かけ、そのうえ、獲物をこっそりと冷たい男人河《ナンレンホー》(今の大安渓)にかくし、興奮した血なまぐさいにおいを河の水で洗い流し、かわかしてから、ねずみのようにずるい足どりで獲物を家に持って帰っていたということだった。しかも今回がはじめてではなかったという。

彼女は一生懸命仕事をして、自分ひとりで四人のおさない子どもたちを育てあげた。おばさんが、毎日、三度のご飯にはサツマイモを食べようか里芋を食べようかと、さんざん頭を悩ましているころ、遠い平地社会では「二二八事件」(一九四七年)がおこり、その清算が行なわれていた。ほとんど誰もが「河を渡る泥の菩薩」のように、自分の身を守ることすらむずかしかったのである。

五十年代のある初秋の夜、全身泥まみれになった平地人の男が、幽霊のようにマラバン山にあらわれた。この男は、おばさんが知恵をしぼって貯めておいた越冬のための食べ物を、一晩のうちにすっかり食べてしまった。マラバン山は平和で清らかな桃源郷だった。部落の人たちは、「二二八事件」や「白色テロ」（一九五〇年代に主に知識人を標的に行われた無差別逮捕）が何か知らなかったし、また知ろうとも思わなかった。ただ、この見知らぬ男が突然、やって来たことや、その沈んだ表情から、外の世界に尋常ではない大事件が起こったのではないかと少しは推測がついた。

二か月後、警察官がスズメバチのように山じゅうにどっとあらわれた。部落にたった一つある拡声器の説明から、この男が「匪諜」（共産党のスパイ）と呼ばれ、刑場へ送られる途中に、汽車から身を躍らせてにごった濁水渓（台湾中部を流れる大河）に消えたことを、人々ははじめて知った。人々は最後の頭目《とうもく》（原住民社会の指導者）の叡智のまなざしに暗示をうけ、暗黙の了解でもあるかのように、この男を助けて、警察の手から逃れさせた。橋から激流にとびこむ勇気があり、しかも命びろいするような人は、祖霊が目をかけている人にちがいないと、誰もが信じたのだ。のちに、この男はおばさんと暮らすようになった。それが妹の舅である。

人の世はままならないもので、義弟の話によると、そのころ、彼のおとなしく純真な客家籍の母親は、世間のまなざしに耐えられず（匪諜の家族）、悲しみのあまり、わずか四十歳で女ざかりの生命を閉じた。彼女は死ぬまで、濁水渓に消えた夫のことを思いつづけていたという……。

五年ほどたって、おばさんは男に連れられて、住みなれたマラバン山を離れ、たいへんにぎやかな葫蘆屯《フールートン》（今の豊原市）に出てきた。身分がまだ敏感な状況にあったので、ふたりは夜にならなければ出かけようとせず、おばさんの親戚が山で栽培している椎茸を売って生計を立ててきた。こうして、苦労を重ねて今まで生きてきたのである。

前の妻に対するうしろめたさから、義弟と父親の心にはいつも、なかなか解けないわだかまりがあった。義弟は、だんだん年老いていく父親を気にかけてはいたが、一年一年と時が流れていくにつれて、骨肉の情は自然にうすくなっていった。妹が嫁ぐまでは、年越しや祭日に贈り物をすることで、親孝行の気持ちをあらわしており、「白色テロ」によってひきおこされたこのいきちがいが修正される可能性もすこしずつでてきた。しかし、義弟はいつまでたっても、この「山地」の血をひくおばさんにふつうの気持ちで対することはできなかった。

おばさんは、同居人の子どもたちから何度も冷たい眼で見られて傷つき、幾度かはこっそりと街を出て、かたときも忘れられないマラバン山に帰った。しかし、山にあった財産はすべて不肖の息子の手で財団に売り払われて観光園になっていることがわかった。すっかり変わってしまった故郷をまのあたりにして、おばさんはしかたなく、気落ちした表情で街に戻り、生活を長年ともにしてきた連れあいをたずね、安らかに老後を送ろうとしたのだった。

タイヤルの祖霊があわれみをかけてくれたのだろうか、おばさんが今度、街にもどってみると、意外なことに、同居人の子どもは彼女を受け入れてくれた。こうして、今年の大みそか、妹の夫の家族が集まって、三五年ぶりの年越しのご馳走をいっしょに食べることになったのだった。

のちに、妹はわたしにこっそりと言った。彼女は、おばさんをどうしても認めないなら離婚すると夫を脅かしたのだという。なぜなら「わたしだって原住民なんだから」、妹は胸をたたいて意気揚々と言った。

傷口

深夜二時、あわただしい電話の音が、眠りに沈んでいた部落を切り裂いた。読書をしていたわたしと夫は、このただならぬ電話の音に思考を断ち切られた。

「いったい誰だろう」

午前一時以降にわたしたちと連絡をとろうとする友人は少ない。夫はとまどったような目でわたしを見ると、しかたなくこの突然の電話を取り上げた。わたしたちが心配していたのは、これが悪い知らせではないか、ということだった。

夫はひとしきり「ウンウン、アァアァ」と答えてから、電話を切ると、わたしのほうに向きなおって、その内容を話した。それは、中部横貫道路（台湾中部を横断する道路、台中県東勢から中部山脈を越えタロコ渓谷を経て花蓮市に至る。全長三五一キロ）ぞいの村に嫁いでいる夫の妹からの電話だった。夫は、やりきれないというように、義妹がまた義弟とやりあったと言った。わたしたちは、ふたりのいさかいにはもうすっかりなれていたが、ただ、今回はずいぶんひどかったらしい。というのは、深夜三時というのに、義妹は、夫に、車で迎えに来て部落に連れて帰ってほしいと言ったという。夫とわたしはそんなことができるかどうか話しあったが、いろいろ言いあったすえ、わたしは結局は、夫が義妹をむかえに行くことに同意した。深夜に車を飛ばす危険についてはひどく心配していたが、義妹を夫からの暴力におびえるままにほうっておきたくはなかった。これは、同じ女性としての心理だろう！

二時間ばかりたって、夫は十三キロ離れた客家の街から電話をかけてきた。街にひとつしかない外科病院にいると言う。そのことばがおわらないうちに、電話のこちらがわのわたしの身体から驚きのあまり、冷汗がどっとふきだした。義妹のところに着くまでに、車をとばしていて、事故にでもあったのだろうか。せきこんだ声であわてて問いただした。

「何があったの？　何があったの？　車の事故なの？」

夫が落ち着かないようすでひとしきり説明するのを聞いて、やっと、義妹が病院で傷の検査を受けているのだとわかった。しかし、この答を聞いてわたしはがくぜんとした。

「どうして検査をしなければならないの？　けががひどいんじゃないでしょうね？」

ちょうどこのとき、電話から三分間の通話が終了したことを告げる音が聞こえてきた。わたしは、電話を切って、夫が帰ってきて説明してくれるのを待つほかなかった。

うろうろしているうちに、夫は早朝の太陽の最初の光があらわれるころ、やっと疲れきった顔つきで帰ってきた。ひとことも口をきかずに、畳の上にどっと身体を投げだすと、三十秒もしないうちにいびきが聞こえてきた。この惨憺たるさまを目にしては、疑惑と疑問で胸がいっぱいになっていても、口に出せず、さまざまな問題を心に押しこんで、夫が起きて話してくれるのを待つしかなかった。

義妹の結婚は、人々の羨望の的だった。とりわけ、十年前は物が十分なく、部落の人たちにとって、義妹の結婚式はいつまでも忘れられないものとなった。この結婚式は「世紀の結婚」と称えられてしかるべきものだったということである。そのころ、わたしはまだこの部落に嫁いで来ていなかったので、これらの話は、人々の口から伝え聞いたものだ。

義妹の夫の家は、中部横貫道路ぞいにある大家族で、日本統治時代前から、赫々たる名声をもつ頭目の一家であった。日本の人類学者が残した資料に、この家族に関連する記述がいつも見られることからも、その威勢をうかがい知ることができる。

祖先のおかげで、義弟の兄弟たちは、たくさんの土地と相当な財産を受け継いだ。そのうえ、家族には、政治的な人物にもことかかなかったので、その地方であなどれない勢力となり、そのため、この家族はますます体面にこだわるようになった。義弟はこの家族でただひとり結婚していなかった子どもで、末息子だった。この結婚に対して一族の長老たちがただならぬ思い入れをしているのは予測がついた。長い時間をかけて準備が進められ、結婚式は親族や友人の期待のもとに、とどこおりなくおこなわれた。家族でただひとりの娘が華々しく嫁いでいって、舅も姑もとりあえず心から重荷をおろした。両親としては、その華やかさや誇らしさなど、口にする気にもならなかっただろう。

結婚式は、谷関《グーグワン》（中部横貫道路沿線の地名）でおこなわれた。十年前の、過度な開発がまだ進んでいなかった中部横貫道路沿線には、美しく感動的な風景が残っており、今日の観光汚染がもたらした俗っぽさとは全くちがっていた。霧につつまれた谷関は、花嫁となったばかりの義妹と同じように、はにかむ少女のように清らかですがすがしく、人々の心を打った。タイヤル女性独特の艶やかさがおとなになったばかりの義妹の全身にあふれていた。披露宴の席は今の龍谷《ロングー》大飯店に設けられた。テーブルは全部で百も設けられたが、そのような羽振りのよさは、当時の平地社会でもめずらしく、ましてや、へんぴな山のなかでは言うまでもないことだったので、結婚式を見物にきた多くの人たちは驚いた。熱気で沸きかえり、人でぎっしりとまでは言えないが、たいへんにぎやかだったという。この結婚式は、その後、しばらくは、横貫道路沿線の人々のひまつぶしに格好の話題となった。

新婚早々の義妹夫婦は、「白雪姫」の神話のように、楽しく満たされた生活を送っていた。しかし、時のたつのは早く、赤ん坊がひとりまたひとりと産声を上げると、呪いがほんものになったかのように、現実の生活がふたりをきつく縛りあげはじめた。一年後に再会した義妹は、清らかで初々しい少女から、愁いに満ちた、感じやすい若妻に変化していて、憤りやぐちも多くなっていた。姑がいろいろ細かく聞きだしたところによると、ぜいたくな生活をおくってきた娘婿は、家族に長いあいだめんどうを見てもらってきたために、楽で自分の興味にあった仕事しかしないということだった。たまたま正式な仕事についても、彼にはひまつぶしとしか思えなかった。めぐまれた境遇に育った彼は、家庭をもち、負担すべき責任ができたというのに、道楽息子の性格があいかわらず残っていて、結婚してもそれは全く変わっていなかったのだった。このときになって、義妹ははじめて、玉の輿だと思っていた結婚相手が、そんなにも未熟だと知って驚いたのだった。

そのうち義弟の家族の年配の人たちも見ていられなくなったのだろう、家族の力をあれこれ使って、義弟のために公務員の仕事を見つけてやった。仕事は楽で、ただ毎日、定時に出勤してタイムカードを押しさえすればいいということだった。ところが、義弟は仕事に行きはじめて五日とたたないうちに、上司ともめて、仕事をやめてしまった。原因は、というと、若旦那がまたかんしゃくを起こしたのだった。今回は、財産を食いつぶすばかりだった。一年あまりの間、彼を雇いたいという会社や店もなければ、彼を可愛がってきた家族たちも、もはや救いの手をさしのべようとはしなかった。しかし、家で食べ物をねだって泣きわめく二つの小さな口は、最も甘い重荷だった。おとなら、適当に日をすごすことができるが、子どもはいいかげんにほうっておくことはできない。義妹と義弟は、生活のために、祖先から相続した財産を売りはじめた。このため、義弟の家族は不満をもらし、親族や友人はこもごもに義妹に「夫を助ける運」がないと責めた。義妹はいくども涙を流したが、苦しみを訴えるところもなく、しかたなく二人のおさな子をつれて実家に戻った。

そのころ、わたしはこの部落に嫁いできた。パイワン族の女性が、あっというまにタイヤル族の嫁に変身したのである。そのころのわたしは、やみくもに動きまわる頭のないハエのように、いかにしてちゃんとしたタイヤルの嫁になるか、懸命に学んでいるところだった。妻となったばかりの女性について伝えられている民間のどの物語にもあるように、姑とのあいだに、ささいなもめごとがつぎつぎとおこるのは避けられないことで、そのために、新婚の歓びの気持ちもほとんど消えてしまった。

そのうえ、伝説の主となった、頭がよく、仕事もできる義妹のことが、わたしの心に悪夢のようにまとわりついた。わたしはいつの日か、里帰りしてきた義妹にでくわすことを恐れていた。「親不孝な兄嫁」と言われてしまったら、黄河にとびこんでもその汚名はそそげないだろう。悪いことに、恐れていることはそのとおりになりやすい。結婚して半月もたたないころ、義妹はまた口げんかが原因で、実家にもどってしばらく暮らすことにした。わたしはこうして、避けることもできず、彼女と会ったのだ。戦々恐々として何日かすごしたが、義妹が伝えられているような、横暴でものごとのわからない人ではないことがわかった。むしろ、正義感の強い性格で、わたしと姑がもめたときには、義妹は、わたしの立場にたってものごとを考えることができた。そのころ、わたしは彼女がそっとためいきをついてこう言うのをよく耳にしたものだった。

「よそに嫁に行ったものにしか、そのつらさはわからないわ！」

しかし、率直な性格の彼女は、時には思ったことを正直に口にしたために、多くの人の不興を買ってしまった。しかし、まさにこの率直さゆえに、わたしはだんだん、この義妹のアサリをいい人だと思うようになった。

なんどか心をうちあけて話し合ったのち、わたしは彼女自身についての話を聞き出した。思ったことをすぐ口にする義妹の性格が、多くの災いのもととなっており、結婚もそのひとつだった。義妹の夫は、典型的なタイヤルの男性で、血には「男性中心主義」の素《もと》が満ちており、いつもささいなことで妻をひどく殴った。しかし、その背景となる原因をくわしく分析してみると、男性としての権力が挑戦を受けたというにすぎなかった。義妹はいつも言いたいことを言って一時の満足感は得たが、そのためにうんざりするほど殴られ、それがこの何年かにわたる夫からの暴力の悪夢となったのだった。

さて、泥のような眠りから眼をさますと、夫は義妹のことについて、くわしい事情を話してくれた。いつもと同じ原因、同じ情景だったが、今回は家族までがいっしょになって、彼女を殴ったという。義妹はもうこれ以上がまんできないと、毅然として、一挙にこれを解決する方法を選んだ。そこを離れて、けがの診断書をとり、将来、法廷で紛争を解決するための有力な証拠としようとしたのだった。話しおわると、夫はわたしにどう思うかとたずねた。わたしは、しばらくのあいだ、何も言うことができなかった。

女性のひとりとして、同性の身につぎつぎとたえることなく起こる暴力事件をわたしは、しばしば目にしてきた。彼女たちの身体に残る青い傷あとを見るたびに、いつも、言いようもなく心が痛んだ。どういうわけか、わたしが会ったことのある原住民各族の女性たちのあいだでは、夫からの暴力は、もっとも頻繁におこっている事件で、驚いたことに、タイヤル族の社会に集中していた。気性のしっかりした義妹も、同じ運命から逃れることはできなかったことを思うと、「女であることのつらさ」を嘆かずにはいられない。さらに原住民女性の茫漠たる前途を深く憂えざるをえない。平地社会の女性の意識が日々、めざめていく今日、自分の目で見たこれらの現象にどのように対処するべきなのか、いつもわからなくなる。漢民族の女性たちの経験をどのようにして原住民社会に伝え、参考としたらよいのだろうか。そのことを思うと、長い夜、寝つけないことが多かった。

夕方、わたしは娘を連れ、夕陽のなか、歌を歌いながら、姑の家に義妹を見舞った。山の果樹園からおりてきた姑は、一日じゅう干してあった洗濯物を取りいれているところで、庭じゅうに洗濯石鹸と日の光がまざったような香りが漂っていた。わたしは姑に義妹のけがのぐあいをたずねた。いつもまじめな姑の顔にいっそう沈んだ表情が浮かんだ。わたしは薄暗い客間をそっとぬけて、義妹が休んでいる部屋に行った。傷ついた身体を休めている義妹を起こしてしまうのではないかと恐れていたが、意外にも、義妹は化粧台にむかってきちんと座り、注意深く眉毛を描いていた。わたしが口を開かないうちに、義妹は大きな声でわたしに言った。

「ねえさん、口紅を持ってない？　おかあさんのこの口紅の色は、どれも気に入らないのよ」

わたしは首をふって、わたしには化粧をする習慣はないので、と言った。義妹は牛のように大きな目でわたしを見つめた。まるでよその星から来た人を見たとでもというようだった。彼女が何を言おうとしているかわかったので、急いで話を彼女のことに移した。

「けがのぐあいはどう？」

義妹はゆっくりと着ているものを脱ぐと言った。

「自分で見てよ！」

義妹の白い肌に、あちらにひとつ、こちらにひとつと、青紫のあざがいっぱいに残っており、ひどくぶたれたところは、傷あとになっているのが見てとれた。わたしはふくれあがったところをひとつひとつ、そっとなでた。男性のこぶしによって女性にくわえられた痛みを、これらの傷口が訴えているのが聞こえるようだった。こらえきれなくなって、わたしはひどく泣き出した。

わたしたちは何も言わなかったが、心は通じあっていた。義妹は無頓着に化粧をつづけた。どう言えば傷ついた彼女の心を慰められるのか、わたしにまったく思いつかなかった。急に、彼女がどんな思いで化粧をしているのか、知りたくなって、わたしはそのことをたずねてみた。そして、思いがけない返事を聞いた。

「わたしはきれいなのが好きな女なの。どんなにつらくても、外側まで心と同じようにひどいのはいやなのよ。殴られて、ひどくみっともなくなってしまったけれど、人にみにくいところを見られたくないの。それは、『わたしは負けた』と言ってるのと同じことだから」

彼女のことばを聞いて、わたしは軽いため息をもらし、義妹の強さやたくましさに誇りを感じた。夫から暴力をふるわれた女性は、必ず悲惨な日々を送ると、確か、誰かが言っていた。しかし、自信と能力をとりもどすことさえできれば、女性の生命は、男性には想像もできないほど、したたかなのだ。わたしは義妹が、これから自分自身の世界を見つけることを心より願う。そしてまた、夫からの暴力によって迫害されているすべての女性たちにこの文章をささげて、励ましたいと思う。

姑と野菜畑

姑にはじめて会ったのは、ひどく突然な状況でのことだった。そのころ、わたしはまさに夫と熱愛中で、まわりに人がいないときにはいつも、がまんできず、狂ったように接吻していた（ほんとうに恥ずかしいと思うが）。そのようにべたべたと接吻をかわしているときに、姑がいきなり、幽霊のように夫の学校の教員宿舎にあらわれたので、わたしは驚きのあまり大声をあげるところだった。早くから夫に、姑はたいへんきびしい人だと聞かされていたので、心が落ちつくと、わたしが姑にあたえた第一印象はどうだったかと心配になってきた。そのころはまだ、夫の家に嫁ぐかどうか、ちゃんと決めていなかったのだが、このような状況のなかで顔をあわすとは、どちらにしてもひどくばつの悪いことだった。

姑は典型的なタイヤル女性である。性格は温和で気品があり、部落に嫁いできてもう長くなるが、姑が本当に怒ったのをめったに見たことがない。ほとんどいつも、あるかなきかの微笑が彼女の口元にかくれていて、その時が来るといつでもほころぶのだった。

一年前、わたしと夫は部落にもどった。長年、口にしてきた「部落再建」の仕事を生活のなかで実現したいと思っていた。部落にもどったばかりのころは、心には実現されるのを待っている多くの主観的な希望や夢があったが、実際には、困難ははじまったばかりだった。地域社会で仕事をする人の誰もがそうであるように、理論と実際のあいだには距離があった。部落の多くの人がこの仕事の重要さを知っていたが、「実践」するということがほんとうの問題だった。わたしたちはしばらく部落で努力を続けたが、深い挫折感がわたしたちをひどく打ちのめした。このため、ある時期、わたしと夫は、毎日のように二十キロはなれた小さな街に足をのばし、映画鑑賞という名目で、心にある無力感をまぎらした。あれこれ調整して、わたしたちは少しずつもとの仕事の軌道に戻った。ただ、今回はペースを落とし、また、策略もすこし変え、別の方法で再出発することに期待をかけた。

このころ、生活のリズムがゆっくりになったので、いつのまにか、ひまな時間がたっぷりとできた。本を読んだり、書き物をしたりするほかに、時間があまりすぎて、どうしたらよいかわからないことすらあった。ちょうどいいぐあいに、部落にもどって住むことになった学校の教員宿舎には、広い空き地と果樹園があった。あちこち見て、何か植えられそうだと思った。花を植えることもできそうだった。姑がわたしの先生になってくれた。

姑の腕は簡単に鍛えあげられたものではなかった。夫とつきあいはじめてから、わたしは何度も、姑の若いころの「業績」について聞かされていた。どう話せばいいだろうか。いま舅と姑が作っている果樹園は、林務局（農林庁林務局、国有林を管理する行政機関）から借りたものだった。舅は幼いころに両親に死なれ、伯父に育てられた。舅が成人して兵役で金門島（中国大陸から約二キロしか離れていない軍事上の重要拠点）へ行っているあいだに、父親が残した土地は全部、伯父に売りとばされてしまった。舅が台湾へもどってみると、これらの土地は、とっくに何度も所有者を変えていた。舅はこうして、ほんとうによるべのない孤児となってしまったのである。のちに、姑の家に助けてもらって、ふたりはゼロから出発した。ちょうどそのころ、多くの山地保留地が広く貸し出されたので、ふたりはその土地から夫婦の生活をはじめたのだった。

わたしはふだんから、夫が子どものころの悲惨な日々について話すのをよく聞かされてきた。姑の果樹園は小さな山のてっぺんにあって、部落から歩いて一時間ぐらいかかり、水源からも離れていた。夫がそのころの生活のつらさを強調するために、最もよく口にしたのは、どういうふうにして水を得たかということだった。荒れた山を開墾したので、特に水分の栄養が必要だった。そうでなければ、何を植えても育たなかった。そのころは灌漑のための設備が発達していなかったので、舅と姑には昔ながらのやりかたしかなく、水を一筒ずつ背負って山のうえに運びあげた。もちろん、子どもたちもこの仕事の分担から逃れられなかった。公平なようにと、姑は山へ行って子どもたちの年にあわせて太さのちがう竹を探した。空の竹筒をかついできて、子どもたちにわたすと、山をおりて水を背負わせた。この話をするたびに、夫はいつもわざわざ立ちあがって、自分が背負った竹筒がどんなに長かったかを、身長を使って強調し、幼いころに立てた大きな手柄をはっきりとしめすのだった。

これらのたくさんの実績について聞き、さらに、結婚してから自分も山に上って手伝ったことから、わたしも当時の舅夫婦が苦労した様子を少しは想像できるようになった。貧しい家庭で育ったからかもしれないが、むかしの老人がみなそうであるように、ふたりはたいへん勤勉な倹約家だった。部落に来たばかりのころは、すこし慣れなかったが、のちに、ふたりの家庭の背景がだんだんわかって来ると、姑たちの生活習慣や態度をいっそう受け入れられるようになった。

わたしと夫が庭にものを植えるという考えを姑に伝えると、姑はたいへん嬉しそうだった。彼女にとって、物は十分に機能を発揮してこそ道理に合っているといえるからだった。あとになって、姑はわたしにこっそりこう言った。ほんとうは、わたしたちが部落にもどってひっこしたときから、この空き地に野菜を植えたいと思っていたのだが、ここは学校の土地なので、わたしたちに迷惑がかかるようなことになってはいけないと思い、勝手な行動をつつしんでいたのだ、自分があきらめてしまってから、わたしたち夫婦がその話を持ち出すとは思ってもいなかった、願ったりかなったりだと。

いろいろ話しあって、わたしたちは初歩的な合意に達し、短いとはいえないリストを書き出した。トウガラシ、ナス、ネギ、ニンニク、それに何種類かの葉野菜。

はじめのころ、わたしの心は喜びと興奮でいっぱいで、姑から野菜の栽培を習うことを、毎日、いちばん待ち遠しく思っていた。しかし、舅夫婦は、昼間はかならず山に上って果樹園の世話をするので、午後、山を下りてからでなければ、時間がなかった。わたしは姑と一週間ほどかけて、苗をすべて畑に植えた。これで、第一段階が終わったわけで、あとは水をやり、これらの植物が新しい芽を出すのをしんぼうづよく待つことだった。

毎日、空が夜明けの色に変わったばかりのころ、わたしは姑がすでに畑に水をやっている音を耳にした。自分から野菜を植えると言いだしたので、何もかもを姑にまかせてしまうのはいつも気がひけた。何日か、落ちつかなく眠ったあとに、ついにまとわりつくような眠気を克服して、なんとか起きだし、姑と水やりをすることができた。しかし、なんといっても、長年にわたって身についてしまった夜遅く寝るくせは、あまりにもがんこで、野菜栽培を習いたいというわたしの願いを打ち砕いてしまった。何日かはがんばってみたが、ついにはうやむやになってしまった。姑はわたしの寝坊なくせをゆるしてくれたようだった。彼女は毎日、寝室の前で、何やらぶつぶつ言っていたが、わたしをベッドからひっぱりだして、面とむかって小言を言うことはなかった。言いおわると、いつもどおり水やりにいき、わたしに夢を見つづけさせてくれた。

二か月後、わたしはふと、長いあいだ忘れていた野菜畑を思い出した。ぶらぶら歩いて何メートルも離れていない畑に行ってみると、驚いたことに、黄色くて何もなかった土地は、いつのまにか、見わたすかぎり、緑にあふれていた。生き生きした野菜の葉は見ただけでも、食べてみたいと思うほどだった。わたしは興奮して部屋にかけこんで夫をよび、いっしょにこの畑いっぱいの生命を賛美した。泣きたいような感動が胸にうごめき、姑を尊敬する気持ちが胸いっぱいにこみあげた。晩ご飯には、きっとこの畑の野菜で炒め物を作って、舅と姑を呼んで食べてもらおうと思った。

西の山にやっと日が沈んだ。舅と姑が果樹園から家にもどったころを見はからって電話をかけ、ふたりに食事に来てくれるように言った。姑は、わけがわからないとでもいうように、電話のむこうがわで、なにか大事なことでもあるの、それとも特別な日なの、と何度もたずねた。わたしはちょっと笑って言った。

「何もありませんよ、何でもないんです。おふたりといっしょにご飯を食べたいっていうだけなんです」

半時間後、舅と姑が下の部落からゆっくりとやって来た。わたしは、食事の用意をすっかり整えて、舅と姑が来るのを待っていた。ふたりがあらわれるとすぐ座ってもらい、まずテーブルの三種類の野菜を食べてみてくれるように言った。ふたりが狐につままれたような顔をして、箸をつけようとしないのを見て、きょうの野菜畑での驚きをうちあけざるをえなかった。それを聞くと、舅と姑は心から笑い、食べはじめた。そして、おいしいと何度もくりかえした。わたしたちは、こうして、楽しく満ちたりた雰囲気のなかで、おなかいっぱい食べた。あとでわたしはこう思った。

「満足するというのはこんなに楽しいことだったんだ。おかあさんたちが山であんなに楽しくのびのびと過ごせるはずだわ」

その後、わたしは自分から水やりに加わるようになったが、寝床でぐずぐずするのが好きなわたしは、あいかわらずよく時間を忘れた。まあいい、わたしには働き者のタイヤルのお姑さんがいるんだから。

故郷を出た少年

父は安徽《アンフェイ》省の故郷でつかまって軍に入れられた少年兵だった。家を出る前に、祖母は父の名前と小さな金の粒を綿入れの上着に縫いこみながら、あわただしく父にこう言った。

「おまえを生んだのは、彦星と織姫が会う前の夜だったんだよ。おかあさんはおまえが元気に帰ってくるのを待っているからね！」

父は、何を言う間もなく、わけがわからないままに安徽を離れたのだった。戦争中、父はまだ育ちきっていない身体で、無数の砲弾をくぐりぬけ、幸いにも生きのびた。

国共内戦（一九四六─四九年の中国共産党と中国国民党の内戦）が終わると、父は軍備縮小政策によって除隊をせまられた。徴発された兵隊だったので、「自謀職業（国から与えられた職業ではなく、自ら仕事を求める）」の軍人となった。しかし、はじめのうちは、父は「自謀職業」の軍人と「名誉除隊」の軍人がどうちがうのかわからなかった。まだ若いんだし、それに故郷に帰るんだから、なにも恐れることはない！　年をとってから、父はこの失敗のために、いつも天をあおいで「泣いた」。そしてこれは責任逃れのための「陰謀」にちがいないというのだった。

その年の秋は、故郷の習慣のとおりにした。どうにもやっていけないにしても、とにかく月餅でも食べて、中秋らしいことをしよう！　父は除隊のときにもらったお金をはたいて買った、手のひらぐらいの大きさの月餅を両手で持って、同じように除隊させられた同胞たちといっしょに借りた家の屋根にすわり、南部の空に向かって、泣きながら父母の名を呼んだ。

旧正月が二回すぎるころには、同胞たちとお金を出しあって開いた豆腐屋で、父は毎日早朝三時に大豆を水にひたし、夜七時に道具を洗いおわるまで働いていた。こうして金の延べ棒をいくらか貯め、偉大な「蔣総統」（蔣介石）の号令のもと、大陸に反攻する時を待っていた。それに故郷には妻が自分の帰るのを待っているのだ。新婚のあの幾夜かのうちに、妻は身ごもったかもしれない。

となりの胡《フー》おじさんが山地人の奥さんをもらい、白くまるまるとした湖北籍の赤ん坊が生まれると、父はやっと美しい夢からさめた。そばにいる昔からの戦友は、大陸に帰るという夢をとっくに捨てていたと知ったのだ。夢からさめたその夜、父はひどく酔っぱらって、やるかたなく言った。

「大陸に持って帰ろうと、何年もかかって貯めてきた金の延べ棒を、この小さな島で嫁をもらうために使おうとは思いもかけないことだった。どうやらわしは失敗したらしい。おかあさん、わしは故郷へは帰れない運命だったんだ。おかあさんに、七夕の夜じゃなくて、その前の夜にわしを生ませたりしたのは誰なんだ（父の故郷では、七夕の前夜に生まれた子どもは、人との縁が薄いという）」

紹介人を通じて、父と同郷の友人たちは母の部落に行った。父はこのためだけに金の延べ棒を一本、支払ったという。紹介人は部落の適齢期の少女たちを集めると、「山地美少女コンテスト」を開き、父たちは「審査員」になった。美少女を選ぶという名目だったが、実際には妻を買ったのだった。

母はこうして、父に五本の金の延べ棒で買われて、妻となった。わたし、上の妹、下の妹がつぎつぎに生まれた。

小さいころ、わたしは自分の家がほかの人の家とどこかちがうなどと思ったことはなかった。しかし、自分が結婚して、ワリス（夫、ワリス・ノカン）と暮らすようになると、ふたりでかわした多くのことばから、実は、両親の結婚はまさしく歴史の生んだ悲劇だったのだと、何回も驚きとともに気づいた。八、九年前のこと、思いがけなく、アメリカにいる親戚の手を通して、安徽の故郷からの手紙が届いた。それ以降、深夜、人々が寝静まったころになると、父の部屋からいつも父がすすり泣く声が聞こえるようになった。父が故郷の安徽を思っているのだとわたしにはわかっていた。父は四十年の歳月とひきかえに得た、心に深く刻みこまれた手紙を、何度も取りだしてはくりかえし読んでいた。封筒には、手紙のほかに、焼付けのよくない写真が一枚入っていた。そこには、故郷への父の気がかり――大陸の妻と長姉が写っていた。美しくたおやかだった娘は、四十年たって、よぼよぼの老女となっていて、父を驚かせた。手紙と写真は家じゅうで手から手へとわたった。三日もしないうちに、父はあわてて写真と手紙を表装に出した。絶えずなでまわしたし、そのうえ父の涙もまじったので、紙質の悪い写真はすっかりボロボロになってしまったのだ。

パイワン族の母は、父が故郷への思いを強くあらわすのを目にして、早くから、嫉妬でいっぱいになっていた。そのうえ、別の女性のことまで口にするのを見て、母の大きくゆれる感情は、台風に襲われた海岸のように、激しく波立った。わたしたち子どもは、それを見て、びくびくした。うっかり何かしたら、堤が切れるのではないかと恐れていた……。

亡くなる半月前に、父はわたしにこう言った。このごろ、よく故郷の夢を見るんだよ。おかあさんが肘掛け椅子に座ってホッホッホッと笑っている、ぼくはそのうしろでおかあさんの背中をそっとたたいている。たたいているうちに、急に、自分の手がしわと老人斑でいっぱいなのに気づくんだ……。それを聞いてわたしは、父はいちばん近い人だと思っていたけれど、父がよく知っていることは、わたしが全然知らないことなのだとはじめてさとった。このような会話は、いつも沈黙で終わった。この世を去る何日か前になって、思いがけなく、父はいつもとちがってこう言った。家はある――だが帰れない。わたしと父が共有した時間は正式に終わった。

父が亡くなったのち、父の遺品を整理しながら、母はうらむように言った。

「おまえのおとうさんは、何でも自分の心にしまいこんで、話してくれようとはしなかった。二十何年もいっしょに暮らしてきたけれど、おとうさんがいったい何を思っていたのか、わたしにはやっぱりわからないんだよ」

かつて父に、外省人って何？　山地人って何？　とたずねたことがある。父はあっさりとこう言っただけだった。

「外省人は人さ、山地人も人だ。どちらも人だよ。ちがうのは、ちがう環境のなかで大きくなって、ちがう扱いを受けた、ただそれだけなんだよ！」

その後、部落にもどって、両親と同じような結婚をたくさん目にするたびに、わたしは無意識のうちに、このことばを思いだした。しかし、わたしは今も疑問を感じている。あのころ、同じような運命にあった非常に多くの老兵たちは、表面上はこの社会にとけこんでいるように見えるが、わたしの両親に起こったような、考え方や生活条件などのさまざまな実際の問題がおこったとき、わたしの母が言ったように「二十何年もいっしょに暮らしてきたけれど、おとうさんがいったい何を思っていたのかわたしにはやはりわからない」というようなことになるのではないだろうかと。わたしの母にはわからない、この社会にもわからない、わたしにもわからない。

だが、今後、わたしは、あのときの父が言ったような「家はある——だが帰れない」というまなざしが周囲の老兵たちの顔に何度も浮かぶのを、目にすることになるだろう。

父と七夕

最近、町を歩いていると、かたわらを行きかう若い男女がなぜか、特に楽しそうに見えた。家へ帰って新聞を開いてみて、七夕がもうすぐ来るからだとやっとわかった。新聞には、七夕に関係のある記事があふれていた。七夕の由来や、七夕の日のきれいなプレゼントなど、いつもは重苦しい紙面も、きらびやかな記事で埋まっていた。しかしながら、この日は、わたしにとって、別の意味があった。はじめての七夕を父の涙のなかで過ごしたことは、いつまでも忘れられない。

海をさすらい渡ってきた老兵たちがみなそうであるように、父にも永遠に語りつくせないさまざまな体験がどっさりあった。父は、夜がふけて、あたりが静かになったときにお酒を少し飲むのが好きだった。半ば酔い半ばさめた気分で、その半生にあったことや故郷への思いをあきることなく、訴えるように話すのだった。それはまるで、エンドレステープのように、何度も何度もくりかえされた。

長女のわたしが話がわかる年ごろになってからは、父はいつもわたしを忠実な聞き手とした。それで、わたしは、毎日の仕事にひとくぎりついて、父が落花生とさかずきを用意しているのを見ただけで、部屋に行って、父がベッドの下にしまっている「陳年老高粱《チェンニエンラオカオリャン》」酒（高級高粱酒）を取ってくる時間になったことがわかった。こうしてわたしはいつも、父と家の前の庭に座って、落花生を食べたり虫に刺されたところをかいたりしながら、父が何百回、話したかわからないような昔のことを話すのを聞いたのだった。

はじめて彦星と織姫星を見たのは、父が物語を話している時だった。今でもおぼえているが、ある蒸し暑い夏の夜、父は仕事がおわるとすぐ、身体を洗う用意をしながら、騒々しくこう言った。

「おちびちゃん、おまえの小さないすを持ってきて、おとうさんが出てくるのを待ってなさい」

そこでわたしは、ピョンピョン跳ねるようにして部屋に入って、宝さがしをするように高粱酒を探し出し、父がわたしのために作ってくれた小さないすを持ってきて、部屋に座り、おとなしく待っていた。まもなく、水浴びのあとの石鹸のかおりが、父の重い足どりとともに軽やかに流れてきた。

夏の夜の涼風は子守唄のように軽く柔らかで、父の話を聞きながら、その声がどんどん遠くへ漂っていくのを感じた。まぶたが重くなって、もっとおいしい落花生があってもあけておくことはできなかった。わたしは急にはげしく揺さぶられて、はっと深い眠りから目をさました。父がこう叫んでいるのが聞こえた。

「おちびちゃん、早く起きてごらん、牛飼いと織姫が会っているよ」

ぼんやりしながら父が指さすほうを眺めると、空いっぱいの星が目にとびこんできて、わたしはびっくりした。そのとき、わたしははじめて、星も「壮観」ということばで表わせるものなのだと知った。

「おまえの大陸のおばあちゃんは言ってたよ、おとうさんは牛飼いと織姫が会う前の夜に生まれたんだって」

そう話しているうちに、急に上からぽつぽつと雨が落ちてきた。わたしは緊張して父の手をゆすりながら言った。

「雨が降ってきたよ、雨だよ」

よく見ると「雨」は上をむいた父の顔から落ちてきていた。

日はこうして一日一日と流れていった。わたしは幼稚園、小学校……と、時間の流れとともに成長した。父の髪も、わたしと家との距離が長くなるにつれて、倍倍という速さで白くなった。成長するにつれて、わたしの反抗的な性格は、父との空間的な距離を広げただけでなく、ふたりの時間的なへだたりも大きくした。

こうして、子どものころ落花生を食べながら話を聞いた光景は、急にわたしからはるかに遠くなってしまった。たまにこの場面が今の夢に出てきても、わたしはそれを似たような映画のシーンだと思ったことだろう……。

わたしが嫁ぐ前の夜に、父が昔のように落花生と小さなさかずきを用意したときになってはじめて、ひどく長いあいだ、腰をおろして父が語る話を聞かなかったことに、わたしは驚きとともに気づいたのだった。

あの時代

また中秋節（旧暦の八月十五日）がめぐってきた。

子どものころ、毎年、中元（中元節、旧暦の七月十五日）の行事がおわるころになると、家々からざわめきがつたわってくるのを感じた。おさないわたしは、実のところ、どうしておとなたちが忙しそうにしているのかわからなかったが、ぼんやりと正月や祝日のような空気が生活のなかに広がっていくのを感じとることはできた。だんだんものごとがわかるようになってはじめて、それが中秋節の雰囲気であることがわかった。

「中秋の満月」は軍人村の人たちには、特別な意味があった。わたしは、父が、毎年中秋のころにはいつも涙にくれていたのをはっきりと思い出すことができる。そこには、大陸のふるさとに帰れない恨みや、広告でいうような「月円人団円（月が円くなり、長く離れていた家族も集まる）」は永遠にできないという無念な思いがあった。中秋の月餅の広告がテレビに頻繁にあらわれるようになると、家にあった古い大同テレビ（大同公司製テレビ）はいつもわけもなく放映禁止のうきめにあうのだった。

月が形を変えるにつれて、軍人村じゅうのおじさんおばさんたちは、月に支配された狼男のように、自分たちの仕事を進めた。ふだんは老人痴呆症になったようなこの老人たちが突然、ポパイのほうれん草を食べたみたいに、身体は強くたくましく、頭もすっきりと変身し、月餅の餡《あん》を用意したり、月餅を焼く職人と連絡をとったりと、以心伝心でそれぞれ動きはじめた。彼らの存在は、まるで中秋のこの一日を迎えるためにだけにあるかのようだった。

わたしが育った軍人村は、よその軍人村とは少しちがっていた。よその地域の軍人村に同じような儀式があるのかどうかは、わたしもわからない。しかし、少なくとも屏東《ピントン》のほかの軍人村には、わたしたちの村のような「月娘《ユエニャン》」（月にすむ女神）を拝む風習はないらしいということはわかっている。「月娘」を拝むのは中秋節の当日のことである。父はわたしにそう言っていた。

平地社会では、年長の人が子どもに、その祝日の由来や、誰を祭る日かとか、どんな物語があるかなどを、おもしろおかしく教えるが、軍人村にはそういうことはなかった。わたしがこの習慣の由来についてたずねるたびに、いつもはやさしい父の顔がさっと険しくなっておそろしいポーカーフェイスに変わり、小さな子どもを脅すように言うのだった。

「あれこれ聞くんじゃない、やっかいなことになるぞ！」

これは六十年代のことだった。

中秋の日が近づくにつれて、軍人村の空気は緊張してきた。わたしが、夜中におしっこに起きると、ため息がひとつまたひとつと村にこだまするのをよく耳にした。はじめのうち、わたしは、おばけが出たのかと思っていたが、のちに、寝つけないおじさんたちが深夜に広場に集まって、おしゃべりをし、思いにふけっていた声だったということを知った。日がたってから、わたしが首をかしげて父にこのことをたずねると、いつもは落ち着いている父が、急に気でも狂ったようにわたしの細い肩をつかみ、ひどく緊張してたずねた。

「おまえは何を聞いたんだ。何か聞いたっていうのか?」

わたしはひどくおびえて、顔じゅう涙や鼻水だらけになってしまい、小さな頭に何が残っていたかもすっかり忘れてしまった。もし母がかけつけて止めなければ、理性を失った父に殺されてしまったのではないかとわたしは本気で疑っている。わたしはこのあとまる三か月、父と話そうとしなかった。

何年も何年も時がたち、長い時間が流れて、わたしがくちばしの黄色い小娘から、人の妻に、母親になり、台湾の閉鎖的な政治状況が変わってから、わたしはやっと父の口からこれらのできごとの真相をとぎれとぎれに聞いた。わたしが生まれる前、すなわち光復(祖国復帰)してまもなくのころ、台湾の歴史に大事件が起こった。それがすなわち、今、社会でよく知られ、熱心に議論されている「二二八事件」(一九四七年)である。小さいころから軍人村で育ったわたしは、台湾の教育制度によって厳重にまもられたすべての台湾人と同じように、この歴史的な事件については聞いたことがなかった。それで、はじめて父の口からこのことを聞いたときは、ほんとうにひどく驚いた。そのうえ、もっとわたしを驚愕させたのは、なんと、父がかつて入獄したことがあるということだった。原因はまさに「二二八事件」の延長——白色テロだった。

重度の政治恐怖症にかかっていた父がある時、刑務所に入っていたと何げなく漏らしたことがあった。わたしは、父は不名誉だと思ってそのころのことを話したがらないのだろうと思いこんでいた。このことを知って、わたしの幼稚な心は、たいへん大きな衝撃を受けた。そのころわたしは、つかまって牢に入れられたというからには、「極悪非道」なことをしたにちがいないと思っていた。そのため、しばらくのあいだ、わたしは父を避けていた。今思えば、父はいっそうひどく傷ついたにちがいない!

毎年、中秋には、軍人村の雰囲気は厳粛で悲しみに満ちたものになった。わたしは、これは故郷を遠く離れた父やその友人たちが、大陸にいる長く会えない身内のことをひどく恋しがるためだと、ずっと思っていた。しかし、いつもわからなかったのは、村じゅうの人が「月娘」を拝むほかに、この時期に、家々がお金や生活用品を集めて、村の何軒かのきまった家に贈ることだった。これらの家には共通点があった。どの家も男主人がおらず、毎年の参拝では、この家の人たちの泣き声が、かならずいちばん大きいということだった。

軍人村は、そこに住む老兵たちとおなじように没落していった——死ななかったが、落ちぶれていった。七十年代半ばに、軍人村では大移動がおこった。わたしの家もこの引越しブームに巻きこまれ、父は十数年間生活を支えてきた豆腐作りの道具をそそくさと片付け、わたしたち一家をつれて、戦友といっしょに、遠く台中市へ、見たこともない街へ引っ越すことを、断固として決めた。軍人村を離れることで、軍人村の多くの伝統は放棄せざるをえなかった。引っ越した先が台湾人ばかりの村だったのでなおさらだった。ただ、月娘を拝む習慣だけはずっと変わらなかった。そしてこれは、父が死に臨んでも決して忘れないことだった。

「その年の中秋の日に、村じゅうの男たちがほとんどつかまった。わしも逃げられなかった。夜中に軍の車が四台やって来て、実弾をこめた銃をもった兵隊たちが一軒ずつ捜索を始めた。わしらは大陸からいっしょに戦争をしてきたんだ。何も見ちゃいない。だが、このときはほんとにびっくりした。村じゅうの男がほとんどみんな車に乗せられた。『歩け！　歩け！　歩け！』という声しか聞こえなかった。車は、夜中から明けがたまで、必死に走った。誰も口をきかなかった。あとになって、高雄《カオション》に着いたことがわかった」

父はつかまった時のことを、はじめて、こう話した。話の筋もちゃんとしておらず、わたしには父が何を言っているのか、全くわからなかった。父が酒に酔って話しているとしか思えなかった。

「実は、そのころ、とっくに覚悟はできてたんだ。ずっと前から、風のうわさに、近所の軍人村がいくつもやられたって聞いていたからな。遅かれ早かれつかまったんだ。納得がいかないのは、わしらは大陸から軍隊について来たってことだ。『忠心』かどうか、まだ試されなくちゃならんのかね。そんな昔からの戦友にまで、どうしてそんな必要があるんだ？　人の心ってものは……！」

話しながら、父の顔には涙があふれた。しかし、わたしは、父が何に傷ついているのか、やはりわからなかった。わたしが高校に進むまで、父はもうわたしの前ではこの話をしなかったが、中秋節に月娘を拝み、軍人村にお金を送ることはやめなかった。わたしがこういうことをほとんど忘れかけたころ、高校生のときに、ある事件が起こり、父の感情がふたたび爆発した。

高校三年の、卒業をひかえたころ、三年生が全員、国民党に入党することを教官から「迫られ」た。わたしは軍人村で育ったし、外省人の子どもだったので、観念的には、それは当然のことだと思っていた。だから、教官に「党員資料」に記入するように求められたときも、まったく疑いももたず、そのことを父に言いもしなかった。卒業の前に、全校の三年生は教官の指導のもとに、学校の講堂で入党宣誓の儀式をおこなった。そのころのわたしは、「神聖な使命を担う」という責任感さえ持っていた。学校がひけると、わたしは待ちきれないような気持ちで、緑色の新しい党員証を父に渡した。父はきっとわたしを誇らしく思うだろうと直感的に思っていた。意外なことに、父はその党員証を目にすると、激怒してこなごなに引き裂いてしまった。そして何も言わずに、「バン！」とドアを閉めると、その夜は一晩じゅう、部屋から出てこなかった。

翌日、父はわたしを引き立ててバイクに乗せると、二時間もかけて学校に送ってきた。父が何を考えているのか、わたしにはわからなかった。学校に着くと、父はわたしを職員室にまっすぐ連れて行った。父の紅潮した顔は、はっきりと教師に「自分は怒っている」と告げていた。教官は、わたしが何か悪いことをしたので、父親が学校にもっときびしく管理するように言いに来たとでも思ったのだろう、めったに見せない笑顔を浮かべて父に言った。

「怒らないでください、怒らないでください、子どもじゃないですか、失敗をすることだってありますよ」

教官が言いおわらないうちに、父が大声で怒鳴ろうとは、誰も思いもしなかった。

「うちの子が悪いんじゃない。悪いのはあんたたちばか者どもだ。主任を出せ！」

教官が驚いただけでなく、そばに立って小さくなっていたわたしまであきれてしまった。父の吠えるような叫び声を聞きつけて、隣の部屋から訓導主任が出てきた。あっという間に緊張が高まった。

半時間後、父と主任教官と訓導主任とわたしは、きちんと校内の補導室に座っていた。父は、徹底して、短いことばしか口にしなかった。

「わたしの娘を国民党に入れるな！」

誰が原因をたずねても、主任教官だろうが、訓導主任だろうが、学校の補導教員だろうが、父は全くとりあおうとしなかった。しかも、党を脱退する手続きをしなければ、家に帰らないと言うのだった。

こうしてにらみあいが約二時間も続き、誰もがあきらかに忍耐心を失ったころ、最後に主任教官が言ったひとことが父を激怒させ、この長ったらしくばかばかしい対立を終わらせた。

「国民党に入らないなんて、まさかあなたは共産党じゃないでしょうね！」

このひとことは、青天の霹靂のようにわたしと父を打った。そばでずっと黙っていたわたしは、ここまで事態が悪化するとは思っていなかった。そのときは、ただこう思った。

「こうなるって前からわかっていたら、はじめからお父さんに話していたのに」

しかも、父がなぜここまで話をこじれさせてしまったのか、わたしはまだよくわからないでいた。まったくもう時代遅れなんだから！　こんなことを思っているうちに、父はすっくと立ち上がった。百八十センチの身長に、主任教官は驚いて声をのんだ。

「あんたたち国民党が、わたしを要らないと言ったんじゃないか、あんたたち国民党が、わたしを共産党と呼ぶんじゃないか」

そう言うと、わたしをひっぱって振り向きもせずに、外へ出た。出口で急に憎々しげに振りかえると、ひとこと、投げつけた。

「わたしは政治犯だ。娘を退党させるべきかどうか、自分たちで考えるんだな！」

このあと、まる一週間というもの、父はひどく酔っぱらっていた。わたしも父から登校を一週間、禁じられた。父は毎日、同じ話を繰り返した。

「尋問も、取り調べもなかったんだ。わしら二十人は二坪たらずの部屋に閉じこめられた。真っ暗だった。誰にもどういうことかわからなかった。毎日、人が連れていかれて、帰ってこなかった。釈放されたんだと思っていたが、あとになって、銃殺されたってわかったんだ」

「ある日、わしとほかの十人が連れ出された。小さな部屋にはいると、裁判官みたいな人が前のほうの高いところに座っていた。ちゃんと立ちもしないうちに、その人が読みあげるが聞こえた。『……以上十名は通牒の罪で死刑に処す！　連れて行け』ここまで聞いて、わしは気を失ってしまった」

「その晩、夢かうつつかわからないうちに、わしはタオルで猿ぐつわをされ、手足をしばられた。何がおこったかわかった時には、もう麻袋の中に詰めこまれていて、ヘリコプターに投げあげられた。そのときわしの心には、ひとつのことしかなかった。『また中秋がおわるが、もう月餅は食べられなくなったなあ』そう思ったあと、『ボトン、ボトン』という音が聞こえてきた。六つまで数えて、わしも放りだされた」

「あの時代を生きたいとは思うような人間はいない……」

父がなぜ、毎年、中秋節に月娘を拝むのか、わたしにはやっとわかったのだった。父は嫦娥《じょうが》（月にすむ女神）を拝んでいるのではなかったのだ。父と軍人村のおじさんたちが拝んでいたのは、中秋の夜につかまって連れて行かれ、その死因もわからない昔の戦友たちだったのだ。その年の中秋節は、彼らの共通の記憶であった。そこで、幸運にも死なずに帰ってきた老兵たちは、中秋節を追悼の日にすることをひそかに約束し、生死のさだかではない友人たちを思い出していたのだった……。

父は十年前に脳溢血で突然この世を去った。亡くなる前には、話すこともできなくなったが、父はなんとかして話をしようとしていた。わたしたちは、父は何か大事なことを言い残したいのだと思って、あれこれ手をつくして、父が思っていることを理解しようとした。特に母は、長年のあいだ、父と感情をやりとりし、わたしたち子どもには想像もつかないほど父に頼ってきたので、父の遺言は自分に向けてのものにちがいないと思っていた。ところが、思ってもみなかったことに、父が最期の息のしたで言い残したのは、「中秋節には月娘を拝むことと寄付金を忘れるな！」ということだった。これは、誰にとっても思いもよらない遺言だったが、それを聞いて母はその場で気を失った。父にとってこのことばがどれほどだいじなことか、妹たちにはわからなかった。たぶん、わたしと母と、父の昔からの戦友たちだけにしか、その意味はわからないだろうとわたしは思う。

赤い唇のヴヴ

五十年前に部落を出た時には猿のように痩せていた少年は、無情な歳月と戦争に鍛えられて不死の雄鷹となり、中国大陸を半世紀近くも、孤独にさすらった。この老人の帰還は、ヴヴ・アグアンの心に大きな衝撃をもたらした。ヴヴ・アグアンの初恋の人は、出征したその年に戦死していたのだ。息を引きとるまぎわに、彼は、片時も忘れられない人の名を呼んだという——アグアン、と。

一　ビンロウの香りがないと眠れない

一九九三年一二月、東北から吹きつけるきびしく冷たい季節風も、島の南端にある南台湾には、たいした脅威にはならなかった。晴れあがった昼間には、あたたかくおだやかな風が軽やかに嘉南平原《チャーナン》(台湾南部の平原)に吹きわたった。広々とした平原には、サトウキビが青々としげっており、空気にはサトウキビの甘い香りが満ちていた。来年もまた豊作の季節となるだろう。

嘉南平原の林辺渓《リンビエンシー》の支流ぞいにあるブツルク部落(今の屏東県来義郷文楽村)では、五年に一度の大切な祭り、マラヴェク（五年祭）の準備がおごそかに進められていた。ふだんは静かで平和な部落も、つぎつぎに帰ってきた人たちで、にぎわいを見せはじめており、百戸あまりの部落は大きな行事をおこなう忙しさのなかにあった。

　パイワン族には階級制度がある。そのため、部落の仕事はそれぞれの家族に割り当てられ、どの家族もその仕事をこなさなければならない。祭りも例外ではなく、部落を行ったり来たりする人たちは、ものうい冬だというのに、薄手の長袖のシャツをきただけで、懸命に作業をしていた。このことからも、この祭りが部落にとって、重要な社会的意義を持っていることがわかる。

　マラヴェクは、パイワン族にとって重要な、大きな祭りのひとつである。早くも日本統治時代に、著名な人類学者の鳥居龍蔵や移川子之蔵らがパイワンの部落に入り、パイワン族に関するさまざまな研究報告を残したが、そのなかで、マラヴェクについての資料がパイワン族の代表的な記録であることはまちがいない。このことからも、パイワン族社会におけるマラヴェクの重要な意味を知ることができる。

　部落の入口では、派出所の正門が一本しかない大通りをにらみ、獲物を見張る黒熊のように、部落に出入りする人をじっと見ている。ブツルク部落は、すでに三年前に「山地管制区」（山地の保安や山地居住者の利益保護のために政府が規定した地域、入山には許可証が必要）の規定が解除されたのであるが、よそからやってきた警察官は今も忠実に職務を守って部落の人々を「取り締まる」仕事をしている。まるで百年前に日本の警察が設けた「隘勇《あいゆう》線」（原住民居住区を囲い込んだ警備線）のようだ……。

　派出所の真正面に、山にそって何軒かの家が建っている。これらの家は同じ家族名――リカラッをなのっている。パイワンの社会では、これらの家は同じ家族で、血縁関係がある親戚であることを示している。この家族でいちばん年かさの老人は、リカラッ・ディソン・アグアンというが、部落の若い人たちは、彼女をヴヴ（祖母の世代の人への呼称）と呼んでいる。

部落では、半分以上の子どもたちが彼女を見かけると、ヴヴと呼びかける。それからも、彼女がもう若くないことがわかるだろう。

彼女と会った人がうける第一印象は、彼女の口いっぱいのビンロウの汁と、たこがいっぱいできた足だ。部落の子どもたちは、いたずらっぽくこう言う。ヴヴの足の裏のぶあついたこは、鉄の釘も踏みつけて曲げてしまう。それでも、ヴヴは少しも痛くないんだ。きっと、何年も、はだしで山や林を走り回ってきたから、ああなったんだ。

ヴヴ・アグアンがビンロウを噛んでいる時間については、自分で指を全部使って数えても、ちゃんと数えられないぐらいだった。口の左側でごはんを食べながら、右側ではビンロウを噛むほどビンロウが好きで、まくらにまでビンロウが詰めてある。ヴヴは赤い歯（ビンロウを噛んで赤い汁が出る）を見せて言う。

「ビンロウの香りがないと眠れないんだよ」

午後のあたたかい日光はそのあふれるような熱情で、一年のあいだにブツルク部落にたまった湿気を、立ちのぼる水蒸気に変え、人々を守っている南大武山脈（台湾南部の山脈、パイワン族発祥の地とされる）にふきよせて、雄大な森や生物に養分をあたえる。

ヴヴも五年祭の仕事を割り当てられていた。彼女は家のまえの広々とした庭に座って、一か月前に山から取ってきた籐《とう》を注意深くよりわけ、太さの順にきちんとならべていた。ちょっと見ただけでは、彼女がどんなものを作ろうとしているのか、よくわからなかった。入れ物を編もうとしているようにも、何かをしばるための道具を作ろうとしているようにも見えた。

空に、夕陽のときにだけ見られる、血のように赤い輝きがあらわれると、ヴヴ・アグアンはやっと、魔法のように、ふるえる両手で円い籐球（籐で作った玉）をひねりだした。籐球特有の黄金色が夕陽に映えた。ヴヴ・アグアンは、ひんやりしてきた黄昏の空気のなかでこう言った。

「これは、五年祭の大事な行事――刺球（籐球を投げ上げて、槍で刺す行事）のときに、試合に出る人たちが使うんだよ。籐球をたくさん刺せば刺すほど、次の一年、その家族では何ごともうまくいくんだよ。だから、ちゃんと作っておかないといけない。投げ上げたときに、ほどけてしまわないようにね。そんなことになったら、縁起が悪いからね」

籐球を編み、ビンロウを噛みながら、地平線の太陽が少しずつ消えていくなかで、ヴヴ・アグアンは、部落と彼女の成長のあいだの密接な関係について、ゆっくりと話しはじめた。

二　禁じられた五年祭

一八九五年の春の終わりに、清朝政府は日本と「下関条約」に調印した。「台湾全島とそれに付属する島々」が割譲され、日本は、夏のはじめには、台湾の接収をおわった。

南大武山脈にあるアウマガン・モンアリト部落（今の屏東県来義郷旧望嘉部落）は、南大武山に守られて、昼下がりに空をおおう山霧のなかに、静かで平和な日々を送っていた。伝説のサルガヤ（稲妻の男神）は、夏の日の午後にはいつも、心から愛するサラルムク（稲妻の女神）と大空で出会い、はげしい身ぶりで思いと愛を訴えあった。愛情の火花は稲妻を一筋一筋、激しくひらめかせ、南大武山脈のうえに光り輝く。このとき、アウマガン・モンアリト部落の人たちは、大武山脈の外の世界では、すでに異変が起こっていることをまだ知らなかった。

マサル（粟の豊年祭）が二回終わったあと、遠くへ狩りに出かけた隣の部落の戦士が、けもの道や精霊をとおして、不吉な警告をつぎつぎにもたらした。祖先からの猟場に、強力な武器をもった、えたいの知れない敵が現われたというのだ。このうわさに、部落はひどく驚いた。部族の安全に責任がある頭目のガラジム家の家族は、部落の人たちを安心させるために、ブリンアフ（巫婆）を一族の祖霊をまつっている祖霊堂に行かせ、南大武山脈の祖霊に禍福をうかがわせざるをえなかった。

一年たたないうちに、南大武山脈にあるモンアリト部落にも、四方を飛びかう銃弾や「ドカンドカン」という砲火の音が聞こえるようになった。水源の世話と管理をしている村人からしらせがあった。水源堂にまつってある、その年の部落の水が十分かどうかを象徴する瓶のなかの清水が、一日でにごった暗い赤色に変わったというのだ。人々が行って調べてみると、隣の部落はすでに敵に攻撃されており、水源地――林仔辺渓上流（今の林辺渓）は、かれらの身体で胸の痛くなるような鮮やかな赤色に染まっていた。同盟を結んでいた頭目の家族のしるしである、美しいとんぼ玉（パイワン族が珍重する装飾品、後掲「ムリダン」参照）とイノシシの牙で飾られた帽子が、おたがいの部族が行き来していた小道に落ちていた。彼らは、この部落を頼ってやってくる途中に狙撃されたにちがいない、と部落の長老は推測した。かたわらにある月桃（多年生の植物）の葉に、乾いた大きな血痕がついているのがはっきりと見てとれた。

日本の軍隊が進入し、それによって、アウマガン・モンアリト部落の運命も変わった。最初に衝撃を受けたのは、部落の戦士と猟師だった。日本軍は人々の反抗を抑えるために、部落の銃をすべて没収した。部落の男たちは、猟人に歯をぬかれたイノシシのように、怒り狂ったが、それ以来、攻撃のための戦力を失ってしまった。人々の精神的な指導者である頭目のガラジム家の家族は、日本軍に制約をうけ、自分に属する部落の人々の怒りや憂いをどうすることもできず、静まりかえった深夜に、力なく、祖霊の住む地――南大武山のほうを向いてひそかにすすり泣くしかなかった。

西暦一九〇〇年ごろには、部落でいちばん大事な祭り、マラヴェク（五年祭）が禁止された。祖霊からのしらせを伝える責任があるブリンアフ（巫婆）は、冬の終わりに風の神と大樹のあいだでもがく最後の枯葉のようにふるえる両手を高くかかげて、無言で人々の傷ついたまなざしと向き合った。人々がうまくとりつくろうなかで、ブリンアフは祖先をまつる最後の儀式をこっそりと行なった。数年後、ブリンアフはついに風にあらがう意志をうしない、沈んだ心のままにこの世を去った。

部落の伝統がすべて禁止されていったにもかかわらず、信仰が強かったので、人々の心はまだ死んでいなかった。日本は、人々の思いをつなぎとめている精神的なものは、武器や祭りだけでなく、権力の中心、すなわち、精神的な指導者――頭目の家族を強く支持するということだとよく知っていた。

部落の伝説では、「頭目の家族は太陽神の生んだ子である」とされている。このため、頭目の家族は最高の権力を持っていた。頭目の身分を表わすものはたくさんある。服飾や家の建築、図案の使用などである。刺青《いれずみ》もそのひとつであった。早期のパイワン族の階級制度では、平民身分の家族には刺青をする権利がなかった。こうして、はっきりしてわかりやすい「身体言語」――刺青は、部族のなかで身分を象徴し、いちばん簡単に見わけられる記号となった。パイワンの人々が階級制度をかたく守っていることとその影響は、パイワン以外の人には実感しがたいものである。階級制度におけるタブーはすべてが、まさに部落の法律であり、その法律を執行するのは部落の中心人物であった。中心人物はすべての権力を持つが、その人物は部族を保護する能力も持っていなければならなかった。「頭目の家族」はその中心人物の代表なのである。

日本はこのような権利の中心である象徴を打ち破るために、第五代台湾総督の佐久間左馬太が策定した、一九一〇年からの「五か年計画理蕃事業」で、一定の期間内に、部落のすべての家族の長子は全員、手に刺青をすること、頭目の家族への納税をやめることなどを命じて、頭目と平民の家族の境界をあいまいにしようとした。

「刺青は外でしなくちゃならない。家のなかではできないんだよ、昔は、山には電気がなかったからね。刺青をしてもらった人は、仕事もできないし、水もさわれない。ご飯も誰かに食べさせてもらってね、手を曲げたり握ったりもできない。片方の手にだいたい一か月ぐらいかかる。刺青は一回ですむわけじゃない、一回終わったら、もう一回しなければならない。刺青を入れる人の手はふるえちゃいけない、わしらのアウマガン・モンアリト部落では、刺青を入れてくれる人は男だった。それから、夏は、刺青はできない、手が腫れあがることがあるから。冬でなくちゃいけない。そのあと、そばで火をたいて、火であぶる。寒いのを怖がったり、血を怖がったりする人は、だめだったね。刺青のための針は六本あって、一回刺し終わると、色を入れる。そうして、何度もくりかえす、三回とか、四回とかね。こうして、タ、タ、タ……と、一針一針、ゆっくり刺すんだよ！」

部落の老人たちは、子どものころに見た刺青の印象を思い出して、今でもその進め方ときまりをはっきりと話すことができる。

日本植民政権が部落社会の構造を瓦解させようとたくらんで、人々が祭りを行なうのを禁止したなかで、「アウマガン・モンアリト部落はばらばらに崩れかけていたんだよ」。

ヴヴ・アグアンは老人斑がいっぱいに浮きでた手で、太陽の出る方向を指してそう言うと、眼のすみから思わず流れ出た感情を手の甲でさっとぬぐった。

三　ガジライ（石頭神）を失った部落

一九二四年冬、アウマガン・モンアリト部落は、激しい戦いが終わったばかりで、まだ再建の半ばであった。部落の下のほうにあるガガアンディアン家の母親に、月が満ちるのを十回待ったあと、赤ん坊がまもなく生まれるきざしがあらわれた。はげしい陣痛がつづき、これがはじめてのお産というわけではなかったが、母親はこらえきれずにうめきはじめた。ガガアンディアン家の長老は、二回の昼と二回の夜のあいだ待っていたが、母親を痛めつけているこの子は、将来、わんぱくな子どもになるにちがいないと思った。無事に生まれて来たら、必ずおしりをぶって教訓をあたえておかなければならない。

三度目の月が出たときに、月の光に照らされた石板《スレート》の家（パイワン族の伝統的な住居）に、ついに赤ん坊の弱々しい泣き声が聞こえた。ブリンアフ（巫婆）は、時間をかけてやって来たこの新生児のために、簡単な出生の儀礼をおこない、ガガアンディアン・ディソン・アグアンと名づけた。この赤ん坊は、植民戦争のなかでこの家族にいくばくかの生命力をもたらした。

しかし、新生児が持ってきた楽しい時間は長くはつづかなかった。ガガアンディアンは、まもなく、長くわずらわされてきた別の問題に直面した。この家の長女ウリンアンは、日本の警察から、年が明けたら、まだ寒さが去らない早春のうちに刺青の儀式をうけるように言いわたされていたのであった。平民家族の母親にとってこの通知はつらいものだった。行けば、頭目の家族に叱責されるだろうし、行かなければ、日本警察からきびしくとがめられると思うと、恐ろしくてぞっとした。

ほかの家族の例にしたがって、ガガアンディアン家の母親は、くぼんだ眼の奥に涙をかくし、長女を刺青を担当している族長の家へ自分で連れて行くほかはなかった。ウリンアンのいたいけな耳に言いつけをおしこむと、母親はひきかえした。彼女が駐在所の前のぬかるみに、最初の涙を落としたとき、ウリンアンの柔らかい手の甲に新しい血の玉がふきだし、血に染まった桜の花のようにひとつひとつ、手のうえに咲きひろがっていった。

ヴヴ・アグアンは、家族では三番目の子どもで、十歳までは、森をかけまわる小さな雌イノシシのように元気だった。少なくとも十歳になるまで、彼女はアウマガン・モンアリト部落ですごした。彼女は長女ではなかったので、長女が家を継ぐ家族では、その立場も教育も、母親からあまり重視されなかった。そのため、ヴヴ・ウリンアンにくらべると、彼女には遊ぶ時間がたっぷりとあった。

日本統治時代には、部族は農業で生計を立てていた。家族は誰もが、それぞれにしなければならない仕事をもっており、小さな子どももそれは同じだった。このため、ヴヴ・アグアンはごく小さいころから、生きていくためのすべを身につけていた。何を植えるか、とか、年中行事、さらには、部落のタブーなどの基本的な考え方は、この時期に少しずつおぼえはじめ、やがて、熟知するようになったのである。

八歳ぐらいになると「番童教育所」（番童は原住民子弟）の教師をかねていた部落の駐在所の警察官が父親に「アグアンは学校に行く年になった」と言った。そこで、ヴヴ・アグアンは、はじめて学校へ行った。昼間は山に行って仕事をしなければならず、夜は教育所で勉強しなければならなかった。そのうえ、警察官が兼任する教師は、きびしく、また恐ろしかった。教えたことがわからないと、打ったり罵ったりした。活発でじっとしているのが嫌いなヴヴ・アグアンは、同じように勉強が好きではない同級生をそそのかして、むこうみずにも、山に逃げてしまった。それぞれの家族の年長者がみんなでさがしまわったが、連れもどしても、「逃走劇」は何度もくりかえされた。

一九三三年、最初の寒さが林仔辺渓にそってのぼっていき、大武山のふもとの最初のカエデの葉が女の唇の色に染まったころ、日本が「全台高砂族集団移住十年計画」を公布した。命令を伝える日本の伝令兵が大武山脈の重なる山々を越えて、アウマガン・モンアリトへやってきたのは、次の年の早春のことであった。

日本の警察の監視のもとで、アウマガン・モンアリト部落は三つに分けられた。三分の一はもとの部落にとどまり、あとの三分の一はアウマガン・クララウ（今の屏東県来義郷旧古楼部落）へ分けられた。ヴヴ・アグアンのガガアンディアン家は、「太陽が生んだ」ガラジム頭目にしたがって祖先代々暮らしてきた地を離れ、時には対立をしたこともある別の部落、アウマガン・ブツルク（今の屏東県来義郷旧文楽部落）へ行った。それは、はるかな傷心の旅であった。尊敬するガラジム頭目は、武装した日本の警察に護送されて行列の先頭に立った。老人たちは、数十代にわたって子孫を栄えさせてきた祖先の地を幾度も振りかえり、幾十もの家族が流す涙は細い流れとなって、人々の残した足あとをかき消した。悲しみのあまり、人々は狼の吠えるような嗚咽をもらし、それは、南大武山脈に、数世紀にもわたって残るこだまとなって響いた。ヴヴ・アグアンは、頭にしまいこまれていた六十年前の記憶を語った。

「今でも、ヴヴ（祖父祖母の年代の人を指す）たちのあの泣き声が聞こえるようだよ」

一九四二年春、日ごとに緊迫していく戦況に対応するために、日本は正式に志願兵制度を実施し、千八百人あまりの原住民を徴集して「高砂義勇隊」を編成した。ヴヴ・アグアンが生まれてはじめて好きになった男性も、「高砂義勇隊」に入るように迫られた。第二次世界大戦中に、戦争の最前線で戦う部隊の一員となり、もっとはっきり言えば、天皇のために大砲の餌食となったのだ。つぎつぎに部落を出て行った男たちは、その後、糸が切れたタコのように、祖霊の庇護の眼から漂いだし、二度と帰ってこなかった。三年後、日本は降伏を宣言したが、この悲しいできごとで喪失感をおぼえていたヴヴ・アグアンには、何のなぐさめにもならなかった。

戦争が終わって五十年たったある夏の日、海のかなたから帰ってきた老人が部落に現われて、騒ぎになった。彼は第二次世界大戦のときに「高砂義勇隊」に編入された。五十年前に部落を出た時には猿のように痩せた少年だったが、無情な歳月と戦争に鍛えられて不死の雄鷹となり、中国大陸を半世紀近くも、孤独にさすらったのだった。この老人の帰還は、ヴヴ・アグアンの心に大きな衝撃をもたらした。ヴヴ・アグアンの初恋の人は、出征したその年に戦死していたのだ。息を引きとるまぎわに、彼は、片時も忘れられない人の名を呼んだという――アグアン、と。

一九四五年、日本が「終戦の詔勅」を出し、日本統治時代が終わった。しかし、アウマガン・ブツルク部落の悪夢はまだ終わらなかった。駐在所の日本人警察官が、夜に部落をひきあげるのを利用して、部族でいちばん神聖な守護神――ガジライ（石頭神）をこっそり持ち去ってしまったのだ。ガラジム頭目家の老人が気づいたときには、邪悪な日本人警察官はすでに、山を下る日の丸の旗を利用して、一時は破竹の勢いだった「日の沈まない国」へ帰ってしまっていた。

ヴヴ・アグアンは無邪気な子どものように、興奮して両手をふりまわしながら言った。

「ガジライは石だったけれど、尊敬されていて、誰も石だとは言わなかった。いったい、どんなところが不思議だったかって？　話してもおまえたち、小さい子どもには信じられないだろうがね。人と同じように、眼も口もあった。歩けたし、人の話がわかった。自分では話せなかったがね。行動で気持ちをあらわすだけだった。日本人が来てからは、昼間は頭目の家のテーブルの下に隠れていた。日本人につかまって連れて行かれないようにね。だから、夜にならないと出て来なかった。ガジライのいちばんすごいところはね、いろいろなことを予知する力があったことでね、特に、一族の人が亡くなることは、いつも先にわかって、まちがえたことはなかった。人が亡くなる時には、その家に行ってね、それが家族のなかの人だったら、ガジライはその家の正面の真ん中にのぼったし、外に行っているものや嫁に行ったものが亡くなるのなら、家の裏から屋根のてっぺんの真ん中にのぼった。そしてそこに座りこんで、人間のような悲しい泣き声をあげていた。そのとき、家のものは、家族の葬式の準備をはじめたんだよ」

突然、ヴヴ・アグアンの顔から笑いが消え、苦しみの淵にすべりおちたように、急に泣きはじめた。

「しばらくたって、ガジライが部落を散歩している時に、日本人に見つかって、つかまってしまった。それからってもの、頭目の家族は、日一日と没落して行ったし、わたしら、アウマガン・モンアリト部落も少しずつ落ち込んでいって、だんだん、昔のような強い力がなくなってしまったんだよ」

四　リカラッ家のはじまり

時は、新旧の政権が交替したからといって止まるはずもなく、流れていった。幾度か、マサル（豊年祭）を祝ったのち、若くて美しいヴヴ・アグアンは、部族の若者たちの歌と踊りの集まりで出会ったアウマガン・ブツルク部落の青年と家庭を持った。ブリンアフ（巫婆）は彼らの家を「リカラッ」と名づけた。こうして、ヴヴ・アグアンは正式に母家族——ガガアンディアンの庇護を離れて、ひとつの独立した家の女主人となった。

母系社会で成熟した女性となることは、たやすいことではない。新しい家の名前が現われたということは、独立体がひとつ、新しくできたことをあらわしている。部落の仕事の分担でも、権利や義務の配分でも、自分の家の格にあわせてふるまわなければならなくなったヴヴ・アグアンが、このことの象徴する意味を最初に強く実感したのは、部落の人たちが彼女をもうガガアンディアン・ディソン・アグアンとは呼ばずに、リカラッ・ディソン・アグアンと呼ぶようになったことだった。このとき感じたのは、子宮を離れた赤ん坊が感じるような、期待と傷つくのを恐れる気持ちだった。

ヴヴ・アグアンが一家の主としてどうあるべきかを学んでいたちょうどそのころ、一九四八年五月、国民政府が台湾へ来てから公布した「高山族の名称の使用禁止」の政策と、山地戸籍調査作業を積極的にはじめたことが、部落に大きな影響をあたえた。この政策は、原住民が代々使用してきた名前の使用を中断させただけでなく、同時に母系部落の社会法則を徹底的に変えてしまった。漢民族の社会では、父権が家長となるきまりがあるが、それが他の民族にも適用できるかどうかというようなことは、考慮されたことすらなかった。このような強勢政権に迫られて、ヴヴ・アグアンは、伝統社会で持つはずだった地位を失い、漢人が新しく作った戸籍簿では、あっというまに、某氏の妻になってしまった。もはやリカラッ家の母親ではなく、ブリンアフが慎重に考えてつけたパイワン族の名前は、漢文で書かれた四角な文字——高罔昔《カオワンシー》になってしまった。

長女が生まれる前の年、ヴヴ・アグアンの母親は彼女に言った。

「ご先祖様が夢を見せてくださったんだよ。おまえには子どもが生まれるよ」

わたしたちの部落の夢占いでは、母親の夢に蛇かとんぼ玉があらわれたら、それはその子どもか身内が近いうちに身ごもることを伝えるものだといわれてきた。実際、そのとおりに、翌年、花が咲きほこる春に、きれいな女の子が、形ができたばかりの小さな家庭に生まれ、リカラッ家の最初の子どもとなった。ブリンアフはこの子をムリダンと名づけた。ムリダンは彼女の体と同じように、小さくて美しいとんぼ玉の名前だった。しかし、戸籍ではこの名前も使うことはできなかった。

一九五二年、「台湾山地人民生活改進運動弁法」が臨時省議会を通過し、アウマガン・ブツルク部落は「危険、倒壊のおそれあり」という行政側の判断で、呪われた部落のように、再び、全村移住の運命に直面した。長い旅の苦労を経て、ヴヴ・アグアンと村人の大部分は新しい土地——ブツルクに落ち着いた。しかし、彼女の実家のガガアンディアンは、長女のウリンアンが後を継いでいたのだが、ほかの部落に移ることにした。というのは、大部分の人がヴヴ・ウリンアンと同じく、日本統治時代に刺青をした平民で、頭目の家族に対して、うしろめたく思いつづけてきたからだった。あるいは、こう言うべきかもしれない、伝統的な階級制度を堅持するという誇りから、彼らは頭目の家族のいる部落を離れて、ほかに土地を求めたのである。

目的の地に着いたのち、すべてをふたたび新しくはじめなければならなかった。新しい部落は、人々が心をあわせ力をあわせて、石板を一枚一枚、希望をこめて積み上げていった。リカラッ家の子どもたちも、この時期に生まれ、成長した。国民政府が台湾に移ったころ、戦争の洗礼を経たばかりのこの島は、物資が極度に欠乏していただけでなく、避妊具や知識さえも十分ではなかった。ヴヴ・アグアンは一生に六人の子どもを生んだが、どの子も自分でとりあげた。

「赤ん坊が生まれそうだと思うとね、はさみや布や子どもの服なんかを急いで用意してね、それから、大鍋いっぱい、お湯をわかした。家のなかに運んでちゃんと置いてもらうと、そのあとは、みんなに出て行ってもらった。そして赤ん坊が生まれてから、家に入ってもらったんだよ」

このような出産の経験は、現代教育のもとで育った子どもたちの耳には、不可思議なアラビアンナイトの話のように聞こえるだろうが、ヴヴ・アグアンは何でもないとでもいうように、肩をすくめて言うのだった。

「そのころの女はね、みんなそうやって生きてきたんだよ」

五　外省人の老兵に嫁いだ娘

一九六〇年初夏、山地の蒸し暑い午後、大雨が降りだすまえの大きな雷鳴がゴロゴロと鳴り響いた。それは、何か大事件がおこる前ぶれのようだった。ブリンアフ（巫婆）は心配そうに南大武山のほうに向かって、ぶつぶつと祈りをとなえた。

「サガラウス（雷神）、よく見て落ちてください。このブツルクには落ちないでください。ここにはあなたの子どもたちが住んでいるんですから」

大雨がやむと、緑色の制服を着た郵便配達夫が、まだ水たまりが残る大地を通って、一通の公文書を運んできた。「省政府公布実施山胞生活改進運動弁法」の即時執行の通知だった。この「山地平地化」運動がはじまると、部族の人々は、伝統的な衣装を身に着けることができなくなっただけでなく、母語も話せなくなった。そのうえ、十数年前に人々が協力して建てた石板《スレート》造りの家もつぎつぎに打ち壊され、おかしな格好のコンクリートの家に建てかえられた。ブツルク部落はまさに漢化（中国化）の運命を一歩一歩たどりつつあった。あの大嵐のまえの大きな雷鳴はサガラウスの警告だったのだろうか。

「山地平地化」運動の強制執行は大きな騒ぎをひきおこした。人々はみな不安そうにたずねあった。「ほんとうにこの伝統ある飾りを焼いてしまわなければならないのかね。とんぼ玉もほんとうに砕いてしまわなければならないのかね。石板の家もほんとうに壊してしまわなければならないのかね」

人々の顔に疑問符がひとつひとつ、くっきりと浮かんだが、警察はじめ、宗教関係者や地方行政の職員に監視され、法律に触れるのではないかという恐怖心から、部落は数日で様子が変わってしまった。しばらくのあいだ、家々は悲しみに沈み、惨めさに打ちひしがれていた。そうすることがはたして正しいのかどうか、誰もはっきりさせようとはしなかった。何軒かの家だけが、老人ががんばって、取り壊しを拒否した。ヴヴ・アグアンもそのひとりだった。これら、取り壊されなかった家の家族も、代償を支払った。彼らは行政側の懲罰にあったのだった。電気と水道が止められた。警察は、家を建てなおせば、水道も電気もつくと誘惑して、頑強に抵抗している少数派の家族を説得しようとした。できるだけ早く「全面山地平地化」の目標を達成し、上部に業績を報告して、自分たちが「山地人教化」に偉大な貢献をしたことを証明したいとたくらんでいたのだ。この野心満々の警察官が、偉業をなしとげられないままにブツルク部落を去ったとき、部落にはまだ、昔どおりに石板の家に住み、祖先の霊とともに眠る家族が残っていた。

国民政府の山地開発の歩みにともなって、漢人が原住民の部落に入ってくる速度も速くなってきた。原住民の少女の清らかさに、漢人は薄い一重まぶたの眼を見ひらき、原住民女性の美しくも哀しい歌がひとつまたひとつとできあがった。

国民政府の台湾移転にともなって、外省籍の軍人がイナゴのように続々とやって来た。故郷をあとにした若者たちは、「十万キロの長征」の試練をへて、勇敢でたくましい男に変わっていた。「大陸反攻」のスローガンが泡のようにはかなく消えてしまうと、国に帰るという夢は、おたがいをからかいあう暇つぶしの話題にしかならなかった。戦後の「再婚ブーム」が、閉鎖的な外省人の軍人村にもつぎつぎにおしよせ、如才のない漢人の商人は、あきれたことに、原住民の女性を商品にしたてあげ、まるで「結婚仲買人」のような態度で、山地の部落に現われ、結婚売買をはじめた。狡猾な漢人は、山地に物資が欠乏していると見ると、花のように鮮やかな口から蜜のように甘い嘘を織り出し、原住民の親たちの素直な耳をだまして、娘を部落の猟場の地図にさえでてこないようなところに嫁がせることに同意させた。こうして、原住民女性が部落から送りだされる序幕が開いたのだった。

ヴヴ・アグアンの長女、ムリダンも、この結婚ブームのなか、部落から四十数キロ離れた遠くの街へ嫁いでいった。ヴヴ・アグアンは思い出して言う。

「あのバイロン（平地人への蔑称）どもは言ったんだよ、外省人は奥さんをとても可愛がる、あんたの娘も大事にしてもらえるって。うちの村では、嘘をついたら、ご先祖様に罰を受けるんだよ」

しかし、ムリダンの夫になる人に会って、ヴヴ・アグアンはひどく後悔した。この外省人は、自分の弟と呼んでもいいほどの年だったからだ。娘を部落から送りだす前夜、ヴヴ・アグアンはあふれそうな涙をおさえて、まだ十七歳にならないムリダンにじゅんじゅんと言いきかせた。

「おまえは、谷川の水のように澄みきった心を持ちつづけるんだよ、強欲なバイロンに眼をふさがれちゃいけないよ、ご先祖様の霊は空から何でも見ていらっしゃるんだからね！」

平地人にだまされたとわかっても、ヴヴ・アグアンは祖先の霊に、ムリダンが良い生活ができるようにとひそかに祈るしかなかった。

ムリダンが嫁いで二年後、ヴヴ・アグアンははじめておばあちゃんになった。しかし、彼女の喜びは、娘の泣きつづける声に断ち切られた。外省籍の婿が、日夜待ち望んでいたのは、自分の後継ぎとなる、白い肥った男の子だったのだ。ところが、ムリダンが生んだのは、ひ弱い女の子だった。ヴヴ・アグアンは、自分と、民族的な背景のちがうこの婿の考え方のあいだには、大きな河ほど広いちがいがあるとはじめて感じたのだった。

「なんで男の子じゃないとだめなんだね?」

長女を生むことは名誉あることだとされてきた部落の考え方にとって、それは強い衝撃だった。この問題は、千個のビンロウのなかから、まあまあおいしいビンロウをひとつ見つけるのと同じくらいむずかしかった。ヴヴ・アグアンがこの問題をよく考えないうちに、リカラッ家にあらたな一大事がおこった。

六　赤い口の巫婆《ウーボー》

ヴヴ・アグアンの夫、ディリオが、その年の冬に亡くなった。部族のしきたりどおりに、やせほそった夫の遺体をていねいに毛布に包んで、リカラッ家の家族のための墓におさめると、ヴヴ・アグアンは、はじめて涙を流した。

ヴヴ・アグアンの夫は、アウマガン・ブツルク部落の没落した大家族のひとりだった。ふたりは新しい家をもったとき、人々から嘲笑された。しかし、もっと辛らつな冷笑やあてこすりも、家で食べ物をねだる六つの小さい口ほどは恐ろしくなかった。もともと身体がやせて弱かった夫は、からかわれると、アルコールの世界でのつかのまの陶酔におぼれた。ヴヴ・アグアンは人一倍努力して仕事をこなし、わずかなお金を稼いで子どもたちを養うほかなかった。十数年、酒びたりになったあと、ヴヴ・アグアンの夫は、育ちきらなかった子どものように、暗く深い墓穴にうずくまって、その鬱々として楽しまない人生を終えたのだった。

夫の葬儀万端を終えると、ヴヴ・アグアンは毅然として、自分の手で建てたリカラッ家をとりこわすことを決めた。このころ、部落に残っていた完全な石板造りの家は二軒だけで、ひとつがブリンアフの家、もうひとつがヴヴ・アグアンのものだった。ヴヴ・アグアンが家をこわそうと思ったのは、そのほとんどが夫が亡くなったからだが、子どもたちがだんだん大きくなってきて、もっと広い家が必要になったからでもあった。ヴヴ・アグアンのほぼ半生とともにあった石板の家は、彼女の多くの記憶のなかの一ページとなった。家がこわされたのち、前庭の樹齢十数年になる古い榕樹（ガジュマル）に、劇的にも雷が落ちた。ヴヴ・アグアンの話では、その樹は亡くなった夫とふたりで植えた樹だったそうだ。

二年後、ヴヴ・アグアンの子どもたちは、ほとんどが街へ仕事に出て、都市原住民として、あちこちの建築現場を行ったり来たりしていた。ヴヴ・アグアンはいちばん下の娘を連れて、ブツルク部落を出て、浙江籍の外省人老兵と同居した。人生で三人目の男性である。ことばは通じず、生活習慣もちがい、知識水準も離れていて、生活はひどくつらかったが、しかし彼女はたえず努力して生活から学ぶようにし、いさかいもなくなった。一年たつと、浙江なまりもわかるようになり、浙江料理も作れるようになった。ところが、ふたりは二年で同居生活をやめてしまった。わたしはおそるおそるたずねた。

「どうしてなの？」

「あの人は、わたしら山の女はお金さえ出したら買えると思っていたんだよ。それに、わたしの身体は山のにおいがするって言うんだよ」

ヴヴ・アグアンはそう言いながら、またひとつ、美しい籐球を作りあげた。

原住民世界の外の社会には、まちがったことがそのままつたわっており、人々は原住民のことをよく知らず、総じて、異国情緒のような幻想を持っていた。原住民女性はみな二重まぶたで、肌が白く、健やかで美しい身体だというような純粋な虚構に、あいまいな妄想が少しずつ混じっていた。漢人は、一般にこう信じていた。山で勤勉に働き、そのうえ、野性味あふれるところで育った女性には、性に対する強い欲求があるにちがいないというのである。このため、原住民女性を妻にした男性たちは、しばらくたつと、よくこう不満をもらした。

「こんなはずじゃなかったんだが！」

何人の原住民女性が男性の性的な幻想の犠牲となったことだろう。

部落に帰ってみると、世間がすっかり変わっていたとまでは言えないが、ようすが変わっていた。ヴヴ・アグアンには、標準的な中国語を話す外孫の女の子がふたりにふえていた。ムリダンが外省人とのあいだに生まれたふたりの孫娘を連れて帰ってきたとき、ヴヴ・アグアンは興奮してかけだし、ふたりの孫娘にほおずりしようとした。ブリンアフ（巫婆）にたのんで、意味のある、きれいなパイワンの名前をつけてもらおう、それから、マサル（豊年祭）の会場でいちばんきれいなパイワンの女の子に見えるように、ふたりに美しい山の衣装を作ってやろう、と思ったのだった。が、ふたりに手をふれたとき、耳に聞こえたのは、「ヴヴ」という甘いよびかけではなく、かんだかい叫び声と、「赤い口の巫婆《ウーポー》だ」と口々に言うことばだった。ヴヴ・アグアンはあわててのばしかけた両手をひっこめ、傷ついたまなざしで長女に問いかけた。ムリダンはイントネーションが変わってしまった部族のことばで答えた。

「イナ（おかあさん）、この子たちは外省人の子どもなのよ、この部落の子どもじゃないのよ」

ヴヴ・アグアンはせわしなく首をふりながら、目に涙をためて言った。

「ちょっと抱っこしてみたかっただけなんだよ」

その後、まもなく、長く家を離れていた次女が、紅い灯青い灯の華やかな世界から、閩南語と三字経（むかし、子どもに文字を教えるために用いられた教科書）をしゃべりちらす婿を連れて帰った。

「グルンフは、家ではいちばんがんこで、反抗的な娘だったけれど、こんな夫が彼女にいい生活をさせられるのだろうか？」

ヴヴ・アグアンがこう思っているときに、口じゅう真っ赤なこの男は、グルンフをそっとかたわらへひっぱって行き、大きな声でこう言った。

「なあ、おふくろさんに言えよ、ここの土地は金になるんだって。いいお客を見つけてやるってさ」

話が終わらないうちに、ヴヴ・アグアンは家のそばにあった竹ぼうきを取って、この男をしたたかに打ちすえた。

「わたしの土地を取ろうなんて思うな、わたしの土地を取ろうなんて思うな……」

その場を離れるときに、彼女の遠くなった耳に、この男が、ふるまいやしぐさもすっかり変わってしまった次女にこう言うのが聞こえた。

「チクショウ、この女《あま》め！」

よく気がつくヴヴ・アグアンの目が、ほかにも見つけたことがあった。村には若い人がいなくなり、部落には、彼女と同じ年代か、もっと年とった老人しか残っておらず、彼らはますます静かになった村のなかをうろうろしていた。小さい子どもたちの追いかけっこや笑い声はほとんど耳にしなかった。たまに見かけるとしたら、目のまえを叫び声をあげながら風のような速さで通りすぎていくバイクだけで、耳がしばらく聞こえなくなるほど大きな音をたてていた。通りすぎた後姿は、赤い髪の獅子のようで、道いっぱいに砕石がしかれた産業道路のうえを走りまわっていた。目がだめになってしまったのだろうか、耳が聞こえなくなってしまったのだろうか、それとも世界が変わってしまったのだろうかと、彼女は本気で疑った。

七　歌い終わらない歌

四年ほど前のことだった。ヴヴ・アグアンがおかしな行動をするようになった。母親といっしょに暮らしていた一番下の娘のアリュは、ヴヴ・アグアンが、晩ご飯の時にいつも、用意しておいた布巾に食べ物をこっそり入れ、ご飯が終わると猫のように暗い部落のどこかに姿を消すのに気づいた。アリュは何度も母親のあとをつけようとしたが、いつもうまくいかなかった。たまたま、ある時、ヴヴ・アグアンが食べ物をいっぱい入れた包みをさげ、驚いたことに、よたよたと部落の墓地のほうへ行くのを見かけた。彼女は母親の頭がおかしくなったのではないかと恐れ、台湾中部に引っ越した長姉に知らせるしかなかった。リカラッ家は大騒ぎになった。一家の長女であるムリダンは、あちこちに散らばっている家族を故郷によびもどし、家族会議を開くことにした。母親とこのことをよく話し合ってみようというのだ。

長年ひとりで暮らしてきたヴヴ・アグアンは、長いあいだ家を離れていた子どもたちが、驚いたことに、にぎやかな街から一晩のうちにつぎつぎに帰ってきたのを見て、子どもたちに打ち明ける時が来たのをさとり、ことのいきさつをすらすらと語りはじめた。

ヴヴ・アグアンは、部落に住むある老人と知りあったのだった。いうなれば、彼もやはりいっしょに大きくなった遊びなかまだったが、年は少し下だった。数年前に部落に帰ってから、ヴヴ・アグアンの目に映る部落は、むかしの純朴さをだんだん失ってきていた。しかし、そのことを話す友だちもいなかった。気がかりがあるときには、ずっと前にこの世を去った夫の墓に出かけて、おしゃべりをしたり、昔話をしたりするしかなかった。目にした変化のすべてを、それを全く見ることのなかった夫に話すのだが、この習慣はもう何年もつづいていた。実際には、話し相手は亡くなった夫だけではなかった。子どものころのたくさんの友だちや遊びなかまなど、人生の一時期をともにすごした人たちは、さまざまな理由で、あるいは病気で、あるいは事故で、すでにこの世を去っており、彼らの家の墓もその近くにあったのだ。ヴヴ・アグアンは言った。

「おまえたちが友だちと会っておしゃべりをするのと同じさ。おまえたちの友だちは話すことができるけど、わたしの友だちは話せない、それだけのことさ」

こうして、その近くに果樹園を持っている老人と出あい、自然に、だんだん親しくなったのだった。ヴヴ・アグアンの娘たちは、誰もが、母親がこの年で結婚するということになったら、みんなに笑われるにちがいないと思った。しかし、意外にもヴヴ・アグアンはこう言い切った。

「わたしには、自分の生活を決める権利があるんだよ。どんな暮らしが自分にいちばん合っているか、よくわかっているんだから。おまえたちが気をもむことはないんだよ。誰にもそれぞれの歌の歌いかたがあるし、生活のしかたがあるんだよ。わたしは、こういうふうに歌うし、わたしの歌はまだ終わってないんだよ」

一年後、ヴヴ・アグアンは入り婿を迎えるという形で、人生で四人目の男性と結婚した。派手な結婚式もなく、子どもたちからの祝福もなかった。ふたりは山に出かけて、ふたりの共通の友人たちにこう告げただけだった。

「わたしらは結婚したよ――」

一瞬、山じゅうの昔なじみたちから、祝福の歌声が帰ってきた……。

ムリダン

母の首には一年中、とんぼ玉だけをつけた首飾りがかかっている。他の母親たちが好んでつける金のネックレスにくらべると、母の首飾りはとりわけ優雅に見える。子どものころ、わたしは、その特別に美しい玉をそっとゆらすのが好きで、自分もいつかきっと、こんなきれいなとんぼ玉を首にかけたいと夢に見ていた。そのころが、わたしと母がいちばん近かった時期だったように思う。のちに、美しいものを愛する年ごろになって、とんぼ玉の首飾りを貸してもらおうとしたときに、母ははじめてわたしに、部落に伝わるとんぼ玉についての話をしてくれた。

とんぼ玉は、人類学者からはパイワン族の三つの宝のひとつと言われている。とんぼ玉の組みあわせかたと着用は、身分地位の表徴と関係がある。その模様と伝説によって、パイワン族のとんぼ玉は大きく九つに分けられるが、ほとんどのとんぼ玉は貴族しか身につけられない。階級をこえて身分にあわないとんぼ玉をつけているものがいるときには、貴族にはとんぼ玉を没収する権力があり、部落のおきてを犯したとして懲罰することもある。しかし、例外もあって、平民の家族が、ふだんから態度が特によかったり、戦いで大きな手柄をあげるなど、部落に有益なことをすると、貴族は「下賜」という形式をとって、特別に、平民家族が貴族のための文様を用いたり、とんぼ玉を身につけたりするのを許可する。これは、平民家族への一種の褒賞といえよう。

わたしの祖母は、すぐとなりに住む貴族の大家長と、実の姉妹のように仲がよかった。母が生まれたとき、となりの女家長は、母の誕生にたちあった。母は生まれたとき、たいへん小さくて、生まれたばかりの小猫のようだった。この貴族の大家長は母を一目見ると、思わず「ムリダン!」と言った。とても小さなとんぼ玉のような、小さな小さな子どもという意味である。それ以降、この貴族の大家長は母を見ると、いつも「ムリダン」とあだなでよんだ。これは、貴族しかつかえないこの名前を間接的に母に贈ったのと同じことだったので、それからは部落の人たちも母を「ムリダン」とよぶようになった。

「ムリダン」は貴族が用いるとんぼ玉の中では、位がいちばん低い玉で、貴族の子どもや末っ子がよく身につける。貴族の家族では、首飾りや服につけられたとんぼ玉を見て、家族のなかでのその子の排行(同世代のなかで生まれた順序)や地位がわかる。そのため、貴族がこれを平民に「下賜」する贈り物とすることが多かった。

このような部落のさまざまなきまりのもとでは、わたしの身分では、とんぼ玉の首飾りをつけることはできない。わたしの子どものころからの夢は、結局は実現できないだろう。母はすまなさそうな目でわたしを見つめて言った。

「なんといっても、あんたは部落の子どもじゃないんだし、みんなはまだあんたを外省人の子どもだと見ているからねえ！」

そのとき、自分がちょっと肩をすくめて、気にしないというふうに母に答えたのをおぼえている。

「かまわないわ、ほかにもきれいな首飾りはいっぱいあるし、どうしてもしてみたいってわけじゃないんだから」

何年もたって、今、思い出すと、そのころのわたしは自分のアイデンティティについてほんとうに、何の重荷も感じていなかったために、この特別な意味を持つとんぼ玉をこのようにあっさりとあつかうことができたのだと思う。

この何年か、わたしはアイデンティティをさぐる道をさまよいながら歩いてきたが、このときのことを思い出すと、いつも心が落ちつかない。わたしはこう思うのだ。

「いつになったら自分のとんぼ玉を持つことができるのだろうか？」

ある日、母が南部の部落からはるばると電話をかけてきて、時間を作って帰って来るように言った。多くの雑務に追われていたので、のびのびになってしまい、わたしは半年たってやっと故郷に帰った。その夜、母は首飾りをしまった箱から、注意深く金のネックレスをとりだした。そこにはムリダンがひとつ、ついていた。わたしが小さいころに見た、母の首にかかっていた首飾りとそっくりだった。母はその首飾りをわたしに手わたしてこう言った。

「これからは、これはおまえのだよ。きまりに合わないことはよくわかっているけれど、おまえがこれをつけるのが、やっぱりいちばんいいと思うんだよ。おぼえておきなさい。もし誰かに聞かれたら、おかあさんのムリダンから受けついだと言うんだよ。そうしたら、他人はもう何も言わないから」

わたしは母がくれた首飾りをかたく握りしめた。感動していたが、どう言ったらいいのかわからなかった。わたしと母と部落の距離がまたいっそう近くなったのがわかった。

これは、ちょうどこの本（『ムリダン』、本文はこの本の序文として書かれた）を作っているときにあったできごとである。それゆえ、わたしは母の名前――ムリダンをこの本の題名にして、わたしが、母からもらったとんぼ玉にはじめて触れたことの記念にしたい。

永遠の恋人

毎年熱気あふれる旧暦の正月（春節）は、故郷を離れてずっとよその街に住んでいる人が、いちばん頭を痛める日である。車のない人は、往復の切符を手に入れるために、旧正月の一か月も前からあれこれ手をつくし、さまざまなコネを使って切符を手に入れなければならない。車のある人はもっと悲惨だ。たいして長くもない高速道路を、運がよければ、止まったり動いたりしながら十何時間も走らなければならないし、運が悪ければ、明けがたから夜中まで走ることすらあって腹立ちのあまり、憤死しかねなかった。

そういうわけで、わたしと夫は、旧正月のころには外出したことがなかった。「旧暦の正月の二日に実家に帰る」（漢民族の風習）というようなことは、わたしには縁がない習慣のひとつだった。

今年も同じように、わたしはわざと、旧正月の前にいなかに帰ることにした。交通渋滞を避けるためである。台中から屏東《ピントン》までだいたい五時間かかった。わたしたちはなんとか晩ご飯にまにあった。前日に、次の日に帰ると知らせてあったので、親しい親戚たちがきっと挨拶に来ているだろうと予想していた。嫁ぎ先の果樹園でとれたくだものが最高の実用的なお土産になった。

家にもどると、イナ（母親）に着いたと報告するのが、ここ数年、変わらないきまりだった。それから、ヴヴ（祖母）の家に行ってあいさつをする。しかし、実際には、ヴヴは孫をひどくかわいがっていたので、わたしたちが彼女の家まで行く必要はなかった。わたしたちが帰ってくるということを知っていさえすれば、彼女はいつもいちばん先にわたしたちを出むかえた。わたしたちが家を出るとすぐ、ばかみたいにぼんやり道をながめ、十何分かたつごとに、イナに、もうどれくらいたったかたずねた。もう着いたかい？　電話はなかったかい？　ヴヴはイナよりずっと緊張していた。

しかし、今年はいつもとちがった。わたしたちが車から降りても、ヴヴの姿はなかった。山へマウワ（農作業）に行ったの？　こうたずねて、やっと、小祖父（原文「小外公」、小さいおじいちゃん）に会いに行ったのだとわかった。

「小さいおじいちゃんに会いに行ったの？　離婚したんじゃなかったの？」

わけがわからなくなって聞くと、イナはわたしにめくばせした。親戚や知りあいがたくさんいるところで話すのは具合が悪いからあとで話そうということで、わたしの好奇心をうまくそらした。たくさんの親戚たちをやっと見送ってから、わたしは急いでイナにたずねた。

「小さいおじいちゃんがどうかしたの？　ヴヴはもう長いこと、彼をかまわなかったんじゃないの？」

おととし、小祖父の酒好きがもとでけんかになり、ヴヴと離婚してからずっと、小祖父はヴヴに会いにこそこそと家にやって来ていた。しかし、ヴヴが小祖父に会いに行くというようなことは、家の誰からも長いあいだ聞いていなかった。何かあったんだろうか？　わたしがこうかんぐっていた時、はたして、イナがこう言った。

「小さいおじいちゃんは病気になったんだよ。もうだめなんだって！」

イナのこの突然の返事にわたしはひどく驚いた。

「どうして？　前に帰ったときは、まだ元気だったじゃない」

イナは心配そうに言った。

「わたしにもわからないわよ。時間を見つけてお見舞いに行きなさい」

一か月あまりたった、うすら寒い春のある日、わたしはもう一度部落にもどった。わたしはイナに連れられて、簡単な見舞いの品を持ち、数軒しか離れていない小祖父の家に行った。

中に入ると、鼻を刺す消毒薬のにおいがした。わたしはむせかえって、何回かひどいくしゃみをした。薄暗い灯りで、衰弱した老人がベッドに横たわっているのが眼に入った。顔はげっそりやせて、眼がいっそうとびだして見えた。まるで、大きな白いキャンバスにまんまるいふたつの眼玉だけがある抽象画みたいだった。はやく短い呼吸は、いまにもとだえそうで、わたしは思わず力をいれて何回か深呼吸した。彼が今にも窒息しそうな気がして、かわりに息を吸いこみたかったのだ。小祖父の胸は、妊娠四、五か月の妊婦みたいに、想像もつかないほど大きく膨れあがっていた。その様子は、あの愉快で元気な小祖父には似ても似つかなかった。わたしはおそるおそる声をかけた。

「ヴヴ（小祖父を指す）！」

心ひそかに、ベッドに横たわっている人がこのことばにこたえないように願っていた。そうであれば、彼がほんとうにわたしの小祖父ではないことが証明されるからだ。意外にも、ベッドに横たわった人は無理やり頭をこちらにむけ、このうえなく苦しそうにわたしにひとこと答えた。彼が力をふりしぼって、やっとのことでこの一声を出せたことがわかった。このあと、小祖父はしぼんでしまった風船のように、もうどんな声もあげなかった。

わたしの涙が落ちないうちに、ベッドのそばの暗がりから、かすかな泣き声が聞こえてきた。わたしが、薄暗い灯りのしたで、誰がいるのか、見きわめようとしたとき、そばにいたイナには、この切れ切れのすすり泣きから、ヴヴ（祖母を指す）がいるとさとった。

「イナ、病気の人のそばで泣くのはよくないわ！」

わたしのイナは、自分のイナをそっとたしなめた。それで、ヴヴはなんとか涙をこらえたが、悲しみの泣き声はどうしても隠せなかった。

「なんの病気なの？　胸がこんなに大きく腫れるなんて。医者はどう言ったの？　どうして病院に連れて行かないの？」

たくさんの疑問があわただしくわたしの口からこぼれ落ちた。イナはあっさりと言った。

「病院にはとっくに行ったよ。お医者さんは、胸に腫瘤ができているって。取ることができないんだよ。自然にまかせるしかないって。小さいおじいちゃんは、死ぬなら自分のうちで死にたいって。それで帰ってきたんだよ」

小祖父がここまで悪くなっていたと知って、わたしはひどく驚いた。このことについて、もっとたくさん聞きたいことがあったが、口に出さなかった。もう、誰も何と言ったらいいのかわからなかった。この突然の沈黙がわたしたち四人の視線のあいだをさまよい、一瞬、空気の流れまでとまってしまったような感じがした。

ぶらぶらと歩いて家へもどるとき、前を歩いていたイナの口からいきなりこんなことばがとびだした。

「離婚したら夫婦の関係は全部おわるなんて、いったい誰が言ったのよ?」

わたしの混乱した思いは、彼女のこの突然のことばに断ち切られた。イナがなぜ、今、こんなことを言い出したのかわからなかったので、とまどったようにイナを見つめて、もっとはっきりした「暗示」をくれるのを待つしかなかった。イナはわたしの足がぐずぐずして進まないのを見て、母娘の以心伝心で、たちまちわたしの心にある疑問を理解した。

「今の社会はね、若い人は、結婚や離婚をすぐ口にする。結婚もはやければ、離婚もはやい。結婚すると、甘くてべたべたしてね、世界はすごく美しい、みたいに。でも、ちょっとけんかすると、さっさと離婚してしまう。離婚したとなると、全然知らない人みたいに、町で会ってもあいさつもしない。ぞっとするほど冷たいじゃない」

イナのことばのひとつひとつがわたしをゆさぶった。わたしは、母が経験してきた人生はありふれたものではなく、ひどく苦労してきたと知っていたが、イナをふつうの主婦だと思ってきた。小学校しか出ていない彼女には、本や新聞を読む習慣は全くなかった。だから、たとえば「女性主義」や「男女関係」などが、わたしたち母娘のあいだで話題になることはなかった。イナがこういうことに関心を持っているとは思いもしなかったのだ。何といっても、彼女は平凡な女性に過ぎないのだ。しかし、イナのこのことばは、現代の都会における男女のありかたの盲点を言いあててはいないだろうか。

「あんたのヴヴと小さいおじいちゃんはね、いっしょに大きくなって、小学校でも同級生だった。若いころは友だちだったし、中年になってからもつきあいがあった。年をとってからはいっしょに暮らした。最後にはふたりは離婚を選んだけれどね、でも、ふたりの気持ちは変わったりはしなかったんだよ。離婚のことはね、理由のほとんどは、ヴヴが自分勝手すぎて、小さいおじいちゃんが気が弱すぎたことだよ。でもふたりともお年よりなんだから、わたしら若いものは、ふたりのあいだに何があったかなんて聞きにくくてね！」

イナはむかしの小祖父のことをすべて、ゆっくりと思いだした。親友を悼むように、自然でおだやかだった。彼女の顔にはそれほど大きな悲しみは見えず、父が亡くなった時とくらべると、雲泥の差があった。わたしには、イナの性格が日ごとに内向的になっているのがわかった。

翌日の明け方、小祖父の家から悲しみの泣き声が聞こえてきた。小祖父は、ついに、身をさいなむ病苦に耐えきれず、天の祖霊とともに暮らす道を選んだのだった。ヴヴは家でぼんやりしていた。彼女が小祖父のもとを離れた、たった二時間のあいだに、かつて最も愛した男性と天と地に別れてしまったのだった。悲しみのあまりヴヴが身体をこわすのではないかと家じゅうのものが心配した。意外にも、ヴヴは、悲しみをすべてふりはらおうとするかのように、力をこめて頭をふった。彼女は元気そうにふるまおうと努力していた。短時間で心を落ちつかせると、手をふって、取りまいていたわたしたちに道をあけさせた。そして、ふりむきもせずに、小祖父の家の方に歩いていった。ヴヴは出て行く前にひとこと、こう言った。

「あの人のそばにいて話をするんだよ」

小祖父の子どもたちは敬虔なクリスチャンだったので、伝統的な祖霊信仰のあつい小祖父とのあいだに、信仰についてたいへん大きな葛藤があった。小祖父の葬式のために、子どもたちは大騒ぎになりかけていた。小祖父を天なる神の胸にかえすべきだと言う人もいたが、天なる神は教会に足を運んだことのない小祖父を受け入れないだろうと言う人もいた。また、死者の信仰を尊重するべきだと言う人もいた。しかし、小祖父の家には、伝統的な蹲葬式の墓穴（パイワン族の伝統的な埋葬は蹲葬）はとっくになくなっていた。それぞれに考えがあって、誰もゆずろうとはしなかった。みんなが言い争って収拾がつかなくなったときに、そばで小祖父につきそっていたヴヴがいきなり怒りを爆発させて言った。

「もうけんかをしなくていいよ。この人はリカラッ家の墓に葬らせてもらうよ。わたしらは離婚したけれど、この人は自分より先にこの世を離れた同級生の近くにいたいと思っているはずだよ。祖霊を忘れた人たちとはいっしょにいたくないだろうよ」

騒がしく混乱していた客間では、ヴヴのこの強い勢いにおされて、誰も二度と口を開こうとはしなかった。誰もが、これが今のところ、唯一のよい方法だと認めたようだった。伝統では、不慮の死をとげたり、病死したりしたものは、家に長くとどめることはできない。それで、埋葬の方法が決まると、みなはすぐにさまざまな準備をはじめ、太陽が沈む前に小祖父を墓地に送ろうと急いだ。

午後三時にはすべての準備がととのい、部落の拡声器が村長の声を伝えた。彼はパイワン語で、小祖父がまもなく埋葬されることを伝え、部落の人で時間のある人は、彼につきそって最後の道を歩いてあげてほしいと言った。わたしは小さい子どもを連れていたので、ヴヴに見送りに行くのを禁じられた。それで、心の中で黙ってこう念じるしかなかった。

「小さいおじいちゃん、ゆっくり行ってください。祖霊のいらっしゃるところに着いて、たくさんの身内の人や友人たちと楽しく集《つど》えますように。でも、おぼえていてください。まだこの世に残っているあなたの子どもたちをお守りください。わたしたちはあなたのことを思っています」

　半時間後、葬送の人々の列がゆっくりとリカラッ家の前を通りすぎた。ガラス窓からは、たくさんの黒い傘しか見えなかった。傘のなかで、ある人は顔をおおってすすり泣き、ある人は低い声で話しているのがかすかに聞こえた。彼らは小祖父の生前のさまざまな出来事について話しあっていた。おもしろいことや、もめごともあった、もちろん聞き苦しいこともたくさんあって、まるで小祖父が彼らのそばにいるかのようだった。こういう悲しみと思い出、泣き声と笑い声で構成された葬列の情景を、わたしは一生忘れられないだろうと思った。

　山から下りてから、ヴヴは自分の家にずっと閉じこもってしまって、誰が呼んでもとりあおうとしなかった。しかたなくわたしたちは、ヴヴがふだんは抵抗できない「子ども軍団」を出動させたが、家の中の彼女はやはり少しも心を動かされなかった。わたしたちは、強すぎる性格のヴヴも、年をとったせいで、このショックをうけとめられなくて、何かばかなことでもするのではないかと心配した。とうとう、イナの同意のもとに、わたしたちはヴヴの家の、あまり頑丈そうではない木のとびらを打ち破った。わたしたちは心配のあまり、わっとかけこんだ。ヴヴが何もしでかしていなければいいがと思っていたのだが、みんなをひどく驚かせたヴヴはとっくにベッドに横になっていた。ベッドの足もとには、紅標粟酒（赤ラベルの粟酒）のあき缶がふたつあった。彼女は――酔っぱらっていたのだった。みんなはヴヴが無事なのを見て、ほっと息をもらすと、音を立てないようにそっとヴヴの家を出て行き、イナとわたしだけが残って、あとかたづけをした。

　酔っぱらったヴヴはよく眠れないらしく、しきりに寝返りを打っていて、口ではまだぶつぶつと言いつづけていた。イナはヴヴがひっくりかえした家具をかたづけながら、ぐちをこぼした。

「亡くなってしまったのよ、もういいじゃない」

わたしはベッドのヴヴにぼんやり眼をやって、彼女の黒い髪がいつのまにかすっかり白くなってしまっていることに気づいて愕然とした。わたしの印象のなかにあるたくましく、健康で威厳のあるヴヴとはまったくちがっていた。このときの彼女は、疲れはてた老人のようだった。長い人生の旅をまもなく終えようという時になって、彼女はともに人生を送ってきた人たちが、つぎつぎに去って行くのに気づいたのだった。ほとんどの道のりをがんばって歩きとおしたとはいえ、やはり疲れてしまい、もうこれ以上歩けなくなったのだ。こう思うと、わたしの涙はとめどなく流れ落ちた。イナがわたしの袖をひっぱって言った。

「行くわよ！　ヴヴは疲れたのよ、ぐっすり眠らせてあげなくちゃ！」

とびらをしめようとしたとき、ヴヴがずっと口の中でくり返していることばが突然聞きとれた。意外なことに、それは小祖父の名前――グリゥだった。

医者をもとめて

姑がまた病気になった。

十二年前に夫の家に嫁いでから、わたしは病気がちの姑がいることを知った。今もはっきりおぼえているのだが、わたしは中部（台湾中部）にある小さな町の夫の宿舎で、訪ねてきた中年の婦人と、思いがけない形ではじめて出会った。それがのちに姑となった人だった。その日、彼女の顔には、おだやかで弱りきった、運命をあきらめたような表情が浮かんでいた。何年もあとで思い出話をしていて、姑の口から、その日、予想外の訪問をしたのは、実は病院に行くためだったと聞かされた。

結婚したその翌日から、わたしと姑の名医遍歴がはじまった。厳密に言えば、姑の身体の状況はひどく悪いというわけではない。彼女は毎朝、空が明るくならないうちに起きだしてそうじをするが、その様子からもそのことがはっきりとわかる。奇妙なことは、毎週、水曜日と日曜日の夕暮れになると、姑の顔に、たいへん苦しそうな衰弱しきった表情があらわれることで、それを見た人はとてもつらい気持ちになった。ましてや、わたしたち子どもたちがひどく心を痛めたのは言うまでもない。

部落に設けられた小さな衛生室から、部落から十三キロ離れた小さな街まで、さらには、そのころわたしと夫が長く住んでいた都市まで、ほとんどのところに姑のカルテが残っている。記憶のなかでもっとも遠い病院は、はるばる桃園市（台湾北部の街）まで遠征して訪ねた、ある中国医学の医師の私設診療所で、半年にわたって毎週二回ずつ治療を受けたが、もちろん結果は、うやむやなものに終わってしまった。

何年かの経験をかさね、さらにたくさんの有名な医師たちとかわしたやりとりから、わたしは姑の病気について少し理解するようになった。実は、はっきり言うと、姑の身体の不調の原因の多くは、若いころに働きすぎたためと、長期にわたって栄養がかたよっていたことだった。それに姑はあと二、三年で六十歳になる高齢で、更年期が彼女の身体と心に重くのしかかっていた。そのため、姑は三日に一回は小さな痛みがある、五日に一回は大きな病になったと絶えず叫んでいるのだった。

考えられるこれらの要素のほかに、嫁であるわたしには、医師が知ることのできない事情もわかっていた。空《から》の巣《す》期の恐怖(子どもたちが巣立ち、取り残された母親が感じる喪失感を空の巣症候群という)、現代医療への不信などである。夫は四人兄弟で、弟がふたりと妹が一人いる。義妹はわたしが嫁ぐまえに、よその部落に嫁に行っており、ふたりの義弟もこの何年かのうちにつぎつぎに結婚して独立した。

このうち、姑がとくに可愛がっていた末の息子は二年ぐらいまえに結婚した。彼女とこの末っ子はいちばん仲がよく、言っても多くの人は信じないだろうが、もうすぐ三十歳になるという彼は、家にもどってくるたびにいつも姑につきまとい、姑といっしょに寝るとだだをこねるのだった。そのために、彼の奥さんは誰にも訴えられない嫉妬をおぼえたほどだったが、このことからも、この母子がどんなに仲がよいかわかるだろう。

あいにくなことに、この息子が結婚したのは標準的な現代女性だった。新婦の独立自主の性格はいうまでもないことで、ふたりは標準的な若い夫婦の生活スタイルをとっていた。彼女が基準としている原則は、あろうことか、姑がはじめに期待していたものとはまったくちがっており、また、タイヤルの家族の伝統を完全に打ちやぶるものだった。もともと、タイヤル族の伝統では、ふつうは末の息子が家を守ることになっている。この点は、タイヤルの部落で何年も暮らしてから、わたしにもやっとすこしずつわかるようになったことである。いろいろと曲折があったが、義弟の結婚はやはり予定の計画どおり進められた。結婚式が終わってから、姑は大病をわずらった。

一日おきに病院を行き来するその道中、わたしと夫はいつも、姑が若い新婚夫婦の非をくどくどと口にするのを聞いた。女の敏感さと、同じ女であるという心理からだろうか、ある日、姑の診察を待っているあいだに、わたしは夫に、成人した子どもたちがつぎつぎに家を離れることを恐れる老人の心理について話した。姑の最近の体調不良は、病気のかたちでその兆《きざ》しがあらわれたものではないだろうか。

何度も話しあい、観察を重ねた結果、夫はわたしの考え方に完全に同意した。のちに、わたしたちは、最初に義妹が結婚して家をでたところから経過を追いはじめた。それは十五年も昔の古い話だったが、ひとつひとつ検証してみると、思ったとおり、姑は、四人の子どもたちの結婚のあと、いつも、原因のわからない大病をわずらっていることがわかった。ひどいときには、入院して経過を見なければならず、子どもたちはみな、見舞いにもどらざるをえなかった。そうしてやっと、姑の病状はすこしずつ好転したのだった。

姑の病気の原因がわかると、多くのことが自然に解決した。医者は「症状にあわせて薬を出す」と決まり文句のように言うが、姑の心の病はやはり心の薬で癒さなければならなかった。わたしたちが姑の気持ちをきょうだいたちに伝えると、みんなは約束して、姑に会いによく家に帰るようになった。こうして、姑の心の病は軽くなり、姑の空《から》の巣《す》期の心理も、三年前にわたしと夫が部落にもどって住むことになると、すこしずつおちついてきた。

女の身体が苦難に耐える強靭さは、いつも人間の想像の極限を超えている。この点は、自分が母親になるまでは、知りもしなかったし、想像もできなかったことだ。わたしは出産の陣痛を経験して、やっと「女の身体は偉大だ」ということばを信じるようになった。これは、姑の身体についても言えることだ。六十年を経た肉体に老化の問題があらわれるのはしかたがないことだ。夫の家族では、たぶんわたしが、姑の身体のことをいちばんよく理解しているだろう。いちばん早く嫁いできたというほかに、たぶんわたしは好奇心が強いほうだからだろう、姑に付き添って病院に行くと、いつも、何が原因なのかはっきりさせずにはいられなかった。そのため、医療や薬についての知識も相対的に多く知ることになったし、姑もどちらかというと、わたしに病院について行ってもらいたがった。

姑は日本統治時代(一八九五—一九四五年)の末期に生まれた。そのころ、物資不足は深刻で、戦争の残酷な試練に耐え、その世代の多くの老人たちと同じように、彼女はありとあらゆる苦労をして生きてきた。そのうえ、若いころには土地の開墾という過酷な労働につき、女が必ず経なければならない出産も経験した。とりわけ、数十年にわたる長い結婚生活で姑は、こまかくてわずらわしいさまざまな家事から、夫の暴力、四人の子どもの教育、部落の複雑な人間関係までこなしてきた。姑が六十年近く使ってきた身体は、「耐用年数をすぎている」と言ってもよいだろう。

このため、わたしは、姑には不整脈があり、血圧が低すぎ、胃潰瘍などのさまざまな病気をもっていることは知っていた。そのうえ腐った大木が肩に倒れてきて圧迫されたために手首の神経が傷ついており、五十肩といった類の奇妙な、聞いたこともない病名まで思いがけなくも知ることになった。姑を連れてあちこちの大病院の診察室を訪れるたびに、眼の前をめまぐるしく行ったり来たりして診察を受ける病人の流れをながめながら、長い待ち時間をすごした。こんなとき、姑はいつもわたしの手をとってそっとなでながら、彼女が幼いころはじめて病気になった経験とその経過をゆっくり話すのだった。

「小さいころ、わたしの身体はひどく弱くてね、それで、おとうさんはわたしをいちばん可愛がってくれたんだよ。家には子どもが六、七人もいたんだけど、おとうさんはやっぱりわたしをいちばん可愛がってくれた」

父親のことを話しはじめると、姑の眼には親を慕う気持ちがあふれた。まるでずっと前にこの世を去った老人が彼女の額をそっとたたいたかのようだった。

「はじめて病気になったのは、胃痛だったんだけど、そのころはもちろん、胃痛が何かはわからなかった。ただ、おなかが痛くて死にそうだと思った。それでおとうさんは山へ行って、名前も知らない薬草をたくさんとってきて、わたしに飲ませてくれた。わたしの胃の痛みは、だんだんなくなったんだよ。それからは、わたしが胃痛をおこすたびに、おとうさんはいつもその何種類かの薬草を用意してくれたんだよ」

姑はあるとき、なんと、胃痛のほかに、心臓病にもなったことがあるとわたしにうちあけた。

「痛くなったときには、誰かにみぞおちをつかまれたみたいで、息がほとんどできないほどだった。力をいれたら、卒倒してしまいそうだった」

彼女の話から、前に姑の主治医だった医師はこう説明した。

「擬似狭心症じゃないかな?」

しかし、山のようにたくさんの現代的な精密機器で検査した結果、医師が出した結論は、すべてが正常、ということだった。姑は怒りのあまり、ひとしきり大声でののしり、台湾省立某病院のこの現役の心臓科主任を「やぶ医者」ときめつけ、病院を換えるとまで叫んで、やっと怒りをおさめた。

このあと、わたしは好奇心から、子どものときからこの病気があったのなら、病気が出たときにはどうしたのかと姑にたずねてみた。姑はこう答えた。

「もちろん、わたしのえらいおとうさんがなおしてくれたのよ！　おとうさんはいろんな草をとってきて、薬を調合して、わたしの鼻をつまんで飲ませてくれた。とてもよく効いたよ。いまどきの医者はほんとにおかしいよ、薬や機械があんなにたくさんあるのに、病気を治せないなんて。わたしのおとうさんよりもずっとだめね」

姑のこのことばを聞いた人は、怒りをおぼえたり、またおかしく思ったりするだろう。現代医学の進歩への疑問をたえず口にしているにもかかわらず、彼女が一日中、朝から晩まで、病院に行って見てもらわなければ、とうるさいのは、ほんとうにたいへん矛盾したことだ。

日本統治時代の末期、病気になったり気分がすぐれなかったりしたとき、部落の伝統的な方法は、やはりいわゆる巫婆（巫女）に頼ることで、儀式や祈祷やまじないなどをおこなって、病気を退散させた。人々は、悪霊がとりついて病気になると思っていたので、霊と話ができる巫婆のまじないを通してのみ、たたりをなす悪霊を追いはらって身体や心の健康を回復できると思っていた。これがまさに人類学でいわれる「白巫術」である。

姑が育ったこのタイヤルの部落には、「白巫術」ができる巫婆《ウーボー》（巫師《ウーシー》）はいなかったそうだ。人に害をおよぼす「黒巫術」ができる人がいただけだった。そのため、大部分の人が、先人が残した薬草の記憶をもとに、自分で山に登って薬をとってきて、塗ったり飲んだりしていた。姑の父親がその典型的な例である。ほんとうに何かわけのわからない奇病にかかって、応用できる医薬の常識がすべて役に立たなかったときには、気がつかないうちに誰かの気をそこねて、巫婆の虫おろしやまじないのせいで、なおらない奇病になったのかもしれないと推測した。そのときはじめて巫婆（巫師）を訪ねて、その解決の道を求めたのだった。

日本統治時代になると、かつてマッカイ博士（スコットランド人宣教師、台北に「馬偕医館」を設立。一八四四〜一九〇一年）に「風の意志」のようだと形容されたこのエスニックグループ（原文「族群」）は、日本政府にとって、いちばん手のかかる部落となった。埋伏坪部落（姑の育ったところ）（台中県和平郷自由部落）は統治しやすいようにと、一九二〇年にふたたび整理されて生まれかわり、台中州に五つあった模範部落のひとつにまでなった。このことからも、日本政府がいかに心を砕いてこの部落を治めようとしたかがわかるだろう。

統治者が入ってくると、部落で最大の影響力をもったのは、軍隊のほかは、教育と医療だった。このため、姑の上の年代の人たちは、ずいぶん早くから現代医療に接するようになった。そして「黒巫術」の神秘と恐怖が、人々が伝統的な医療方式を放棄するのを加速した。これが、部落で老人が病気になったと聞いても、伝統的な医療に助けを求める人がめったにいない原因ではないだろうかとわたしは思う。

この日、病院からもどってから、わたしは好奇心から姑に探《さぐ》りを入れてみた。伝統的な医療が姑にあたえた影響を知りたかったのだ。そこで、こう言った。

「ヤヤ（おかあさん）、ヤヤの病気はいつまでもよくならないみたいだけど。お医者さんはいつも、過労だからゆっくり休んだらよくなるって言ってるわ。でもわたしは思うんだけど、まえにおかあさんは、昔の人がなおらない病気になったのは、みんな、巫婆が術を使って悪さをしたからだって言わなかった？　おかあさんの病気も、誰かがわざとおかあさんをおとしいれようとしているからじゃないかしら？」

「でたらめばかり言って。いまどき、どこに巫婆がいるって言うの？　部落の最後の巫婆は何十年もまえにとっくに死んでしまったよ。だいたい巫婆なんてものはいないんだよ。それに、神様が空からわたしを守ってくださってるんだよ。わたしの病気は、医者が言うように過労だよ」

姑は敬虔なキリスト教徒で、食事の前と寝る前のお祈りを欠かしたことがなく、毎週日曜日には、盛装して礼拝に出席する。模範的な信徒と言えるだろう。彼女の伝統的な信仰からの転換については、早くから歴史の道すじからたどることができた。わたしは少しもおかしいとは思っていない。ただ、わたしが納得がいかないのは、神様がそんなに慈愛に満ちているなら、なぜ、姑の身体に少しも気を配ってくれず、彼女をもっと早く病いの苦しみから救ってくれないのかということだった。そうすれば、信徒からいっそう強い信仰を得ることができるではないか。

神様の存在を疑うこの問題をわたしが口にするやいなや、姑がこう答えたので、わたしはまったくのところ、驚きのあまりなにも言えなくなってしまった。

「わたしの肉体の苦しみは、神様がお与えになった試験なんだよ。わたしが十分試練に耐えたら、わたしに将来、天国に行けるとお示しになるんだよ。医者も、神様の子どものひとりでしかなくてあの人たちはいま、神様のために治療の仕事を分担しているんだよ。お医者様を信じるのは、神様を信じるのと同じことなんだから。だから、治療が一回おわるたびに、わたしは神様の試験に一回合格したことになるのよ」

これから判断すると、植民とともに部落に入ってきた神様が、原住民の魂をとりこにしただけでなく、現代の医療体系が伝統的な医療の立場をさらに完全に叩きつぶしてしまったようだ。もちろん、医療の進歩は確かに人類にとって大きな救いとなったが、しかし一方で、原始社会の質の高い価値体系の崩壊は間近にせまっている。深く憂えずにはいられない。

山の子と魚

学年がまもなくおわる六月になると、山の小学校では、鳳凰樹《ほうおうじゅ》（熱帯性常緑高木、花は緋紅色で五弁）の真っ赤な花びらがあちこちにひらひらと舞い落ちる。雨だれのような赤い花は、気がつかないうちに道行く人の頭にとまる。早朝に下の息子を連れて散歩をするのが好きなわたしは、家にもどって朝ご飯の用意をしているときにいつも、自分にくっついてきた花びらがミルクカップや茶碗に落ちているのを見つけた。それは、わたしに、炎熱と感傷の季節がまたもうすぐやってくると思い出させるかのようだった。

上の息子のウェイシューの学校は、卒業生を送るために、新しいことをしようと、その月に、校外学習をおこなうことにした。校外学習といっても、実際には、親子遠足というほうがふさわしかった。というのは、今回、学校は、保護者と児童がいっしょに出かける計画をたてたからだ。保護者とのあいだにいい関係をきずきたいという学校側の希望のほかに、このような活動を通して、希薄になりがちな親子のきずなを強くしたいとも望んでいた。山地の原住民の小学校では、仕事やそのほかのさまざまな理由から、多くの子どもたちが祖父や祖母に育てられている。たとえ、両親といっしょに住んでいても、両親がいつもそばにいて、王子さまや王女さまのようにちやほやされている平地の子どもたちとはちがう。これも原住民の子どもたちの宿命だろう！

校外学習のまえの何日か、山では急に大雨がふった。ウェイシューは毎朝起きるとすぐにカーテンをあけて天気を見た。彼は、よそへ遊びに行くのを心待ちにしていて、このめったにない機会ができたことで、興奮したあまり、何日もよく眠れない夜がつづいていた。しかし、あいにくなことにこんな悪い天気になってしまい、機嫌を悪くしていた！

幸い、校外学習の当日は、おだやかな風のふく、いい天気になった。みんなの心にあった心配は、太陽があらわれるとともにすっかりぬぐい去られ、子どもたちの歓声のなかで、やっと安心して観光バスに乗りこみ、出発したのだった。

車はうねうねとまがる山道を走り、車内では子どもたちの騒ぎがおさまらなかった。車は期待と興奮でいっぱいで、それは外にまであふれそうだった。校外学習についてきた保護者をよく観察してみると、意外にも子どもたちの両親は少なく、おじいちゃんおばあちゃんがおおぜいいることがわかった。めったに出かけることのない老人たちは、この機会のためだろうか、特に楽しそうで、にぎやかさのほうでも子どもたちにひけをとらないほどだった。

車は一時間半ほど走って、わたしたちは最初の目的地——サーカス会場に着いた。これは東南アジアから来た小型のサーカス団だった。ちょうどテレビで見るのと同じように、このサーカス団には円形のきらびやかなテントと、にぎやかでおどけたピエロの音楽、さまざまな可愛い動物たちが休む場所があって、ただ、ひとまわり小さいだけのミニサーカス団だった。台湾ではサーカスはめずらしく、とりわけ山の子どもたちにとってはテレビで見る神話のようなもので、はるかに遠い、手のとどかないものだった。それが、今回は自分の手でさわり、自分の目で見ることができるのだ。子どもたちがどれほど興奮したか想像できるだろう。わたしたちが車をおりて列をつくって会場に入ろうとしたとき、会場からかん高い声や驚きの声が聞こえてきた。それを耳にした瞬間から、みんなの眼が光りはじめ、太陽の光をうけてきらきら輝いた。きよらかで激しいまなざしのなかに、原住民文化再生の希望と力を見たような気がした。

驚きとなごりおしさで胸いっぱいの子どもたちは、のろのろとバスに歩いてきた。たくさんの笑いをあたえてくれた円形のテントに未練をのこし、先生たちに一声一声うながされて、子どもたちはしかたなく、檻に入っている動物たちに手をふって別れをつげ、ぐったりとボーイング七四七風のバスの椅子に倒れこんだ。出発したばかりのころの楽しそうな笑い声やにぎやかさはすっかりかげをひそめた。そばに座ったウェイシューはたてつづけにため息をついた。まるで、二度とサーカス団を見られないとでもいうようにがっかりしていた。わたしはひじでウェイシューをつついて言った。

「もう少ししたら、海洋博物館よ、もっとおもしろいものが待ってるかもしれないじゃないの！」

まもなく、わたしたちは台中市内の海洋博物館に到着した。車内は静かだったが、海洋博物館の大きな看板があらわれると、子どもたちの興奮した心がまたうごめきはじめた。運転手の熟練した腕で観光バスが駐車場に静かに止まると、子どもたちは待ちきれないようにさっさと車から跳びおり、言われるまえにちゃんと二列にならんで、先生の号令を待った。

暗くて涼しい博物館に入ると、大型水槽がならび、蛍光灯に照らされていて、神秘的で怪しげに見えた。山に住む子どもたちは、こんなにたくさんの、さまざまな種類のほんものの魚を、いままで見たことがなかった。わたしは列の最後からついていったが、まもなく子どもたちが次々にかん高い驚きの声をあげるのが聞こえてきた。いくつかの海洋生物はその習性から、姿をかくすのがじょうずだが、興奮した子どもたちは、顔をガラスにつけて、あきらめずに魚を見つけようとしていた。水槽にはそれぞれ、生物の写真がはってあったのだが、子どもたちの永遠に満たされない知的欲望は、自分の眼で見なければ満足させられないようだった。

博物館の解説員に連れられて、保護者たちは水族館をざっと見てまわった。ものぐさな大人たちはいつもこんな調子だ。子どもたちを待つために、わたしたち保護者は集まって売店のところで休み、三々五々、おしゃべりをはじめた。まもなく、子どもたちが、がやがや言いながら次々に出てきて、保護者とおちあった。わたしはウェイシューが同級生と話しながら、わたしのほうに歩いてくるのを遠くから見つけた。突然、ウェイシューと同級生は、何のことについてかわからないが、言い争いをはじめたようだった。ふたりは、顔を赤くし青筋を立てて言いあっていた。わたしはすぐに、彼らのあいだに何があったのかはっきりさせたいと思って、急いで歩いていった。ふたりの問題を知って、わたしはあやうくふきだしそうになった。なんとふたりは、「料理して食べるとしたら、どの魚がおいしいか?」と争っていたのだ。ふたりはわたしに決着をつけてもらおうとしたが、わたしも頭をふってこう言うしかなかった。

「おかあさんも知らないわよ! ここにはたくさんの魚がいるけど、食べられないし、食べたいと思ったりする人もいないんだから」

ふたりの子どもたちは、納得できないらしかった。食べたことがないのに、どうして、おいしいとか食べられないとか、わかるのかというのだ。この問題は逆におとなのわたしを考えこませた。そこでわたしは、解説員をさがして答えてもらってはどうかと提案した。子どもたちはちょっと考えていたが、この提案も悪くないと思ったようだ。少なくとも、解説員のおばさんのほうがおかあさんよりずっと専門家だろう。そこでふたりは手をとりあって、解説員をさがしに行った。

わたしも好奇心を持って、ふたりのあとをついていった。解説員が子どもたちの質問にどう対応するのか、わたしもひどく知りたかったのだ。きょろきょろさがしまわって、ふたりはやっと、ひまそうな解説員のおばさんを見つけた。わたしは水槽のうしろに隠れて、ふたりの子どもたちと解説員のやりとりを注意深く聞いていた。ふたりが聞きたいことをはっきりと説明すると、解説員は美しい顔をさっと曇らせて口をおおい、子どもたちを指さしてこう言った。

「あなた……あなたたちは……どうしてそんなに悪い子なの、こんなにかわいい魚たちを食べ……食べたいだなんて……、ほんとに、野蛮だわ……やっぱり山……」

ふたりの子どもたちは、思いもかけなかった答えに驚いたらしく、その場にぽかんとして立っていた。どうしたらいいかわらないようだった。それを見て、わたしはかけつけて、ふたりを連れてそこを離れた。わたしの心は、かわいそうにと思う気持ちと、残念な気持ちでいっぱいだった。ウェイシューとその同級生がひどく非難されたことを知っていたし、あの解説員がそのあとに言おうとしたのは「山地人」だとわかっていたからだった。それで他人の眼も気にせず、ふたりの幼い心がこれ以上傷つけられることのないようにと、子どもたちを連れてさっさと歩いていった。そのとき、わたしはこう思っていた。

「わたしが子どものときの光景とよく似ているわ、ただ、時間と場所がちがうだけよ！」

帰り道、ウェイシューは異常なほどおとなしく座っていた。わたしは彼の手を握っていた。適当な問いかけのことばがいくつか心にあったが、どうしても口にできなかった。無言のうちに車はゆっくりと走った。もうすぐ家に着くというときになって、ウェイシューはそっとわたしの手をゆすって、心配そうにたずねた。

「おかあさん、博物館の魚を食べたいって思うのは『山地人』だけなの？」

わたしは怒りと心が痛むのをおぼえながら、ウェイシューに言った。

「もちろんちがうわよ！　子どもたちはみんな博物館の魚を食べたいと思うわよ、博物館に行ったことのある子どもだったら誰でも！」

ウェイシューに答えると同時に、わたしの涙がゆっくりと流れ落ちた。

オンドリ実験

過去の何年かはフィールドワークの仕事が忙しく、ほとんどありったけの力を仕事に注いでいたので、ふたりの子どもは、原住民部落のほとんどの子どもたちと同じように、年とった舅と姑に育てられた。それが、子どもたちがそれまでどおり部落で学ぶことができ、かつ、仕事に支障が出ない、たったひとつの方法だった。都市にいてさまざまな原住民問題にとりくみ、特に原住民の児童の教育問題にかかわっているときに、深く愛する自分の子どもを部落の舅と姑にあずけ、子どもとともに成長する機会と時間を放棄せざるをえないことは、わたしの心の最大の痛みであるだけでなく、同時にまた、原住民知識階級の運動の盲点でもあった。最初の子ども、ウェイシューが小学校に上がるときになって、わたしはやっとこの混乱した思いからぬけだし、部落に帰って住むことを決断した。

夫の部落は純朴なタイヤルの部落と言えた。というのは、この部落は事実上、たしかに外来文化の影響をかなり受けてはいたが、漢化（中国化）の影響はたいしたことはなく、むしろ特徴的なことは、この部落には明らかに「日化」（日本化）の傾向があることだった。老人たちとのおしゃべりから、わたしは、この部落が日本統治時代には標準的な「模範部落」だったことを知った。

わたしのふたりの子ども――ウェイシューとリドゥルは、小さいときからこの部落で育った。そのため、ふたりにとっては、ここがとりもなおさず自分たちの故郷だった。わたしと夫はいつも家では「男女平等」を唱えていたが、民族的なアイデンティティーとなると、わたしにはどうすることもできないところがあった。苦心して子どもたちをわたしの部落に連れて帰ったとしても、ふたりが習慣のように口にする「わたしたちタイヤル族は……」という口ぐせをやめさせることはできなかった。それでわたしは、しばらくのあいだ「両親平等」について、ふたりに教育しようという企てを放棄するしかなかった。

わたしの舅と姑ははたらきものの老人だった。毎日、家で飼っているオンドリが起きない時間に、ふたりと同じくらい年をとった運搬機を運転して、「トッ、トッ、トッ」という音を響かせながら、果樹園に出かけた。果樹園は部落から五、六キロ離れた山の上にあり、速度の遅い運搬機がよたよたと、少なくとも半時間は走って、やっとたどり着くのだった。これは、もちろん、このふたりにかぎってのことではなく、彼らの生活の時間に合わせればいつでも、空がまだ灰色の夜明けに、さまざまな型の運搬機が一台、また一台と、部落でたった一本の外へ通じる道路を行き来するのを耳にすることができる。わたしは、意識がはっきりしていないときには、自分が何か特別な演習の場にいるとよくかんちがいした。特に、このあいだの対岸からの「武力恫嚇」(大陸からの威嚇)の頃には、この音を聞いただけで、いつも汗びっしょりになった。眠気の虫がつぎつぎに逃げ出してはっきり眼がさめてから、また、運搬機の真に迫った音にからかわれたのだと知るのだった。

小さいころから祖父母に育てられたウェイシューとリドゥルは、生活習慣の面でも、ふたりから強い影響を受けていた。今もおぼえているが、わたしが部落にもどった一年目に、毎朝わたしを起こしたのは、めざまし時計のけたたましい音ではなく、ふたりの子どもたちが甘くよびかける声だった。重いまぶたをやっと開いて、温かいふとんから出、枕元にある時計をよく見ると、時計の針はなんと「五」の数字の上にまっすぐに立っていた。いつも夜がおそいわたしは、甘くさいなまれるのに、もうそれ以上もちこたえられなかった。とうとう、左からマミーとよばれ、右から頬ずりされるという甘い攻勢にとりあわないことにして、「ポン」と頭からふとんをかぶって、ぐっすり眠りこんだ。ふたりが、いつも舅と姑に、ぼくらには「なまけもののおかあさん」がいると言いつけたがるのも、もっともなことだった。

ある日曜日の早朝、舅と姑の運搬機が「トッ、トッ、トッ」と宿舎のまえに止まった。夢のなかで舅が声をはりあげて叫んでいるのが聞こえた。

「起きろよ、イナ(息子の嫁、タイヤル語)、早く子どもたちに服を着せるんだ、あいつらをマヤ(山上、タイヤル語)に連れて行くんだから」

わたしが、まだこたえないうちに、そばのウェイシューとリドゥルはすばやくとびおき、さっさと服を着替えた。わたしに何回も言われてやっと学校へ出かけるふだんの様子とは、まったくちがっていた。同時に、姑も部屋の入り口にやって来て、ふたりの子どもを連れて出て行った。わたしはベッドに横になったまま「いってらっしゃい」と言うしかなかった。

出かけるまえに、ウェイシューがいわくありげに言った。

「おかあさん、きょう、僕らは、あのでっかいオンドリにかまって、あいつがどうするか見てみるんだ。帰ってから話してあげるね！」

でっかいオンドリ？　どうするか？　息子が出がけに言ったことばに、いっそうわけがわからなくなって、口を開いてたずねようとしたが、間にあわなかった。子どもたちは姑について、ピョンピョン跳ねながら、運搬機に乗って山に行ってしまった。あとには疑問符が山のように残って、わたしは一日じゅう混乱していた。

姑の果樹園では、たくさんのニワトリを飼っていた。ニワトリは山や田舎で暮らす女性のほとんどすべてが飼う家畜だと言えるだろう。肉類を自給自足することで出費をおさえられたし、山で育ったニワトリはおおむね、肉用に大量飼育されるニワトリよりずっとおいしかった。それで、三、四か月に一度、姑がニワトリを一羽つぶして、家中でごちそうを食べた。しかし、おかしなことに、わたしたちが食べるのはいつもメンドリだった。姑はこう言っていた。山で育てているのは全部メンドリで、オンドリは一羽しかいない。「種」を残すために飼っている。だから、オンドリはもちろん殺すわけにはいかない。それどころか、特に大事にしてやらなくちゃならない。オンドリがメンドリをはらまさなくならないように。そうなったら、誰もおいしい地鶏が食べられなくなってしまう。

わたしはとまどって言った。

「オンドリを何羽か買えるんじゃないの、どうしてあのオンドリじゃないとだめなの?」ウェイシューがそばで頭をふりながら言った。

「ばかだなあ、オンドリはけんかをするんだよ、勝ったオンドリが大将になれるんだ、わかった?おばかなおかあさん」

そういうことだったのか、わたしははっと悟ってうなずいた。

舅と姑が大事にしすぎたせいだろう、姑が飼っているオンドリはたちが悪く、部落でも有名だった。幸運にもオンドリがいなかった時は別として、そこを通りかかって襲われなかった人は少なかった。毎日えさをやっている姑でさえ、容赦なく襲われていた。よその鶏がまちがって彼の勢力圏に入るようなことがあると、それまでだった。いちばんひどいときは「奪冠(鶏冠)の刑」にあったそうで、それはむごたらしかったということだ。

ウェイシューとリドゥルは標準的な山の子どもで、いつも、危険なことであればあるほど、それを試してみたいと思っている。タイヤル族の教育では、子どもが興味をもっていることを試すのを禁じるようなことはしない。

「やってみなくちゃ、危険かどうかわからないじゃないか。おとながあれこれ言ってもむだだよ」

これは、子どもたちをしつけるための、舅の名言だった。当然、わたしの子どもたちも、たくさんのことを試してみたにちがいない。たとえば、オンドリをからかうことも、そのひとつだった。あとになってはじめて、この日がふたりの「オンドリ実験」の日だったとわたしは知ったのだった。

夕方、午後になるといつも出る濃い霧が、部落のまわりにおりはじめた。半時間前には暖かかった太陽の光も、たちまち雲のなかにかくれてしまった。霧といっしょに、こまかい雨も空気に混じるようになり、呼吸する息まで急に冷たくなってきた。わたしは夕食の用意をはじめたが、心では、子どもたちがもう山をおりたかどうか、ずっと気にしていた。このような天気では、夕食を作るのが早すぎると、すぐにさめてしまうし、作らないでいると、子どもたちは帰ってきてすぐ、おなかがすいたとうるさく言うだろうと気になったのだ。

わたしがどうしようかと迷っているときに、遠くからリドゥルが泣く、一オクターブ高い声が聞こえてきた。急いで米を洗うと、あわてて玄関からとびだし、リドゥルがどうしたのか確かめようとした。

宿舎を出たところで、姑が両手にひとりずつ子どもの手をひいてわたしのほうにやってくるのが見えた。ウェイシューとリドゥルはわたしを見ると、姑の手をふりほどいて、飛ぶようにかけてきた。しゃがみこんでよく見ると、ウェイシューの顔と腕は傷だらけだった。リドゥルはもっとひどくて、顔の傷はもうすこしで眼まで達するところだったし、服は胸のところがずたずたに破れていた。わたしはそれを見て涙が出そうになったが、姑がそばにきて軽くわたしをたたいて言った。

「何でもないんだよ、何でもないんだよ、家へもどってから話すよ」

「山へ行ったんじゃないんですか？　どうしてこんなことになったんですか？」

姑が腰をおろすのもまたず、わたしはあせりとおどろきから、姑にたずねた。

「山へ行ったんだよ！　そうだね、ウェイシュー？　自分でおかあさんに言いなさい！」

姑はふりかえって、息子に答えさせた。ウェイシューがぐずぐずとうなずき、口を開かないうちに、妹が口をはさんだ。

「あたしたちは山へ行ったのよ。みんなあのオンドリのせいなのよ！」

リドゥルはすすり泣きながら言ったが、その顔の涙のあとはまだ乾いていなかった。

「おまえは黙ってろ、僕が話すんだから！」

兄妹のあいだには、かたき同士のように、永遠にけんかの種が絶えないらしい。

「そうさ！　僕らは山に行ったんだ、だってジャギ（おばあちゃん、タイヤル語）が、きょうはあのオンドリをかまってもいいって言ったから……」

ウェイシューは姑を指さして話をやめ、彼をいちばん可愛がってくれる姑に罪をかぶせようとした。

「そうだよ、わたしが言ったんだよ、まちがいないよ。あのトリにかまわないようにって、いつも言ってるのに、おまえたちが聞かないからさ。今度は、やらせるしかなかったんだよ」

姑がこう言っただけでわたしにはもうわかった。またしても典型的なタイヤル式の教育だったのだ。

「それで、僕とリドゥルは山に行くとすぐ、オンドリの声をまねしたんだ。あいつをひっぱりだそうと思って。だってどこに隠れてるのか、わからなかったんだもの。すると、僕らがまだ走りださないうちに、あいつは下からおばけみたいに飛んできたんだ。僕らふたりはからだじゅう噛まれて、痛くて死にそうだったんだよ！」

ウェイシューはそう言いながら、身ぶりをして見せた。心配していたわたしは、ウェイシューのしぐさを見て、がまんできなくなって大笑いをはじめた。そばの姑も、もっとおかしくてたまらないようで、まるで思いきりいたずらをした子どものようだった。

小さいふたりは、わたしたちふたりが気づかってくれるどころか、自分たちを笑いものにしているのを見て、いっそう大きな声で泣きはじめた。リドゥルはさらに小さな指でわたしを指して言った。

「おかあさん、もうあたしが好きじゃないのね。知らないの？　あのオンドリとぶつかって、あたしのきれいな服は破られちゃったのよ」

そう言うと、顔をおおってまたひとしきり、大声で泣いた。

わたしと姑はあわてて笑うのをやめ、泣かないようにと、子どもたちをひとりずつなだめた。姑はこうさとした。

「うちのオンドリは、ほかのニワトリの鳴き声を聞くのがいちばんきらいなんだよ。自分の勢力範囲にほかのニワトリが来たってことだからね。この子たちは、わざとニワトリの声をまねしたんだからね、あいつはおしりに火がついたように走ってね、わたしもおとうさんも追いつけなかったんだよ。わたしらがかけつけたときには、リドゥルはあいつに追っかけられていて、走りまわっているうちになんと、ぶつかってしまった。オンドリはどこかから大きな敵が来たと思って、びっくりして向きを変えて逃げたんだけど、ニワトリじゃないとわかると、気が狂ったみたいにまっすぐに走っていった。リドゥルは逃げきれなくて、こんなにひどくつつかれてしまったんだよ。わたしとおとうさんはそばで笑い死にしそうだった」

「ウェイシューは？　どうして妹を助けてやらなかったの？」

わたしは少しとがめるように息子にたずねた。

「この子はね……とっくに……木に……のぼって……隠れていた……んだよ……妹の……ことに……かまう……どころじゃ……なかったんだ……よ！」

姑はそう言うと、笑いすぎて、息がつげなくなった。

「おまえたちがこれからもあのオンドリをかまおうとするかどうか、見ているよ」

姑はふたりをこうおどかした。

ウェイシューとリドゥルは、そばで静かにしていて、声をあげようとはしなかった。この子たちもしばらくは、あのオンドリをからかうようなことはしないだろうと、わたしは思った。
こうして「オンドリ実験」の授業は強い印象を残しておわったのだった。

誕生

三年前、わたしたちは、都市からはるばる部落にもどってきた。緊張した生活になれていたわたしは、いそがしい街を突然離れて静かな部落に帰ると、ひまな時間がたくさんできたように感じて、何をしたらいいのかわからなかった。部落に帰って半年ほど、わたしはこうして何もせずにぶらぶらしていた。

あまりにも平穏に日々がすぎたからだろうか、一年たつと、早朝起きだすまえによく、吐くようになった。女性の直感から、わたしにはこれが妊娠のしるしだとわかった。思ったとおり、医者の検査の結果、三人目の子どもを身ごもっていることがはっきりした。わたしの三番目の子どもはこのような予想外の状況のなかでこの世界にやってきたのだ。それで、医師からはっきりと妊娠の事実を告げられたあと、わたしはいろいろ考えたが、やはりこの子を生もうと決めた。

わたしの妊娠中、ちょうど、台湾の女性団体が「戸籍法」に対する運動を進めていた。婚姻によって生まれた子どもも、両親の話しあいによって、母親の姓を名のることができるという運動である。このニュースをはじめて聞いた時、わたしはひどく興奮した。台湾の女性にも、やっと気を吐くチャンスがきたのだ。このメディアの強烈な攻勢を利用して、わたしも勇気をふるって、夫に、この三番目の子どもに母親の姓を名のらせるための話しあいをしたいと申し入れた。舌戦のすえ、夫はついに、まだ生まれていない「彼」を母親の籍に入れ、母親の姓を名のらせることに、いやいやながら同意した。その夜、わたしは夢のなかでまでこっそりと笑っていた。

翌日、わたしは興奮して南部に住むイナ（母親）に電話をかけた。現代文明のおかげで、細い電話線を通してわたしは心にある喜びを伝えることができた。電話のむこうの母は、子どもが母親の姓を名のることを知ってからは、興奮のあまり、何度もことばをつまらせた。聞いたニュースが幻覚ではないことをやっと確かめると、すぐに家族会議を開いて、この新しい生命にパイワン族の由緒ある名前をつけようと決めたらしかった。できるだけはやく名前を決めると誓うように告げると、わたしの答を待ちもせずに、イナは自分から電話を切ってしまった。

可哀想なイナ！　彼女はあんなにけなげに生命のけわしい道のりを歩いてきたが、父のために息子を生めなかったことがいつもいちばん大きな心の痛みだった。イナのたかぶった気持ちを想像することはむずかしくなく、イナが運命に頭を下げざるをえなかったことに心を痛めずにはいられなかった。

こういうことは得がたいことだったからだろう、わたしにとっておなかの子どもは、別の意味を持ちはじめた。このため、その後の十か月もの長い待ち時間にも、もうすぐこの子がわたしと同じ姓をもつようになると思うたびに、前の妊娠の時に感じた気分の悪さは奇跡のように消えてしまった。

一週間ばかり過ぎた。イナが部落から電話をかけてきて、家族会議の結果を伝えた。家族の老人たちが激論をくりかえした結果、彼の名を「リカラッ・チャナフ」とすることが決まったという。これは、もともとの部落から移住してきた「リカラッ」家の一代目の祖先の名前であった。その根源にさかのぼれば、おそらく三日三晩かかっても話し終わらないだろう。イナは電話でわたしにこう話し、気をつけておぼえておくように言った。万が一、まちがえたり、忘れたりしたら、タブーを犯したことになって、祖霊に罰を受けることになるのだ。

ある初冬の早朝、わたしは尋常ではない痛みに眼を覚ました。経験からすると、これはまもなく分娩がはじまるきざしだった。わたしは準備しておいた荷物を持って、お産のために、あたふたと三十キロ離れた都市へ向かった。激しい痛みがつぎつぎにやって来て、たえまなくわたしの身体と気力を襲った。まえにも二回、お産をしたが、やはりこの激しい痛みにはがまんできず、声をあげた。お産をしたことがない人には、このような耐えがたい苦痛は実感できないだろう。そのとき、意外にも、わたしはイナがひどく恋しかった。そばにいて、女だけが深く理解できるこの時間をいっしょに過ごしてくれたらと思った。

二十四時間つづいた激しい陣痛のあと、わたしと赤ん坊はついにいくつもの難関をのりこえた。朝の最初の光が現れると同時に、わたしは、よく知ってはいるが、しかしまたよく知らない子どもを眼にした。看護婦は興奮してわたしに言った。

「元気なしっかりした男の子ですよ！」

子どもの健康を確かめると、重いまぶたが絶えずわたしの両目におおいかぶさってきた。あまりにも興奮し、また、体力を使いはたしたために、わたしはそれ以上持ちこたえられなくなって、ついにはぐっすりと眠りこんだ。

どれぐらい時間がたったのか、わたしは夢からゆっくりと眼をさました。たっぷりと眠ったので、わたしにはまた体力がよみがえっていた。思いがけないことに、ベッドのそばには子どもの父親の姿があった。わたしは驚いて、この時、にぎやかな街で会議に出ているはずの夫に、どうしてお産のことを知ったのかとたずねた。子どもの父親はちょっと笑ってこう言っただけだった。

「タイヤルの祖霊が、君がお産をしたときに、夢でぼくに知らせてくれたのさ！」

翌日、わたしはチャナフに会った。ガラス窓をとおして見ると、チャナフは元気いっぱいに、ああわあと大声で泣いていた。見ているうちに、わたしはひどくいとおしくなった。交渉のすえ、看護婦は最後にはわたしが新生児室に入ることに同意してくれた。チャナフをそっと抱きあげて、赤ん坊特有のミルクのにおいをかぐと、もうがまんできなくなってわたしは涙をこぼし、祖霊がお守りくださり、わたしに健康でたくましい子どもをさずけてくださったことに心から感謝した。

三日後、医師の許可を得て、わたしと子どもは退院した。イナは前ぶれもなく、突然わたしの前にあらわれると、おっかなびっくりで、わたしの手からチャナフを抱きとった。まるで赤ん坊を抱いたことがない人のように慎重だった。チャナフは小さな顔をイナにぴったりつけて、胸ですやすやと眠っていた。部屋の外には車の音がうるさかったが、彼の眠りはすこしもさまたげられなかった。イナは小さな声でチャナフに言った。

「チャナフ、チャナフ、早く眼を開けて、ヴヴ（おばあちゃん）をよく見ておくれ。おまえはリカラッ家のひとりになるんだよ。祖霊が空からおまえを見ていらっしゃるよ！」

そう話すうちに、イナの眼には薄い霧がかかった。イナは声をつまらせて言った。

「リカラッ家にはずいぶん長いこと、赤ん坊がいなかった。今度、わが家にまた新しい生命が生まれた。時間を見つけて、はやく部落に帰って、ヴヴたちによくチャナフをみせてあげるんだよ、わかったね」

イナは噛んでふくめるようにわたしに言いつけた。

一か月後、わたしと夫は満一か月になったチャナフを連れて、部落に帰った。車がまだちゃんと止まらないうちに、七十歳をこえる祖母が急いでやって来ると、あせってわたしの手のチャナフを抱こうとした。老人たちがみなそうするように、彼女もチャナフを抱いて、ほおずりをし、呼びかけた。ぐっすり眠っていたチャナフは、驚いて大声で泣きはじめた。わたしが子どもをひきとりに行こうとした時、イナがわたしをひきとめて言った。

「大丈夫だよ、おばあちゃんは家族の歓迎のしかたでチャナフを迎えているんだから。心配しなくてもいいんだよ」

見ていると、祖母が母語（パイワン語）でチャナフに話すうちに、大泣きしていたチャナフはだんだん静かになった。そして、一心に話を聞いているかのように、清らかな大きな眼でじっと祖母を見つめていた。この場面を見て、突然、この新しい生命が、祖母やイナやリカラッ家にもたらした深い意味が理解できたように思った。同時に、祖霊から伝わってくる祝福を聞いたように思った。それはこうくりかえしていた。

「チャナフ、チャナフ、リカラッ家の子どもよ、楽しく元気に大きくなれよ！」

忘れられた怒り

下の息子が生まれる一年前に、原住民にきわめて関わりの深い法律が立法院を通過した。——原住民姓名条例である。これ以降、原住民はやっと自分たちの伝統的な姓名を用いることができるようになり、さまざまな身分証明にも堂々とこの名前を登録できるようになった。もちろん、まだ不完全なところはあった。たとえば、漢字で表記しなければならなかった。この点は、原住民運動の当初の意図からは遠く離れている。しかし、運動は段階的に進むもので、不満ではあっても受け入れることはできる。わたしたちは、少なくともこれはよいスタートだと認めざるを得なかった。

そこで、下の息子が生まれて一週間後、子どもの父親の同意も得て、彼に母親の姓を名のらせようと、喜び勇んで戸籍のある戸政事務所（戸籍や住民登録に関する業務を行なう地方自治体の事務所）にでかけた。子どもの出生を届けて、彼を正式に「リカラッ」家の一員とし、家族の老人が心をこめて選んだ「リカラッ・チャナフ」という名を名のらせるためだ。

わたしにとって、この意味は大きかった。わたしは三人の子どもを生んだが、下の息子が、母親の姓を名のり、しかも、そのために煩雑な手続きをしなくてもよいというわたしの願いをはじめて実現してくれるからだった。これまでは、子どもが母親の姓を名のろうとすると、出生時に父親が誰かはっきりしないからとか、あるいは、養子縁組をしたなど、奇妙きてれつな口実を山ほどつけなければならなかった。気をつかい、お金をつかい、ひどい時には、子どもの自尊心を傷つけるようなことさえあった。台湾の伝統的な社会では、母親の姓を名のることは、ふつうではないことだと思われてきたからだ。

しかし、台湾の原住民族について言えば、いくつかの民族は母系社会だったので、その社会構造では、母親の姓を名のり、母親の家に住む習慣があった。しかし、外来政権（一九四五年以降の国民党政権を指す）の法律の制定が不完全だったために（それとも、包容力が足りなかったのか？）伝統的な社会構造を放棄したり隠したりしなければならない状況に追いこまれた。今、多くの原住民の部落で、戸籍資料が混乱し、親族関係がごたごたしているのはその結果である。そのために、まちがった観点をもった漢人が、原住民について「原住民の家庭は乱れている」と言うのをよく耳にするようになった。

わたしたちが戸政事務所に着いたとき、業務終了までは、まだ一時間以上あった。原住民地域の事務はもともと少ないせいだろう、多くの職員がすでに机をかたづけて、帰る準備をしていた。わたしと夫が子どもを抱き、とびらをおして入ってきたのを見て、職員の顔に嫌悪の表情が浮かんだのがはっきりと見えた。まるで、わたしたちが彼らの帰宅時間を遅らせたかのようだった。官僚の気持ちは見えすいている。

わたしたちがここに来た目的を説明すると、担当の職員が届け出のための用紙を何枚か持ってきて、記入するように言った。わたしたちはざっと読んで、さっさと記入していった。担当者はわたしたちがてきぱきとことを運ぶのに、すこぶる満足しているらしく、そのポーカーフェイスにはかすかな笑みがずっと浮かんでいた。届けをとりあげると、彼女は顔もあげずに歩いていきながら、たずねた。

「子どもの名前はなんと言うの？」

わたしは自分が興奮してふるえながらこう言うのを聞いた。

「リカラッ・チャナフです」

そう答えると、寒さのきびしい冬だというのに、緊張のあまり汗が出てきた。

担当の職員は直感的に顔をあげた。自分がいま耳にした答をあまり信じていないとでもいうふうだった。そして、もういちど質問した。今度は彼女は一生懸命、耳をそばだて、仕事の手も完全にとめていた。そこでわたしは、勇気をふるってもう一度言った。

「リカラッ・チャナフです」

担当者はたちまち騒ぎはじめ、大声をあげた。

「これは何の名前なの？　だめだめ、この名前は使えません」

こういう反応は、わたしと夫が早くから予想していたものだった。そこでわたしたちはすぐに「姓名条例」を取りだし、そのなかの原住民の姓名に関する部分をよく読んでくれるように言った。彼女の一オクターブも高い声は、はたしてすぐに低くなった。説明を読みおわると、彼女の顔に信じられないという表情が浮かんだ。まるで、自分の前に立っているのは幽霊で、人間ではないとでも言わんばかりだった。そのときわたしは、彼女の大きく開いた下あごが落ちてしまうのではないかと、本気で心配した。

やがて、事務所じゅうが大騒ぎになった。この、もともとはきわめて簡単な戸籍上の手続が、上を下への大騒ぎとなってしまったのだ。あとになってはじて知ったのだが、原住民の名前を登録しようとしたのはわたしたちが最初で、戸政事務所の職員はそれまでこのような事例を扱ったことがなかったのだ。あんなおおげさなことになってしまったのも無理はない。そのあとは、この条例がほんとうにあるのかどうか、手続きはどう進めるのかなどの問題をはっきりさせようと、担当者が内政部（行政院に属し、国内の事務・社会・土地などの行政事務を管轄する中央機関）に電話をかけているのをずっと聞くことになった。わたしたちは驚きいぶかり、また落ちこまざるを得なかった。驚いたのは、法令が通過してから少なくとも一年以上たっているというのに、あんなに大きな戸政事務所で、驚いたことには誰ひとりとして、それが「確かに存在」する法令であるとはっきり言おうとしなかったことである。落ちこんだのは、まさか、この郷（日本の郡にあたる）では誰も、伝統的な姓名への改名や登録に来なかったのではないだろうかと思ったからである。

ひとしきりごたごたしたあげく、担当者はついにどう手続きを進めればいいのか理解した。座りつづけてすっかりしびれてしまった椅子からやっとわたしたちが立ち上がって、手続きをしようとしたそのとき、担当者が新しい問題を発見した。子どもの名前がタイヤル族のものではないというのだ。（子どもの父親はタイヤル族である）わたしは力をこめてうなずくと言った。

「そうです！　これはパイワン族の名前なんです。子どもは母親の姓を名のるんです。『民法親族編』が通過して、両親の話しあいで、子どもは母親の姓を名のることができるようになって、父親の姓を名のることを強制されなくなったんです、ご存知ないんですか？」

またもや事務所は混乱に陥った。

こうして、さっきのどたばたがくりかえされた。業務終了まで、もう二十分しかなかった。突然、担当の職員の顔におかしな笑みが浮かんだのを眼にした。はたして、彼女は戸籍法の条文を持ってきて、指さしながら言った。

「だめですよ、あなたは原住民じゃないでしょう？　あなたの子どもが母親の姓を名のりたいのなら、原住民の身分を失うことになりますが、それでもいいですか？」

突然のこの話に、そのときわたしはほんとうに、壁に頭をぶつけたいと思った。台湾の戸籍法では、わたしはたしかに原住民の血を半分しか持たない外省人二世だった。最初に条文をすみずみまでひっくり返したが、このことには気がつかなかったのだ。まったく予想外のできごとだった。思わずわたしはこう言った。

「でも、子どもの父親は原住民なんです！　これは子どもの血縁関係に関係ないはずですが」

担当の職員は、わたしたちの弱みをつかむことができて、うれしくてたまらないらしく、同意できないというように、手に持った法令をめくりながら言った。

「法律はそう決めているんです。わたしたちはそのとおりにするだけです」

自分の願いが、理屈にあわない条文のためにまたもやつぶされるのをまのあたりにして、わたしは涙がこぼれないように歯を食いしばった。

いくどか激しくやりあったが、担当者がこれ以上、上部組織に電話をかけてたずねるようなことはしたくないと思っているのは明らかだった。最後にはわたしは、子どもを父方のタイヤルの名前で届けることに妥協するほかはなかった。下の息子の名前はあっというまに「リカラッ・チャナフ」から「ウェイハイ・ワリス」に変わってしまい、わたしが十か月のあいだ、楽しみにしていた夢はとうとう破れてしまった。

家に帰ってから、わたしは一時期、悶々として落ちこんでいた。このことについては、どうしても思いきることができなかった。下の息子がとうとう「伝統的な姓氏を回復し」「母方の姓にもどる」という二重の夢をかなえることができたと思っていたが、しかし、最後になって、法令の条文にやはり負けることになろうとは思いもしなかった。

のちにわたしは「民法親族編」のなかの、両親の協議によって子どもは母親の姓を名のることができるという部分をもう一度、解読してみて、これらの条文が漢人社会にのみ適用されるということをはじめて発見した。異なる民族のあいだの結婚については、父親が原住民で母親が漢人であろうと、あるいはその逆であろうと、父系社会の規範は依然としてかたく、うちこわせない垣根のようだった。

もし女性が長くおしつけられてきた束縛をつきやぶろうとしたら？　わたしの胸は息が詰まったように、息ができなくなった。

「もっとがんばろう！」

わたしは自分にそっとこう言った。

大安渓岸の夜

十一月二十三日はいちばん下の息子――ウェイハイ・ワリスの満一歳の誕生日だった。この日の午後、わたしと子どもの父親は、子どもの祖父について山のむこう側に出かけ、ウェイハイのために、彼の生命儀礼における最初のイノシシを持ちかえった。その夜、ガガ（タイヤル族が祖霊信仰を行なううえでの集団）に属するすべての家族に分けて、家族の人たちに、ウェイハイが満一歳になったと正式に告げるための準備だった。

夕方、山霧がゆっくり部落におりてきたころ、運搬機特有の「トッ、トッ」という音が部落のまわりの谷にひびきわたった。太陽よりも早く家を出て仕事に精を出していた老人たちが、それぞれの畑からゆっくりともどってきたのだ。耳をすませば、運搬機の音のほかに、老人たちの歌う声や笑う声が聞きとれて、彼らが一日愉快に仕事をしてきたことがわかるだろう。

この時、わたしたちが住んでいる学校の宿舎の裏庭には、同じガガに属する老人たちが集まっていた。かたわらのコンクリートのうえには、中くらいの雌イノシシが息づかいも激しく横たわっていた。蕃刀（原文「番刀」、原住民族の伝統的な刀）を手にした何人かの老人が、もう少ししたら、イノシシをほふるが、その最初の一刀をどういうふうにくだしたらよいかと議論していた。この一刀はイノシシをあまり苦しませずに死なせるだけでなく、刀をふるう人の腕の確かさと狩の技巧を示すものだったので、その人の技量はなおざりにできなかったのだ。

幾度かの激しい議論のすえ、老人たちはついに刀をくだす方法を決定した。「ヘイ！ ヘイ！」と声があがり、わたしは長い蕃刀がイノシシの気管から心臓を直接えぐるのを目にした。雌イノシシは声もあげなかった。鮮やかな赤い血がその気管からどっとほとばしった。きれいで手ぎわのいいやり方に、たちまち、まわりで見ていた人たちから喝采があがった。

この時、イノシシの処理は、正式に男たちの手から、女たちの手に移った。五、六十歳の女たちがイノシシをわっととりかこむと、いそがしく洗い清め、皮を剥ぎながら、笑い声をあげた。ほどなく、よごれていた黒イノシシは、美しく真っ白に変わった。

つぎが、今夜の見せ場だった。きれいに処理されたイノシシには、子どもの祖父が最初の一刀をくだして腹を切りわけ、同時に、天の祖霊に告げなければならなかった。みんなが見まもるなかで、子どもの祖父は刀をイノシシの腹にすばやく、まっすぐに走らせた。ウェイハイ・ワリスはこの時、祖霊にまもられた子孫のように、わたしの胸で安らかに眠りこんでいた。

老人たちの采配のもとで、イノシシはすばやく解体された。肉をもらうことになっているガガの人たちは、誰もが肉を受け取った。今回のイノシシの肉の分配は成功だったとみなが認めた。以前、家族が肉の分配にもれたためにもめごとが起こったと、時々耳にしていた。これはタイヤル族にとっては大きなタブーなのだ！　そのような大きな罪は誰にも負《お》えないので、ガガではイノシシの肉を分ける儀式はとりわけ重要だった。うまくいくかどうかが、ガガの求心力に重大な影響をおよぼすからだ。

庭にはふたつの火の輪が燃えあがった。ガガの歴史を話す時間がはじまったのだ。老人をかしらに、家族全員が火のそばに座っていっしょに食べた。ガガの最長老が、タイヤル族はどのようにしてピンスプカン（タイヤル族発祥の地）から生まれたかを話した。いつ大洪水にあったかや、それから刺青が現われたこと、このガガがいつ大安渓岸にやってきて住みついたかなど、その過程を話した。ウェイハイはわたしの胸で、原住民特有の大きな眼を見開いて、静かに老人の話を聞いていた。そこにいるすべてのタイヤルの子どもたちと同じように、一心で、真剣だった。

その日の集まりでは、何人もの老人たちが嬉しさのあまり、酔っぱらってしまった。彼らには、タイヤルの子どもたちに昔の歴史を話すこんな機会がもう何十年もなかったのだ。子どもたちが一代一代と自分の母語を忘れていくのを目にして、ひそかに涙をのむしかなかった。今日、家族が集まった席で存分に話せる機会があろうとは、思ってもいないことだったのだ。

この夜、大安渓（雪山に発し台湾海峡に注ぐ川。作者が住む台中県和平郷のミフ部落は大安渓ぞいにある）のほとりで、ウェイハイの満一歳の儀式をかりて、わたしはタイヤルの老人たちからたくさんの話を聞いた。それはタイヤルの神話に述べられているのと同じだった。大覇尖山（タイヤル発祥の地のひとつ、標高三、四九〇メートル）から分かれ出たタイヤルの人々は、毎年一回、大覇尖山にもどって出会うとき、みな、必ず子どもをひとりずつ連れて行って、それぞれの川の流域に住む人々の話を静かに聞き、この歴史を伝えつづけていく。タイヤル族の歴史がこれからも大安渓の流れにそってゆっくりと進みつづけ、大安渓岸のどの部落でも失われることがないようにと、わたしは心から願う。

ウェイハイ、病院に行く

いくどもの強い陣痛のあと、初冬の最初の暁の光があらわれるころ、わたしのおなかの子はいくつもの難関を突破し、わたしの子宮から滑り出た。へその緒が切れると同時に、濃く厚い情感もわたしの胎内からとけ出たように感じられ、彼――新しく生まれた赤ん坊は、このとき正式に独立した個体となったのだった。

わたしの三番目の子どもは、わたしと子どもの父親がよく話しあったすえ、原住民の命名法にしたがって名づけられることになった。お産を待っているとき、子どもの父親は遠く海峡（台湾海峡）の対岸に赴いて会議に参加した。彼が行ったこの街は、中国史における極めて重要な戦い――日清戦争（一八九四―九五年）のときに北洋艦隊が駐留した「威海市《ウェイハイ》」（威海衛。中国の山東半島にある港。清軍の北洋艦隊の軍港で、日清戦争で日本軍が攻略した）だった。この戦争によって、台湾は日本の統治を受けるようになったが、それとともに台湾原住民の歴史と運命も変わったのだった。それゆえ、わたしたちはこれを子どものタイヤル名に選んだ。彼の名前はこうなった――ウェイハイ・ワリス。

子どもの出生を届けるときに出くわすかもしれないさまざまな問題については、子どもの名前を決めたときからすでにわたしたちは予想していた。はたして、戸政事務所に行くと、「どうしてこんな名前にしたんですか？」「漢名（中国名）のほうが使いやすいんじゃないんですか？」などなど、ありとあらゆる問題があらわれた。しかし、わたしと子どもの父親は一笑に付した。修正されたばかりの「原住民姓氏条例」を取り出すだけで、わたしたちの考えを変えようとたくらむ戸政事務所の人たちの口をすべて封じることができた。この一手は思ったとおり、ききめがあり、煩雑な手続きをへて、わたしたちはやっと届けを終えることができた。

わたしにとってひどく意外だったのは、逆に、のちにウェイハイが病院に行ったときのことで、さまざまな奇怪至極な状況がつぎつぎと、絶えることなくあらわれたことだ。それをここにあげれば、原住民の伝統的な姓氏がもっと普及したときの参考になるだろうと思う。

ウェイハイが生まれてはじめて身体の調子を悪くしたのは、三か月になったころだったと記憶している。冬の台湾は、あちこちに風邪をひいた人がいる。誰かの不注意から、ウェイハイは、鼻水が出るようになり、熱も高くなった。うまく呼吸することができずに、彼の小さな顔が弱々しくもがいているのを見ると、すでに三人の母親となったわたしだったが、やはり心が痛み、診療所にかけこんだ。医師がすこしでも楽にしてくれたらと思ったのだ。

現代の受付はたいへん進歩していて、コンピュータでカルテの管理をほとんど行なう。わたしが受付のカウンターで「ウェイハイ・ワリス」と告げたとき、看護婦は眼を大きく見開いて、こう言った。

「お子さんのお名前を聞いているんですが……」

わたしはゆっくりともう一度くりかえしながら、こう思った。今度ははっきり聞こえたでしょう！意外にも、看護婦は急にぞっとするほど恐ろしい顔をすると言った。

「何をふざけてるの。あなたの名前を聞いているのよ、わたしにどこの外国語をしゃべってるの！」

わたしの胸のウェイハイが激しく泣きはじめた。この女性に驚いたのはあきらかだった。わたしは、子どもを守りたい一心で、礼儀もわきまえず、大声でこう言いかえした。

「あなたには常識ってものがないの？　わたしはウェイ――ハイ――ワ――リ――スと言ったのよ、わかった？　わたしたちは原住民なの。今は原住民の名前を使えるようになったのよ。わたしの子どもを診察してもらえるかしら？」

そのときのわたしの顔は、彼女よりも恐ろしかったにちがいない。わたしの表情を見たからだろうか、あるいは自分に理がないことをさとったのだろうか、彼女は二度とわたしに何も聞かずに、わたしをまっすぐに診察室へ入らせた。診察の時に、彼女がおどおどしながら、医者の耳もとで何かひそひそと言っているのが眼にはいった。しかし、医者は何も言わず、子どもはどういうふうに調子が悪いのだというようなことを聞いただけだった。診察が終わって薬をもらう時になると、この女性はわたしを手まねきして、薬ができていると言ったが、どうしても息子の名前を口にしようとはしなかった。

こういう経験をして、外の世界は、原住民が本名の使用を回復した状況についてよく知らないということがはっきりしたので、それからはウェイハイを病院に連れて行くことにいっそう慎重になった。

七か月になったころ、ウェイハイはまたウイルスに感染して風邪をひいた。今度は、ウェイハイを受付に連れて行ったときに、はじめに児童健康手帳を出した。看護婦が先に自分の眼で手帳に書いてある名前を見て、わたしの答に二度と疑問をもたないでくれたらと願ったのだった。しかし、わたしの企てがうまくいきすぎたのは明らかだった。看護婦はカルテに書き写しながら、眉を寄せたり、頭をふったりしていた。どうしたらいいのかわからないようだったので、さっさと彼女に説明するしかなかった。

「これは原住民の名前なんです。ウェイハイは原住民の子どもなの」

彼女ははっとしたように言った。

「そうだったの。あなたは外国人労働者だと思ってたわ！　どうして中国語がこんなにじょうずなんだろうって思ってたの。山地の人だったたね」

この説明を聞いてわたしはひどく驚いた。自分が「原住民」から「外国人労働者」に躍進する日が来ようとは、思ったこともなかった！　このような誤解に対して、わたしは頭をふって軽くため息をつくしかなかった。

三回目に病院に行ったのは、ウェイハイが水ぼうそうにかかったからで、このとき彼は八か月になったばかりだった。水ぼうそうのために高い熱が続いたので、ウェイハイを連れて病院にかけこむしかなかった。今回の看護婦は好奇心がやや強く、この名前を見ると、眼を一瞬かがやかせ、こう言った。

「すごくかわった名前ね！　はじめて聞いたわ！　外国人の名前みたい」

わたしは彼女にちょっと笑うと、ふたたび原住民の名前についての話をひとくだり持ち出して、彼女を教育した。彼女は聞きながら、驚きの叫び声をあげつづけた。まるでいままでに聞いたなかで、いちばん理解に苦しむことだとでもいうようだった。彼女がかん高い声をあげるので、診察室の医者まで出てきたほどで、そのときわたしはほんとうに申し訳ないと思った。そして思った、そんなにおかしい？

医者にうながされて、このぼんやりものの看護婦さんは、やっとわたしたちを診察室に入れた。くわしい診察のあと、医者は処方箋を書いて、わたしに気をつけてウェイハイを世話するように言い、さらにいくつかのこまごまとした指示をして出て行った。二十分ちかくも待って、どうして薬ができるのにこんなに長くかかるのだろうといぶかっていたちょうどそのとき、さっきのあの看護婦がわたしを手まねきした。

「ウーさん、『ウー』ウェイハイ・ワリスの薬ができましたよ」

いつのまに、ウェイハイに中国の姓がついたんだろうと、わたしはちょっとあきれた。わたしは笑いながら彼女に言った。

「ウェイハイ・ワリスですよ。『ウー』をつけなくてもいいんです。書きかえてくださらない？」

「彼のおとうさんはウーという姓でしょう？」（ウェイハイの父、ワリス・ノカンの中国名は呉《ウー》俊傑）

「そのとおりですけど、これは父親の姓とは何の関係もないんです」

看護婦は名前のまえには必ず姓がいる、そうでなければ名前じゃない、たとえ原住民だって同じだと言いはった。

ウェイハイの薬袋はとうとう彼女によって強引に「ウー・ウェイハイ・ワリス」と書かれてしまった。

わたしは説明しようと思ってはみたが、ある種の漢人意識を持つ人と話すと、心が疲れてしまい、このような意味のない論争が早く終わってほしいとしか思わないことに気がついた。

ウェイハイが新しい病院に行くたびに、毎回このような、山のようにたくさんの、奇妙で理解しがたい頑固さに向きあわなければならないとしたら、ひとつひとつ説明していくだけの忍耐心を自分はどれくらい持てるだろうかと心から疑わしく思う。

原住民は原住民である。わたしたちには自分の姓氏についての習慣がある。技術的に処理することができるなら、そして当事者がその時々にきちんと説明をしたら、それほど受け入れがたいことではないはずだとわたしは思う。

将来、伝統的な姓名を用いる原住民の例がだんだん多くなったとき、もしこのように毎回、問題をひとつひとつ試験されなければ、スムーズに診察を受けられないとしたら、診察のあと、薬袋に書かれた名前がやはり書きかえられているとしたら、多くの人が驚いて、病院に行こうとしないかもしれないと思う。台湾原住民にとって、これもまたあらたな差別ではないだろうか？

さようなら、巫婆《ウーボー》

十月十七日、台風がもたらしたはげしい嵐が去り、台湾の空にはめずらしい濃い青色の空があらわれた。太陽が大武山脈からはずかしげに顔をのぞかせたころ、ブツルク部落（作者の母の故郷、屏東県）の空に大きな鷹が飛んできた。畑に出て台風の被害のあとかたづけをしていた人たちは、つぎつぎに頭をあげて、この空を旋回する雄鷹をながめた。この思いがけない訪問者は部落にちょっとした騒ぎをひきおこした。ひとりのヴヴ（おばあさん）が、手をひろげて大地にうずくまり、天をあおいで声をあげ、ぶつぶつととなえた。

「ヴヴ（ここでは、祖霊を指す）、ずいぶんながく部落にいらっしゃいませんでしたが、こんなに低く飛ばれるのは、子どもたちを見舞いにいらっしゃったのですか？」

これは、もちろんあとになって、老人たちが部落にもどってから、わたしたちに教えてくれたことであるが、わたしたちの誰も、この雄鷹が現われたことが、不幸を告げるものだとは思わなかった。

昼さがり、すでに秋になっていたが、南部の風はあたたかく、人々はうとうとと眠気にさそわれていた。ブツルク部落が静かで平和な気配につつまれているとき、突然、鋭い鳴き声が部落の上空を通りすぎた。部落の人のほとんどが、雄鷹の口から発せられたその声を耳にした。わたしのヴヴは、リカラッの家からあわてて跳びだし、胸をなでながら、となりの貴族のガラジム家の玄関の戸をあわただしくたたいた。貴族にその原因を教えてもらおうとしたのだ。敏感なヴヴは、何かが起こりかけていると直感的にさとっていた。そうでなければ、部落の守護神がこんなふうに自分の子どもたちを驚かすはずはなかった。

はたして、部落の人たちがこの雄鷹のさまざまな奇妙な行動について、あれこれ話しあっているとき、一台の車がゆっくりとブツルク部落に入ってきた。目ざとい人たちには、一目でそれが巫婆《ウーポー》の家のものだとわかった。驚きと恐れの表情が人々の黒い顔に浮かんだ。みんなは顔を見あわせたが、誰ひとりとして、心に浮かんだ憶測を口にしようとしなかった。巫婆の孫は、巫婆が数十年にわたって住んでいた家を眼にすると、胸をえぐるような声をあげて叫んだ。

「ヴヴ、帰ってきたよ、家に帰ってきたよ！」

イナ（母）はわたしのそばに立って、呆然として言った。

「来るべきものがやっぱり来たんだわ」

言いおわらないうちに、涙が、糸が切れた首飾りの真珠のようにぽろぽろと流れ落ちた。それでわたしにも、部落の人たちがいちばん心配していたことがついに起こったんだと、やっとわかった。

巫婆はここ数年、ずっと体調がよくなかった。このことを、部落の人たちはみんな知っていたが、しかしまた、誰もふれない、人には言えない痛みだった。誰も不用意にこのタブーを犯そうとはしなかった。巫婆のあとを継ぐ人を見つけられないという悪夢が、人々の心の奥深いところに、蛇のようにいすわっていた。巫婆は、三年前のマラヴェク(五年祭)をおこなった前後から、体力が続かなくなり、家々を回って幸福を祈る仕事を、何度も延期しなければならなかった。それで人々は、巫婆の身体がつぎのマラヴェクまでもつだろうかと心配するようになった。

三年の月日があわただしく流れた。巫婆は入退院をくりかえし、危篤だと言われたが、毎回、奇跡のように危機を乗りきった。人々の心は、すわりのわるい水桶のようにゆれ動き、心配のうちにこの歳月をすごした。

今年のはじめ、イナが電話をかけてきて、部落のことをあれこれ話すうちに、急に話題が変わり、巫婆がまた入院したという話になった。

「今度、巫婆がもちこたえられるかどうかは、わからないわ。お孫さんの話では、巫婆はずっと、家に帰りたいってうるさいらしいのよ、『死ぬんなら、自分の家で死にたい』っていつもぶつぶつ言ってるって。前には巫婆は十日や半月、入院したって、こんなに弱気にならなかったのに。こんどばかりは、どうなるか、わからないわ」

電話のむこうから、イナの心配そうなため息が聞こえてきた。

イナの話を聞いて、わたしは追憶にふけり、巫婆とかかわりあったかすかな記憶をさがしもとめた。わたしは、彼女にはじめて会ったときのことを今もおぼえている。イナが、軒下に座って刺繍をしていた巫婆を遠く指さして、うやうやしく言った。

「あれは巫婆よ、病気をみてくださるのよ。お邪魔しちゃだめよ！」

わたしは外省人二世の眼で巫婆をながめた。頭に浮かんだのは、深夜にほうきに乗り、頭に帽子をかぶった、前歯がふたつ欠けた悪い魔女だった。恐れと怖さから、わたしはがまんできなくなって大声で泣きをはじめた。刺繍に没頭していた巫婆は顔をあげて、リカラッ家の玄関のあたりに鋭い眼をむけた。わたしはびっくりし、あわてて叫び声をのみこんだ。巫婆はため息をつき、頭をふって、つぶやいた。

「どこのうちの子だね？　うるさいねえ！」

それからというもの、わたしは巫婆がやって来るのを見ただけで、さっと身をひるがえして、はるか遠くへ逃げてしまった。

それからあと、学校へあがってからは、巫婆に会ったという記憶はほとんどない。十年前に自分のアイデンティティを求めるようになってはじめて、時間をかけて巫婆と話した。このときには、巫婆の足はすでにおぼつかなくなっており、部落を行き来するにも杖にすがらなければならなかった。しかし、鋭い眼で、ブツルク部落をすみずみまで、むかしどおり平穏に、しっかりと守っていた。ただ、歳月のあとが、何本ものしわとなって、黒い顔いっぱいにひろがっていた。わたしは、彼女が自分の顔を指さして、からかうようにこう言ったことを、まだぼんやりとおぼえている。

「一本のしわは、ひとつの物語だよ、数えてごらん、わしが語り終わらない物語がいくつあるか！」

あれは――もう何年もまえのことになってしまった！

わたしはわたしのヴヴについて、巫婆の家のまえに行った。すでに多くの人たちが葬儀のてつだいをしていた。悲しみの慟哭があちこちであがり、部落じゅうにこだましていた。老人たちはうずくまったり座りこんだりして、巫婆につきそっていた。色とりどりのタオルで、悲しみ嘆く顔をおおっていたが、胸がはりさけるようなすすり泣きの声が次々にもれるのをおさえることはできなかった。祖霊と心が通じる巫婆を失ったことは、伝統的な信仰の中心を失ったようなものだった。人々がおそれていたのは、百五歳になる老人をなくしたということだけではなかった。これからどのようにして大武山の祖霊とのつながりを保っていくのかということが、もっと大きな、形にはならない心配だった。

巫婆の子どもたちは、巫婆にどんな衣装を着せて納棺するべきかを、貴族と話しあっていた。わたしはすみに立って静かに巫婆を見ていた。巫婆は眠ったように安らかにベッドに横たわっていて、すでに伝統的なパイワン族の衣装を身にまとっていた。精緻な刺繍が巫婆の身分を示しており、胸には数え切れないほどたくさんのとんぼ玉の首飾りがかかっていた。大武山で待っている祖霊たちは、このとんぼ玉を見て、巫婆が石板の家から来たことがわかるはずだ。人ちがいをするようなことはないだろう。かつてわたしを驚かせた巫婆の両手は黒い服の胸のうえで組まれていた。刺青はむかしどおりだったが、その主人の生命の躍動だけがなかった。物語でいっぱいの顔じゅうのしわも、もはや主人の口を通して語りかけることはできなかった。

日本軍の帽子をかぶったヴヴ（おじいさん）がゆっくりと家に入ってきた。わたしはこのヴヴが上の部落から来た人だということを知っていた。彼は、第二次世界大戦のときに南太平洋に行かされて、日本軍のために戦った。他人には想像もつかないような過酷な戦いを経験し、部落にもどったときには、すっかり壮年を過ぎてしまっていた。魂を失った身体で一日中、部落をぶらぶらしていたが、最後には巫婆が彼に意識をとりもどさせたということだった。ヴヴは巫婆の遺体のまえに歩みよると、軍帽を脱いで、うやうやしく頭をさげて三度、おじぎをした。そして何も言わずに出て行った。彼の姿が戸口をでていくとき、わたしは、ヴヴのおし殺した泣き声が、重い足どりとともに去っていくのを耳にした。

「どうしてわたしたちを捨てて行ってしまったのですか？　どうしてわたしたちを捨てて行ってしまったのですか？　わたしたちはこれからどうするんですか……」

彼はこうつぶやいていた。

巫婆の家を出て、わたしは自分の家に帰った。両眼を泣きはらしたイナが言った。

「あのとしよりの鷹はまだいるのよ。みんなは、あの鷹は巫婆を送りにきたんだと言ってるわ。学校の運動場のうえでずっと鳴いていてね、まるで人が泣いているみたいな声なんだよ！」

もうすぐ、ブツルク部落を守っている太陽が山に落ちる。ヴヴとイナもそれぞれの部落から来たお客をもてなす手伝いにかけつけた。イナによると今日は少なくとも六百人分の食事を用意するように、貴族が言いつけたそうだ。部落の人たちのほとんどが駆りだされて手伝っていた。しかし、広場は静かで、人を悲しい思いにさせた。

巫婆の家のまえには、それぞれの家から持ってきた灯りが輝きはじめていた。巫婆が亡くなったというしらせは、炎のように付近の部落にひろまった。人の波がひっきりなしに行き来していて、悲しみの泣き声がとだえることはなかった。今夜はにぎやかだが、悲しみあふれる夜となるだろう。

わたしはリカラッの家の前に座って、学校の運動場にいる雄鷹を遠くながめていた。鷹は片足で旗の掲揚柱に立ち、巫婆の家をじっと見ていた。わたしが小学校のときに見た巫婆の眼のような、鋭いまなざしだった。この孤独で誇り高い、黒い雄鷹は、人から畏れ敬われていた。彼が守っているので、大武山への巫婆の旅は、あまり淋しくないだろう。わたしはこの雄鷹にそっと言った。

「巫婆の面倒をみてくださってありがとう。巫婆は杖をつかなければ歩けないのです、だから、ゆっくり行ってくださいね、巫婆があまり疲れないように！」

さようなら、巫婆。

シャマン・ラポガン集

黒い胸びれ

第一章

トビウオがいくつもの群れをなして、海のそこここを真っ黒に染めあげていた。それぞれの群れは三、四百匹からなり、五、六十メートルずつ距離をおいて、約一海里(一八五二メートル)にわたってつながっていて、まるで、軍規のきびしい大軍団が出陣するように見えた。トビウオの群れは黒潮の昔からの流れにのって、フィリピンのバタン諸島(フィリピン最北の諸島)の北側の海に少しずつ近づきつつあった。

トビウオの大群は、彼らを餌食とするさまざまな種類の大型の魚を引きよせていた。シイラや、ロウニンアジ、オニカマス、マグロ、カジキ……などが、トビウオの群れのあとについて、大きな白い眼をむき、おりあらば大規模な狩りをしようと待ちかまえていた。トビウオたちは戦々兢々として身体をよせあい、ついてくる天敵に眼をやる勇気さえなかった。トビウオの群れ全体を率いる身体の大きなトビウオ——黒い胸びれのトビウオたちは、まもなく大きな災厄が襲ってくるとさとり、機敏に動いて、三、四個の小隊を大隊に編成しなおした。広がっていたトビウオたちの小さな群れはすばやく集って五つの大隊になった。

夕陽が海に沈む時が近づくにつれて、黒い胸びれのトビウオはますます憂慮を深め、絶えず群れの外側を泳いだ。彼は、ロクロクやカラウなどの弱く小さなトビウオの兄弟が落伍し、群れから離れて大型の魚たちの晩餐の餌食となることを恐れていた。この光景は、上から見ると、運ばれてきた厚い岩の板が、広い海面に点々と浮かんでいるように見えた。

トビウオの群れは三、四海里泳いで、バタン諸島の東北の海に着いた。あとをついてきた大型の魚たちは、長いあいだ泳いだので、もうそれ以上空腹をがまんできなくなった。それに、もうすぐ暗い夜がやってくる。トビウオの群れの外側で騒ぎがはじまった。大型の魚たちは身体をよじり、尾を振り、すばやく、あるいはゆっくりと、時には深く潜り、時には海面に向けて尾びれを打ち、胸びれを広げて、たちまち、トビウオの群れまで一、二メートルに迫った。これは、トビウオたちにとって、まもなく大災厄に襲われるという兆しだった。トビウオたちは身体をよせあっていたが、「弱肉強食」という呪われた運命からは逃れられなかった。

せっかちなシイラが血をたぎらせて、最初にトビウオの群れに突っ込んだ。眼を大きく開いて獲物をねらい、シュー……と眼にもとまらぬ速さで群れの中に突っ込むと、あっというまにトビウオを二、三四、呑み込んだ。群れが混乱するのを見て、大型の魚たちはみな、この機をのがすなとばかりに、狂ったように大殺戮に加わり、早春の血なまぐさい大虐殺をはじめた。トビウオたちはひどく驚いて、たちまち、海面に飛び出した。空を飛んで逃れようとするトビウオたちは夕焼けに照らされ、山を低くかすめて飛ぶ夕焼け雲のように、バタン諸島の北の海を、眼にもあざやかな銀白色に染めあげた。トビウオは六、七十メートル空を飛び、海に降りると、息をつくまもなく、ふたたび胸びれをひろげてとびだし、波の上下にあわせて飛んだ。その透明な胸びれには、生きようとする意志がはっきりとあらわれていた。

数百匹のシイラは、この時、驚きおびえるトビウオの群れの後方七、八十メートルのところで、三、四回海面から跳びあがった。海面から二、三メートルもおどりあがった勇ましい姿は、口にしたトビウオを呑みこもうと満足げだった。シイラの群れがいっせいに海面から跳びあがり、頭をふり尾びれを打つ素晴らしい眺めは、「弱いものがやられる」という自然界の不変の鉄則を示しており、勝利のしるしだった。トビウオたちにとって、この大殺戮は今年の血なまぐさい虐殺の幕開けだった。このあと、トビウオたちにはつかのまの安らぎがあったが、やがて、大型の魚たちが食べたものを消化するにつれて、トビウオたちの恐怖は深くなった。

トビウオの大群は、短く空を飛ぶたびに、兄弟たちを少しずつ失った。海にもどると、恐るべき殺戮の光景があいかわらず続いていたので、何度も空を飛んだ。こうして逃げることで、凶暴きわまりない殺戮者たちの体力を大きく消耗させることができた。これはまた、災難を逃れるための唯一の妙技でもあった。運がよければ生きのび、そうでなければ殺された。

海面は最後には深い藍色にもどり、静けさを取りもどした。大型の魚たちは腹いっぱい食べると、自然におとなしい性質に戻り、眼つきも早春のころのおだやかさを取りもどした。ひどく驚かされたトビウオだけが、うろたえた表情で恐れおののきながら、ふたたび群れを作って泳いでいた。彼らの運命は、天の神（タオ族の神）の指令によるもので、トビウオたちははるか昔から変わらない流れにのって、北へと泳ぎ続けた。

北、いったいどれぐらい遠いのだろう？　リーダーたち——黒い胸びれのトビウオも知らなかった。しかし、太古の昔から、彼らの祖先はこう言ってきた。故郷の人間たちは毎年、冬の終わり、春のはじめに、彼らの祖霊の訓《おし》えにしたがって、トビウオの祖霊を遠く祭る儀式（招魚祭）を行なう。故郷の人間だけが、最も敬虔な心と最も神聖な儀式で我々を祭ってくれるのだ。故郷に着いてはじめて、我々は人間と平等だということをほんとうに実感することができるのだ。彼らは、我々を善い神とまであがめてくれる。しかし、故郷にもどるのは簡単なことではない。神のように遇されるには、虐殺という災難を幾度も経なければならない。このような大きな災厄は、毎年、あちこちの海で絶えることなくくりかえされているのだ。

魚の群れは、イバヤット島（フィリピンの最北の人が住む島）を過ぎ、さらに北の四つの島、シアヤン島（タオ語では「双峰島」）、マブディス島（同「平たい島」）、ミサンガ島（同「白い島」）、ヤミ島（同「北の島」）を過ぎた（これらの島はすべて無人島である）。彼らがヤミ島に着いたときは、すでに暗くなっていて、星と月がはるかな天空に高くかかり、やわらかな銀の光を放っていた。トビウオたちは北に開いた、流れのおだやかな小さな入り江で休息した。大型の魚に襲われないように、できるだけ波打ちぎわに近いところに泳いでいき、やっと心を休めて、翌朝の故郷——ポンソ・ノ・タオ（「人の島」、蘭嶼島を指す）とリマカウド島（小蘭嶼、蘭嶼島の南の小島）への旅にそなえて活力を養うことができた。

しかし、ヤミ島からリマカウド島までは四十海里以上あった。たいへん長い距離で、最もつらい旅程でもあった。トビウオたちは、ついてくる大型の魚たちへの警戒をおこたるわけにはいかないし、また、故郷へむかう潮の強い流れをのり切らなければならない。彼らは、毎年この海で兄弟たちの二、三割が失われることを知っていた。しかし、トビウオの群れは、祖先の代から今に至るまで、ルートを変えようとはしなかった。これも運命の定めなのだろう！　兄弟たちが死ぬのは、自然淘汰なのだろう。死は、大海に生きる魚たちにとって絶対的なことだった。

小さな入り江で一晩、存分に泳ぎまわったあとは、旅を続けなければならなかった。終着点はなかったが、彼らをもっとも興奮させ、喜ばせる中間点――「人の島」があった。リーダーの黒い胸びれは、この時、魚たちを率いてきた長い旅を思い起こしていた。いちばん遠いハワイ諸島から、琉球諸島、台湾の東海岸、バタン諸島、「人の島」、マーシャル諸島……など、さまざまな人種の住む島々。そのなかで、故郷の人間たち――タオ族が彼らをいちばん好み、尊重してくれるのだ。彼は思った、あそこで生命を終えるのはなんと光栄なことだろう！

水平線についにかすかな暁の光があらわれた。旅をはじめるにはよい時刻だった。トビウオたちは、二、三千匹ずつ三つの群れに分かれ、整然とヤミ島の北の小さな入り江を離れた。生まれて一年にならない小さなトビウオは、群れの真ん中で何度も空を飛ぶ練習をくりかえし、たいへん興奮して楽しそうだった。しかし、天敵である大型の魚たちも同じように英気を養い、忠実にトビウオのあとを追いつづけ、次の食事のためにふたたび大規模な狩りにとりかかろうとしていた。

旅をはじめるこの時の、トビウオの群れと彼らを餌食とする大型の魚の群れの関係は、春の早朝にほころんだ百合の花の香りが、人の心をうっとりさせるようなもので、両者のあいだの敵意はもっとも弱くなっていた。太陽が九時か十時の高さにまで昇ったときが、殺戮の第一波だった。そのことを思うと、トビウオたちはことばにならない苦しみをおぼえた。彼らは、祖霊とタオ族の祖先が出あって話をかわしたところ――リマラマイ（蘭嶼島の南の海域）に早くたどり着こうと、ひたすら思っていた。

翌朝早く、太陽の光がヤミ島の北の海面を照らし、波が銀の光を放った。トビウオたちは北に向かって悠々と泳いだ。生まれて間もない小さなトビウオは、絶えず尾びれをふり胸びれを動かして体を鍛えようとし、集団で浮いたり沈んだりしていた。それは強い風に吹かれる茅草のような動きだった。外側にいる黒い胸びれのトビウオは、時々、小さなトビウオたちの尻尾をつついて驚かせ、海面にとびださせて、高く飛んだり、胸びれをひろげて低く飛んだりする練習をさせた。小さなトビウオたちが、ポトン……ポトン……と次々に海に突っ込む音は、トビウオたちにそれまでの悲しみを忘れさせた。同族が集まるのはなんと平和なことだろう！

しかし、トビウオの群れから遠くないところにいる大型の魚たちは、「ポトン」「ポトン」という、トビウオが海に飛び込む音を耳にすると、その歯が勝手に（たぶん本能だろう）上下左右に擦り動きはじめた。小さな魚たちは楽しく空を飛んだ。つかのま、太陽に銀白色の身体をさらし、水に入る瞬間、先端の細い骨まで透きとおった胸びれを、扇子のように、すばやくたたんだ。凶悪な大型の魚たちを全く無視して、トビウオたちはこの美しい動作を何回もくりかえし練習した。集団で海に飛び込むと、尾を左右にふるので波しぶきがあがった。谷川の水が苔むした石にあたって白いしぶきをあげるように、波が渦まいて、魅惑的だった。大型の魚たちはそれを見て、思わず会心の笑みを浮かべた。ただ、腹の食べ物がまだすっかり消化されていなかったので、殺戮という野蛮な行為をしばらくひかえていた。

どんな動物も、おなかがいっぱいの時にはおとなしい。そのため、海底も平和で理性的な雰囲気となり、互いを侵すことのない明るいひとときだった。トビウオについてきた大型の魚たちは、身体が大きいので相対的に体力の消耗が速く、八、九海里も泳ぐと胃の壁が動きはじめた。排泄孔からは、骨がまじった残りかすが、噴射機から出る霧のように、何度も水中にまき散らされた。

少数派のカジキ、多数派のシイラ、クロカジキなどの尾びれは、どれも上下に長さが等しいV字型をしている。大型の魚の群れのうち、オニカマスの尾びれだけはV字型ではなく、パンの木の葉を半分に切ったような形だった。尾びれを左右に振る動きが速くなったり遅くなったりした。すばやく尾びれを動かすと、大量の排泄物がさっと噴き出した。次々に流れ出る乳白色の消化物がトビウオへの警告となったように、まもなく狩りがはじまった。大型の魚がすばやく、あるいはゆっくり泳ぎまわると、小さなトビウオはうまく群れの真ん中に集まった。広がっていたトビウオがひとつに集まって、黒い布が漂っているように見えた。それがトビウオたちが身を守るための最高の方法だった。

海底から大きな魚の腹を見あげると、乾ききった葉っぱのように皺だらけで、水圧のせいで老人の空っぽの腹のようにだらりと垂れ下がっているのが眼に映る。長さ二尋（一尋は約一・八メートル）近いカジキは、身体がいちばん大きい。そのため、空腹に耐えられなくなって、トビウオの最初の群れの外側前方にすばやく突っ込むと、すぐに動きを止め、左目で獲物に狙いをさだめた。トビウオたちは驚かされてひとつに集まっていたが、ゆっくりと海面のほうに動き、カジキの急襲から逃れようとした。このとき、魚たちには自分以外のものへの同情はなかった。できることは、ただ飛ぶことだけだった。遠くまで飛べば飛ぶほどよかった。これは昔から伝わる、誰にもまねのできない技であり、生を求める本能だった。大昔から災厄に襲われるたびにこの方法で逃れてきたのだった。

カジキ、シイラ、オニカマス、マグロは、どれも海水を大きく飲み込んで両側のえらを洗い流し、食道に流し込んで、腹のなかをすっかりきれいにした。シュー……、カジキが尾びれをひと振りすると、すばやくトビウオの群れの真ん中に突っ込み、口を上下に思い切り大きく開けて、トビウオを、大きなのも小さなのも丸呑みにした。トビウオたちは同時に海面からとびあがり、胸びれを広げた。遠ければ遠いほどよかった。カジキは興奮して、口のなかで獲物を噛み砕くと、頭から、食道へ呑み込んだ。トビウオの両側の胸びれがたたまれていたので、えらではさむのは簡単だった。カジキは腹にもっとたくさん食べ物をつめこもうと、V字型の尾びれだけを海に残して、灰黒色の全身を海上に出し、なめらかな身体を力いっぱい揺り動かしつづけた。シイラが海面から一、二メートルの高さにおどりあがり、身体をくねらせて、同じように獲物を呑み込む動作をした。海面は、バサッ……バサッ……と水からとびだしたり水にとび込んだりする魚たちや、驚いて逃げようととびだすトビウオに再びかき乱されて、銀白色になった。ただ、勝者と敗者の役割だけは昔から変わることはなかった。昔からつづく災厄、トビウオは大型の魚の獲物になるという生まれたときからの定めは、海底の世界には義理も情もないことを示していた。大型の魚たちはひっきりなしに海面をかきまわしていた——勝者である。トビウオは絶えまなく飛んで逃げていた——敗者である。天の神はいまだかつて、少しの同情もしたことはなかった。

狩りは、二十歩、歩くほどの短い時間しか続かなかった。心臓の動きはどちらも同じように速くなったが、心にあることはそれぞれにちがっていた。トビウオたちには、戦いに敗れたものの気持ちがよくわかった。

トビウオたちは三、四回飛んだ。大型の魚たちは、空っぽの腹に少なくとも二匹のトビウオがおしこまれて腹がふくれはじめたので、群れからうしろに半海里ほど下がった。

この長い旅で、トビウオの群れは少なくとも五回は襲われたが、数は二割しか減らなかった。トビウオたちは、太った大きな魚たちにあとを追われながら、とうとう故郷のひとつ、リマカウド島の小さな入り江にたどり着いた。このとき、タオ族が二回目の招魚祭を行なってから、すでに半月がたっていた。

リマカウド島は「人の島」の東南方三海里にある小さな島で、面積は四平方キロメートル、北が狭く、南が広い台形である。小さな入り江の両側には、長さ約三十メートルにわたって海から岩が突き出しており、西南の方向と南北の方向にそれぞれ連なっている。ここは一年中、大波に洗われ、かくれた潮の流れが激しかった。入り江の奥は、幅十五メートルにわたって淡紅色の丸い石でおおわれており、いちばん左に、深さ二十メートルの洞穴があった。この洞穴は、この島で風や雨を避けることができるただひとつの場所だった。

トビウオの大群は、ついに故郷のひとつ——リマカウド島の入り江にたどり着いた。ちょうど夕陽が海に沈もうとしていた。長い旅で、みな疲れはてていた。だんだん弱くなる西南の季節風とさざ波がたつ黄昏で、休むのにふさわしい気候だった。空が真っ暗になったとき、彼らは習慣的に波打ちぎわに近づき、海流がおだやかな浅瀬を泳ぎまわって休息した。リーダーの黒い胸びれは、天を仰いで長嘆して言った。

「われわれはとうとう故郷、タオ族の島にやってきた」

第二章

四月下旬、気温はかなり高くなり、波がかすかにたった。まさに海の神々の魂がタオの勇士たちを海へと招く絶好の日だった。二回目の招魚祭のあと、半月のあいだ、人々は午後、豚にえさをやり終わる時間（五時ごろ）に、「人の島」（蘭嶼）から一時間あまり舟を漕いで、続々とリマカウド島の小さな入り江にやって来た。入り江は、南南西に開いており、島で舟を泊められる唯一の場所だった。まだ夜になっていなかったので、勇士たちは、舟をつぎつぎに岸に押し上げて、休憩したり、魚網を整理したりしていた。その時、まだ多くの舟が遠くからリマカウド島へ向かって漕ぎ寄せて来ていた。

§

休んでいるあいだに、はるか南のほうを眺めながら、わしは思いにふけっていた。自分が年をとってしまったからだろうか、これがわしの人生で、リマカウド島まで舟を漕いでくる最後かもしれないと思うと、心にはいささかの感慨があった。思えば、わしらはあるところまでは、海への恐れを克服できた。が、三百年あまり前に、祖先は何にひかれて、大波にのまれることも恐れず、バタン島へ商売に行ったのだろうか。彼らの造った舟はそんなにしっかりしていたのだろうか。彼らはほんとうに、伝えられているように、勇敢でたくましかったのだろうか？　舟のそばで魚網の整理をしているふたりの若い甥、孫たちの父親のシャマン・ポヨポヤンとシャマン・ジャヘヤに眼をやった。ふたりの体格は、どちらもたくましく、腕の筋肉は線がはっきりあらわれていた。見たところ、ふたりの身体には「疲れ」ということばはないようだった。むかしの人は、わしら今の人間より、どれくらい大きかったんだろう。伝説のなかでは、たぶん、人を大きくたくましく描いたんだろう、わしはそう思う。

岸にはたくさんの舟がならんでいた。入り江もトビウオを捕りに来た舟でいっぱいだった。誰もが、あしたは風がおだやかでうららかな、いい日だと思っているらしい。入り江の両側の海に突き出している岩にうちよせる激しい波の音のほかは、夕陽のころにはすべてが静かでなごやかだった。舟は七、八十艘くらいあった。ほとんどがイモロッド村とイラタイ村のもので、一部は一時間半ばかりかけて漕いで来たヤヨ部落の人たちだった。

招魚祭から半月がたち、その間、漁のタブーを犯したという話も聞かないのに、魚はほとんど捕れなかった。リマカウド島にやってきた舟はみな、豊漁を望んでおり、トビウオを三、四百匹捕りたいと思っていた。

わしとふたりの甥は、それぞれの舟のそばに静かに座って、海面でゆれている舟をながめていた。夕陽は時間通りに水平線に沈んだ。水平線の上の雲の層はまばゆく美しい色に染まり、たいへんおもしろい形をしていた。夕焼け雲が絢爛たる色を失うと、人々の心には数えられないほどたくさんの希望がわきあがった。人々は「豊漁」を夢みていた。魚を捕る男たちの胸には、失望と希望が波の動きのようにわきたって、夜のとばりが降りるのを待っていた。

夕焼けの赤い色がすっかり消えて、はるかなかなたの星が小さな白い光を放つようになると、岸の舟は一艘一艘と海に出て行き、小さな入り江は舟でいっぱいになった。舟の長さは三メートルあまりで、いちばん幅があるところでも一メートルはなく、真ん中が広くて、船首と船尾は狭かった。魚網が舟の空間のほとんどを占め、人は真ん中に座って、舟のバランスを取っていた。

「子どもたちよ」とわしは言った（タオ族は、年長者は若い人を尊重して「子ども」と呼ぶ）。

「岸の近くの浅いところで網を流そうじゃないか。左のほうから来るトビウオは岸にそって入り江に入ってくるかもしれないからな」

「はい、わかりました」孫たちの父親たちはそう答えた。

魚を捕る勇士たちはみな、夜になりきらないうちは、自分の舟に静かに座っていた。ちょっと見ると、百艘近くの舟が、役に立たない流木のように波に漂っていた。しかしわしには、だれの心にも「豊漁」という祈りの言葉が燃えているのがわかっていた。

リマカウド島で唯一生きられる木はパゾポ（蘿漢松）という。伝説では、悪霊はそこで涼むのがいちばん好きで、また現世に生きている親戚がやってきて魚を捕るのを眺めるにもいちばんいい場所だという。親戚が魚をたくさん捕まえるほど、その報償も多いということだ。パゾポと島の影が空とおなじ黒さになったとき、わしはふたりの甥に言った。

「人の顔がよく見えなくなったら、網を流してもいいぞ」

すっかり夜になっていた。舟の櫂《かい》をゆらす波の音が、誰の耳にもはっきりと聞こえた。この音が網を流す時を告げていることを誰もが知っていた。網の端を球形のうきに結びつけ、網を流し終わると、最後のうきを長さ七、八尋の縄につけて、網が流れてしまわないように、舟に結びつけた。人々は舟を漕ぎながら網を流し、流し終わると舟をとめた。このとき、芋畑八、九枚分（九十メートル強）の広さしかない入り江に、急に別の静けさが広がった。人々は心で神に祈り、祖霊の祈りのことばを、毎分毎秒となえはじめた。わしの心も同じだった。誰も魚がたくさん捕れるだろうかと考えたりはしなかった。

ふたりの兄弟とわしの舟は、浅瀬にならんで、網を流した。すっかり暗くなって、うきはひとつもはっきりと見えなかった。できることは、空の星を仰いで、神様のトビウオが網に飛びこんでくるのを謙虚に待ち望むことだけだった。

四十年前のこのリマカウド島のこの同じ場所でのことを思い出した。わしは十人乗りの舟に乗っていた。船首と中ほどの両側と船尾にたいまつが燃えていた。トビウオは雨のように、自分から舟にとびこんできた。船首と船尾の魚入れは、何の努力もしないのに、銀色の魚でいっぱいになった。魚がたっぷりあることは、真っ暗な夜には、恐れをとり除く良薬だったが、これは、タオ人は、その肉体を子どもたちの母にささげ、その霊魂は海にささげるという祖先のことばを証明していた。

今、わしの両手は腰のあたりでぶらぶらしていて、波と戦うだけの力もなかった。人は年をとると、経験でしか若い者をだませない。それ以外のことはゼロから計算されるのかもしれない。

下弦の月は、入り江の西にすこしずつ沈んでいった。かすかな光が海面を照らし、点々と浮かぶ百艘近い舟は、眠りこんだ黒いかもめのように、海のリズムにあわせてのんびりと揺れていた。ずいぶん時がたっても、一匹の魚が網にぶつかる音も聞こえなかった。このとき、わしの心も失望のあまり、月と同じように少しずつ沈んでいった。最後に遠くまで漁に来たのに一匹も魚がとれないなんて、そう思うと、つらさがこみあげてきた。

「カトワン！　カトワン！（祈りのことば、トビウオよ、早く来い！　早く来い！）」

わしはひとりごとを言った。

「故郷に来ておくれ、わしらは毎年お前たちによびかけ、遠くから祭っているんだから」

月が雲のはしに隠れてしまったとき、わしはほんとうにがっかりしてしまい、ひどくつらかった。天の神様がわしという老人をいじめているように思われた。わしは、自分がこの船群のなかでいちばん年をとっていることを知っている。魚たちはなぜまだ現れないのだろうか。わしは祈った。わしの舟の両側にいる甥たちも、この時、影も形もなくしたように、少しも声をたてなかった。わしと同じようにひどくがっかりしているようだった。墨を流したような月夜は、さすらう悪霊にはとてもいい日だ。あの悪霊どもはわしら馬鹿者をあざ笑っていることだろうと思いながら、ぽつねんと舟に座りこんで、希望が失われる時を待っていた。月の光が、宇宙の掟にしたがってついにはるかかなたの空に消えてしまうと、星がいっそう明るく輝いた。

この時、外海の舟の人たちが、櫂で軽く海面をたたきはじめた。トビウオが一、二匹、誰かの網にひっかかったということで、魚たちを驚かそうとしているのだった。わしは、二、三十歩と離れていないところのこの光景を見て、人々を興奮させるトビウオが入り江にあらわれるだろうと思った。

実のところ、トビウオが百匹あまりも捕れたら、わしのような老人は十分満足するのだ。だのに、今は一匹もいない。これは、いささかつらいことだった。年をとると、体力もそれにあわせて衰えるものだ。もし、この遠出の漁で魚が一匹も捕れなければ、もう一度リマカウド島まで来て、舟いっぱいのトビウオを捕り、そのあとで名誉ある引退をしようなんていう勇気をふるいおこすことができるどうか、わからなかった。たぶん、わしは夢を見ていたんだろう、大漁を夢に見、「黒い胸びれのトビウオ」が自分で舟に飛び込んでくることを夢見ていた。それがいちばん美しい人生の終り方なのだが……。

言うが早いか、あっというまに、うしろのほうの遠くないところから大きな音が聞こえてきた。シュー……シャッ……バサッ……バサッ……、大きな魚の群れがトビウオたちを追っているのだった。その後、何歩か歩く時間のあいだ、ふたたび何も聞こえない静けさにもどった。百艘近くの舟の勇士たちの魂は驚きで、脈が速く打ちはじめた。わしのような厚顔の老人でも、毛穴が開いて冷や汗が噴きだした。芋畑二枚分ほど離れたところでは、とんでもないことがおきていた。入り江の外側では、魚たちがまるで、荒れ狂う嵐にあったように、無情にも殺戮されて、海面を埋めていた。トビウオは砂粒のように多く、魂を失ったかのように飛んでいて、勇士たちの心を揺さぶった。スッ……パッ……スッ……パッ……、逃げるためにでたらめに飛んでいた。波が岸を打つような音が静かな夜空を満たした。千万もの乱れ飛ぶ矢が舟に飛び込み、勇士たちのもりあがった筋肉にぶつかった。「ンガ」という悲しそうな声が絶えず聞こえた。わしはすぐに身を伏せて、両手で頭をしっかりかかえこんだ。筋肉のない背中の力をぬいたが、悪霊にめった打ちにされたみたいに、ひどく痛かった。わしは我慢して、魚をののしるようなことばは一言も口に出さないようにした。トビウオは神様がわしらにくださったものだからだ。それに、魚たちは必死になって、大きな魚の殺戮から逃れようとしていた。来ないときは来ないし、来たかと思うと、海を埋めつくす。芋ひとつ食べ終わる時間がたって、やっとこの嵐は過ぎさった。わしは一息ついて、トビウオがぶつかって痛む背中を撫でながら、ゆっくりと腰と背を伸ばした。背骨がガクガクと鳴った。姿勢をもとにもどすと、のびのびとしていい気持ちだった。それから眼を開いて舟のなかを見た。舟には、まさに神話のように、百匹近いトビウオがとびこんでいた。わしはまた息をついて筋肉をゆるめ、網を引っぱってみた。しかし、網は岩にからまりでもしたように動かなかった。これはまた、どうしたらいいんだ、とわしは心でつぶやいた。

つかのまの「銀の矢の乱舞」は、勇士たちの心をひどく喜ばせた。トビウオたちは自分たちを食おうとする大型の魚たちの殺戮からは逃れられたが、人間が流した網からは逃れられなかったのだ。さっきは空を飛んでいたのに、いかんせん今では、うきのついた網にかかり、最後の抵抗をし、疲れはて力つきて終わったのだった。バサッ……バサッ……、銀色の波しぶきがあがり、暗い海面は、めったに見られないような感動的な銀色の世界になっていた。誰もが懸命に作業をつづけ、網にかかった魚をはずしていた。暗く、風はきつかった。静まりかえっていて、喜びの笑い声は聞こえなかった。胸にある喜びは夜の静けさと同じように平静さを保って、笑い声をおし殺していた。人々の黒い皮膚に飛び散った銀色のうろこで白い点ができて、舟が上下に揺れるのにつれて、左右に揺れているのだけが見えた。それはまるで出征した小さな精霊が敗北して、ばらばらになってしまった松明《たいまつ》のようにも見え、また海の小悪霊の白い目玉のようにも見えた。

この大漁は、今年の招魚祭のあとのはじめての漁獲だった。しかし、わしは舟が魚でいっぱいになるのではないかとひどく心配だった。網からはまだ半分しかとっていないというのに、トビウオは舟の空間を半分も占領してしまっていた。どうしたらいいんだろう。ふだん、何ものせていない時は、舟は海面から二十センチぐらい上に出ているが、いまは指四本分（四、五センチ）しかなく、海面と平行になりそうだった。平行になるということは、沈むということだ。まだ海の中にある網に眼をやると、トビウオは上下幅三メートルしかない網にぎっしりからまっている。わあ、すごいぞ、わしは目を疑った。

「マラン（叔父さん）」シャマン・ジャヘヤが言った。

「なんだい、子ども」

「網の魚は全部とれましたか」

「年よりは手が遅いからなあ」

「叔父さん、あんまりよくばらないでくださいよ」

「子どもよ、いいかげんなことを言っちゃいけないよ、タブーに触れたらどうする」

実のところ、トビウオが百匹も捕れれば、わしは満足だった。しかし、網にかかる魚が多すぎないようにすることなど、誰にもできない。人の心はほんとうにわからないものだ。トビウオがいないときは、口ではずっと「カトワン、カトワン」(トビウオよ、早く来い)ととなえるくせに、たくさん来すぎると、「疲れた、疲れた」と叫ぶのだ。人はほんとうにやっかいなものだ。

「叔父さん、ちょっと急いでください。もうすぐ潮が引きますよ」

「わかってるよ、子どもよ」わしはそっけなく答えた。

「おまえの兄貴はどうだ」わしはまた言った。

「何ですか、叔父さん」シャマン・ポヨポヤンが答えた。

「おまえの座るところはまだ大きいかい(おまえの舟にはまだ大きな場所があるか)」

「まあまあですよ、おじさん」

「子どもよ、ちょっと手伝ってくれ」

シャマン・ポヨポヤンは網のはしに舟をこぎ寄せると、網にかかったトビウオをとりはじめた。なんといっても若い者はしごとが速い。まもなく彼の舟はわしの舟のそばまで来た。わしは首をのばして、舟の中の魚に眼をやった。ほんとうにたくさんあった。腰から下は魚に埋まっていた。ざっと見ても、少なくとも六、七百匹くらいはいる。

「おまえも舟も、まだだいじょうぶかい(魚が多すぎるので沈むかもしれないと言う意味)」

「だいじょうぶですよ、僕の舟は大きいし、しっかりしていますから」

わしはやっと一息ついた。網にかかったトビウオの半分をシャマン・ポヨポヤンの舟にのせたので、わしの舟は軽くなった。わしの最後の夜の漁、リマカウド島への最後の航海は、豊漁の旅だった。今夜を最後に、輝かしい引退ができる、今夜のできごとをおぼえておいて、毎年、部落の次の世代の人たちに話してやろう。一代また一代と伝えていくのだ。もし、おしゃべりや経験を話し合う習慣をつづけることができればの話だが。

ふたりの兄弟は自分たちの舟で休んで、わしが舟の魚を整理するのを待っていた。暗い夜で、舟は揺れていた。話をしないときは、静けさが人々の心をのんびりとくつろがせた。そういう時に、最もよいことは考えることだ。歌を口ずさんだり、昨日までのことを思い出したりすることだ。

何年か前、兄弟ふたりがチヌリクラン(十人乗りの舟)の漕ぎ手になってから、兄弟の父親であるわしのいちばん上の兄がこの世を去った。それからは、兄弟ふたりを導くのは末弟であるわしの責任になった。詩歌の解釈や家族の歴史や部落の歴史を話すこと、天気の観測、舟を造り家を建てること、さらにタオの男たちが海でする仕事の基本的な常識……などだ。舟を造れない男には何の価値もなかった。島で生きていくには、海を深く愛せなければならなかったし、伝統の詩歌の最も高いレベルの内容を吟じられなければならなかった。幸いなことに、兄弟ふたりはたいへんすぐれていた。とりわけ、舟を造ることや、潜水すること、魚を捕る技術はどれも、亡くなった長兄にまさっていた。この点について、わしの心にはことばにならない達成感があった。

入り江は夜に入る前の静けさをとりもどしていて、ぞっとするほど静かだった。どの舟も一回網を流しただけで豊漁だったらしく、早々と櫂をあやつって、引き返していた。わしは、四、五千回、舟を漕いだからといって、疲れてしまうということはない。だが、たくさんのトビウオは人を興奮させるが、うろこを落とし、魚を締《し》め、塩をまぶし、干すというのは、ひどく疲れることだと思った。ことにわしら夫婦は年をとっているし、親戚も同じようにこんなにたくさんの魚をかかえていては、誰も他人を手伝うことはできないだろう。

墨を流したような夜、わしは目を大きく開いて、ふたりの甥の舟の魚の量を見た。わしよりは少なくとも一、二百匹は多いようだ。喜びと賞賛の気持ちをこめてこう言った。

「おまえたちは、仕事がすごくはやいなあ」わしは言った。

「叔父さん、若い者と年よりじゃあ、すばしっこさがちがいますよ」彼らは言った。

「だから、ぼくらを軽く見ないでくださいよ、叔父さん」

シャマン・ポヨポヤンは興奮した口ぶりでちょっと皮肉っぽく言った。

「闇夜だ、ひきかえそう、子どもたちよ」

§

シャ……シャ……、海をかく櫂のリズミカルな音と、さざ波が岸を打つ、いつもと変わらない潮の音だけだった。シャマン・クララエンは、それを聞き、空の星を仰いで、あしたもまたいい天気だと思った。ふたりの甥は、彼とならんで舟を漕いでいて、彼の先に出ようとはしなかった。兄弟ふたりは、こういう礼儀についてはよく理解していた。

暗い夜に、暗い海面、黒い人影、さらに黒い悪霊がつきまとって離れなかったが、舟いっぱいのトビウオのうろこが放つかすかな光は、星の光と同じような美しさだった。はるか遠くから見ると、もどっていくすべての舟が放っているかすかな光は、魚の精霊が出征する勇壮な姿のように、暗い海面を軽やかにすべっていった。数え切れなく現われたり隠れたりする銀の光のなかで、すべての黒い色は人々に神秘と安らぎを深く感じさせた。大自然の妙、海がおだやかな時の静けさが、このとき、漁に出た男たちの胸に深く刻まれたのだった。

リマカウド島の入り江のさざ波が岸を打つ不規則な音は、近くで聞くと、高く響く規則ただしい旋律だったが、いまではもう遠く離れ、港にもどる漁師たちへの警鐘となっていた。パー……というこだまは、長く音をひくようになっていたが、時がたつにつれて小さくなった。男たちは、このあたりの海には、かくれた急な流れが渦巻いていることを知っていた。幸いなことに、風が静かで波もおだやかな夜だったので、港にもどる漁師たちは安心していた。舟を漕ぐ音と、男たちの呼吸のほかは、静まりかえっていた。なんと言っても、この海は、イラタイ部落の極悪人の独身男が投げこまれたところで、その悪霊はいまもたたりをなすという。ここで舟を漕ぐたびに、人々はみな戦々兢々、小心翼々というありさまだったのだ。

そこから三百漕ぎ以上離れてから、クララエンは、経験から、大きい島と小さい島のちょうど真ん中まで来たと判断した。そこで、たくましく力のあるふたりの甥にこう言った。

「もうあそこは過ぎたよ、力を抜いて、ゆっくり漕ごうじゃないか!」

兄弟ふたりは叔父の言うとおり、舟を漕ぐ速度をゆるめた。芋畑四、五枚分の距離を過ぎた時、外海の側にいたシャマン・ポヨポヤンが急に漕ぐのをやめた。何かあったようだった。真っ暗だったので、叔父にも弟にも何がおこったのかわからなかった。ただ、少し離れたところからそっと呼ぶ声が聞こえた。

「マラン……マ……ラン（叔父さん）」

つづけてまた、短く急いで、

「マ……ラン……マ……ラン」

叔父と弟は舟を漕ぐ手をとめて答えた。

「どうしたんだ……子どもたちよ！」

「誰かが話しているみたいなんですよ」

三人は、声から、話している人がいる方角を知ろうとした。うしろのほうの、遠くないところらしい。だが、すぐには漕いで行かずに、誰が話しているのか聞き分けようと、一心に耳を傾けた。心臓の動悸が落ちついたころ、兄弟ふたりは声を聞きわけて言った。

「子どもたちよ、漕ごう！」

「誰だい？」シャマン・ジャヘヤがたずねた。

「シャプン・ラオナスと彼の孫たちの父親たちだ。シャマン・ラオナスとシャマン・マオマイだよ」

「ああ、孫たちの父親たちと友だちか！」

「人の島」は、もう早春のあたたかさで、春風が吹き、万物がよみがえった。海はおだやかで人をうっとりとさせた。人々の筋肉もみな燃え上がった……。二月から六月までのトビウオの季節がもたらす喜びを、古老はこう語っている。

「千年も朽ちることのなかった笑顔と、愛嬌、そしてあふれんばかりの歓びが、毎年この季節にくりかえされ、長老から新しく生まれたみどりごに伝えられる。こうして、代々伝えられ、燃え上がる生命の輝きを分かちあうのだ」

シャマン・クララエンは古老のこのことばを思いだすたびに、心に限りない喜びがあふれるのを感じた。両側にいる長兄のふたりの息子は、いまや成人し、伝統的な生産技術を受け継いでいる。しかもふたりとも亡くなった父親よりたくましく、海を深く愛している。七十歳をこえた彼は、この長い航海でも舟を漕ぎ疲れたとは少しも感じなかった。

シャマン・クララエンは思い出していた。今日の午後、夕日が海面から芋畑二枚分ほど離れているころ(午後四時ごろ)、ヤヨ部落の舟が二十艘近くイラタイ港の沖に来て、イラタイ部落の舟といっしょになり、ひとり乗りの舟もふたり乗りの舟もいっせいに港を出て行った、素晴らしいながめを思い出していた。夕焼けが、このうえもなく優雅な光景を照らしだしていた。人々が広い海に舟を出すのは、トビウオの精霊を追うためだということが、彼をひどく感動させた。これらの豊漁の舟が帰ってくるとき、暗夜の悪霊はその素晴らしい光景を見て、心動かされるのだろうか。

イラタイ部落の人たちに海に投げこまれた、あのシミナ・ガガテン(花泥棒)は、この時、後輩たちが帰港する素晴らしいながめをどこかの海から見て、楽しんでいるのだろうか。彼の話を思い出して、彼はにっこりした。ふたりの甥は、まさに年若く、力あふれる年頃で、遠く長い舟漕ぎも、彼らの胸の筋肉や腕を鍛える絶好の機会だった。強靭な体格があってこそ、大海原と長年の友人となり、激しい潮の流れも克服できるのだ……。

シャマン・クララエンは、空のたくさんの星のかすかな光をたよりに、自分たちのいる海を見分けた。帰港するとき、「人の島」は彼らの左側に来る。彼らはすでにリマカウド島を遠く離れ、自分たちの部落の海に少しずつ近づいているようだった。

§

月はずっと前に眠ってしまい、もう夜もふけたようだった。人を感動させるトビウオの銀色のうろこも、彼らの属する海を離れるうちに、かわいて、色を失った。しかし、この時、港に帰る勇士たちの心には、ふたたび燃え上がるような喜びがわきあがっていた。というのは、舟は魚でいっぱいだったからで、喜びは波のように絶えず岸を打ち、失望のため息はあがらなかった。一漕ぎするたびにふきだす汗は、その一粒一粒が生きていくために払わなければならない苦労の代価で、毎年、トビウオの季節が来るたびに支払われるものだった。

暗い海面の遠くや近くから、「フーッ」という秘められたエネルギーを吐きだす音が絶えず聞こえた。何も見えなかったが、すべての勇士が、海からの敬意を受けたかのように、生活を支配し、何にもまさる高い気概を持っていた。このような雰囲気や情景は、わしのように最後に黒い胸びれのトビウオに招かれた老人が輝かしい引退をするには、最高のものだった。筋肉はたるんでしまったが、骨には、まだ生きようとする血がわきたっていた。

夜は澄みわたり、星の銀色の光が勇士たちの帰港の旅につきそった。孤独は臆病者の頭にしかない。長年働いてきたものにとって、このことばは、脳のしわのどの血管に入ることもゆるされないものだ。わしはそう思う。

部落の女たちは、夜の航海に出た男たちと同じように、夜じゅう、眠らなかった。彼女たちは心の深いところで、男たちが海の試練を受けなければならないこと、黒い胸びれのトビウオの招きを受けることを宿命として受けとめてはいたが、時には、豊漁のよろこびより心配のほうがはるかに大きいことがあった。しかし、夜の漁に出ない男は、タオの勇士とはいえないのだから、ただ、黙って見送り、頭を「無事で」という祈りのことばで満たすしかなかったのだ。

島の黒い影がだんだん大きくなって、部落の北にミナ・マハブテン（魚座）が見えた。この明るい光は、帰港のための最もよい目印だった。あと四、五百回漕げば、部落の港に着くだろう。胸には熱気が噴き出したように感じられた。輝かしい引退のためか、豊漁の喜びからかわからないが、若いさかんなころのように、血液がのびやかにながれるのを感じた。

しばらくすると、舟を漕ぐ音がいよいようるさくなってきた。「フーッ……」と息をはく音も前後左右からだんだん近づいてきて、身体を低くして舟を漕ぐ姿が、目にはいった。左右に眼をやると、なんとわしのまわりには舟が二十艘あまりもいた。黒い影がひとつひとつ部落の港へむかってゆっくりと進み、すこしずつ集まりはじめた。わしはいっそう心配になった。

「フーッ……」と息を吐く音はたいへん強烈だった。三千回あまりも舟を漕ぐことは、男の体力を示している。もうすぐ部落の海につくというときになって、誰も休んだりはしないだろう。わしはもう一度、自分のまわりをよく見、亡くなった兄のふたりの子どもに眼をやった。わしの筋肉は張り裂け、心臓は燃えていた。たくさんの舟が容赦なく波を切りさいていた。わしのような老人にとって、三千回あまりも舟を漕ぐのは、体力をはるかに超えることだった。しかし、ひとりで舟に乗っているのだから、手を抜くわけにはいかなかった。長いあいだ舟を漕いできたので、息の音がますますはっきりして、うるさいほどだった。わしは言った。

「がんばって漕ごう！」

もちろん、自分の呼吸と心臓の動きは自然に速くなった。

「もうすぐ着くぞ、子どもたちよ」わしは孫たちの父親たちを励まして言った。

こう言ったものの、わしは力を入れて漕ぐことはできなかった。舟は海面と水平になりそうだった。不幸にも沈むようなことがあったら、これまでの苦労は水の泡だ。

横のほうに、港の砂浜が見えた。火が四つ五つ、暗い夜にとりわけ光を放っていた。部落の子どもたちが、漁に出た父親や祖父を待つために、枯れ木を拾ってきて燃やしているらしい。これらの火は、港に着いたことを教えていたし、夜の海を行く勇士たちの心を落ち着かせもした。今こそ、火のかたわらで眠る子どもたちをよびおこして海の神様に引き合わせ、帰港する男たちにもう無事に帰りついたことを知らせ、部落の女子どもや年よりに豊漁を告げるために、わしは石がはじけるように、ミヴァチ（豊漁の歌）を歌いはじめた。それまでは静かだったが、わしの胸にある歌を歌いはじめると、港の沖から、耳を震わせ天にもとどろく豊漁の歌が流れはじめた。おお、遠い声、近くの音、千年もおさえつけられていた音が、真っ暗な空から、真っ暗な海の底からふきだして、部落じゅうの人たちの目をさまさせた。星は歓喜し、海の神は笑っていた。天の神もはるかな天上で微笑んでいる……わしはそう思った。

ヘイ……イヤヤ……オ、イヤヤ・ウォイ・ヤン……（合唱）
海の流れに乗って帰ってきたよ、勇士たちはとうとう目印の場所を通りすぎた、
今は、芋糕と焼いた肉の香りが鼻を打つよ、
女たちが勇士をねぎらう最高の食べ物だよ。

イヤヨ……オ、イヤヤ・ウォイ・ヤン（合唱）
子どもたちよ！　弟たちよ！（激励のことば）

いつも長い夜の航海をする勇士たちをねぎらおう。
イタップ、硬い木は舟を作る上等の材料だよ、
十人舟を造る材料だよ。
十人のたくましい勇士たちをつれて風にのり波を破り、海の試練を受けよう。
イヤヤ……オ、イヤヤ……ウォイ・ヤン

波のようなハーモニーに、すべての勇士たちの心にあった恐れと筋肉の疲れがいやされた。海と陸からの歌声がひとつになった。教会で讃美歌を歌うときの喜びあふれる雰囲気をはるかにうわまわっていた。

わしには、ふたりの甥の息の音が、舟を漕ぎ進める力とひとつになっているのがよく聞きとれた。成熟した男の勢いがあるだけでなく、かれらはもう海の友となっており、その魂が海神に抱かれていることも感じられた。今夜、わしは名誉ある引退をすることにしたが、心が願ったからではなく、海と戦う意志がそれを許したのでもない。しかし……人は、「老い」に代表される具体的な意味……体力や能力の衰えに屈服せざるを得ないものだ。このことを考えると、「老人」の身体に最後に残っていた力をふるって、声高くさけんだ。

「子どもたちよ、漕げよ！　漕げよ！」

「兄弟たちよ、漕げよ！　もうすぐ着くぞ」

「友人たちよ」わしは言った。

「オオ……」

勇士たちも力をこめてこたえた。左右に黒い影が急に増えたのがわかった。低い空を飛ぶ海鳥がだんだん近づいてくるように、四、五艘の舟が軽々とわしの舟を越えていった。たくさんのトビウオを積んであるから、他の舟に漕ぎ負けたんだと合理的な言いわけができたが、「前の波は後の波に飲みこまれる」という動かぬ証拠を認めないわけにはいかなかった。幸いなことに、ふたりの甥は、ずっとわしを追い越さなかった。胸にまだいくぶんかの敬意が残っているのだろう。

わしは、部落の北側の山頂にミナ・モロン（舟のてっぺんの飾り物の意味、天秤座）を見ながら、眼を大きく開いて、ぶつかったり、ぶつけられたりしないようにと、前後左右の舟に注意をはらった。まわりの舟が櫂で水をかく音はますますはっきり聞こえるようになった。まるで海に出たばかりのころのように力強かった。誰もがあと三、四十漕ぎもすれば部落の港に着くことを知っていた。そう思って嬉しくなった時、シャマン・ジャヘヤがこう言うのが聞こえた。

「たくさんのたいまつだなあ。上から下へと動いているよ」

身体をひねってちょっと見ると、ほんとうに素晴しいながめだった。こんなに美しい光景は長いこと見たことがなかったと思った。たいまつは、遠くから、近くから、右から、左から、だんだん集まって縦隊になり、海にむかっていた。暗い夜に、暗い海面、黒い人の影だった。わしは、胸のはじけんばかりの興奮をおさえられなかった。そこで、喉を開いて、ふたたび高く歌った。

リマカウド島はもう遠くなったよ
帰港する船群は大きな魚を釣り上げ、トビウオを捕まえる、生まれながらの名人だよ
リマカウド島の入り江で毎晩千匹の魚を捕まえるよ
舟が港に帰るときには
潮がわしの舟を押しやってくれるように願うよ
疲れないで早く部落の港に帰れますように

砂浜で勇士たちの帰りを待っていた少年たちは、一日も早く海で戦う勇士になりたいという胸にある熱い思いを、くりかえし歌っていた。

潮がわしの舟を押しやってくれるように願うよ
疲れないで早く部落の港に帰れますように
潮がわしの舟を押しやってくれるように願うよ
疲れないで早く部落の港に帰れますように
イヤヤ……オ、イヤヤ・ウォイ・ヤン……（合唱）
イヤヤ……オ、イ…………（合唱）

歌声が空に響きわたり、黒々とした山や谷にこだまし、トビウオ漁からもどる船群に伝わってきた。

わしの心には興奮のあまり涙が流れていて、砂浜ででむかえる青少年たちに感動を充分に伝えられなかった……。彼らは、早く海の闘士になって、激しい潮の流れと戦い、体内の荒々しい力を発散したいとほんとうに思っているのだろう。わしは、このとき、生まれてはじめて、深夜というのに温かさがあふれるのを感じた。これこそが、黒い胸びれのトビウオが持っているひそかな無限の吸引力なのだろう。トビウオがいつまでも天の神様の指令のとおりに、毎年、故郷に来てくれるように、とわしはつぶやいた。十漕ぎ二十漕ぎするあいだ、歌っていたが、勇士たちは岸の無数のたいまつの炎に驚き、そして舟をとめた。やがて、一艘、また一艘と、整然と舟を岸にあげた。興奮がしばらくやまなかった。もちろん、同じことはもう二度とないだろう。しばらくたてば、語り伝えられる歴史の記憶となってしまうのだ。

老人たちのうち、歩けるものは、乾いたアシの茎をひとつかみ持ってきて、みんなで力をあわせて、たき火を六つ七つ燃やしていた。少年たちはまた大きな枯れ枝をひろってきて、たき火に加え、火の勢いと光を強くした。勇士たちの胸の肌は、赤々と燃える炎に照らされて、ふたつのラリタン（刀を磨く滑らかな石）のように均整がとれ、つやつやと輝いていた。

老人たちにも、光のおかげで、砂浜に積みあげられた数えきれないほどのトビウオがはっきりと見えた。舟ごとに一か所ずつ、積みあげたので、波打ちぎわから三十メートルほどの砂浜は、トビウオでいっぱいになってしまった。そのうえ、うろこをはぐ人たちもいっぱいだった。あとから帰ってきた舟には、魚を置くところがないほどで、うしろのほうに置くほかはなかった。こうして、また、魚の山が一列でき、人の列もできた。

積みあげられたトビウオは、銀白色の小さな山のようだった。燃えさかる火は浜を明るく照らし出し、小さな島が燃えているように見えた。トビウオは、人々の喜びを燃え上がらせ、生きていく希望の炎を放った。人々の顔は、自信と誇りに輝き、にぎやかにことばをかわした。生き生きしたことばがとびかっていたが、そのことばにはひけらかすようなことをしないタオの性格がよくあらわれていた。

わしはぼんやりと立って、身体の緊張をゆるめた。目の前には燃えあがる金の光があり、人々の黒い影と、数えきれないほどのトビウオを照らし出していた。さらにうしろや前の人影は、墨のように黒い天と海にとけこんでいた。千年以上も、この人たちは、この島でのびのびと生き、生命の信号を発してきた。わしは思う。人々の敬虔さはトビウオを敬う心から来たものだ。トビウオは人々に生きていく闘志と勇気をあたえる。わしは立ちつくして、祖先から伝わる戒めを思い出していた。

疲れきった筋肉が、わしの思考を豊かにし、人々の謙虚な祈りのうちに海の神が生きていることを幸いだと思った。漁に出るタオの男たちにとって、無事の帰港は、「敬虔」と「海への熱愛」がかさなり、作用しあって生まれたもので、喜びの源だった。

長兄のふたりの子どもは、ひとりが一山ずつ、うろこを落としており、かれらの未婚の弟が、ふたりのあいだで一生懸命、仕事をしていた。

「叔父さん、すみません、手伝えなくて」

「わかってるよ、子どもよ、おまえのいとこがふたりいるからだいじょうぶだよ」

部落の人たちは、ほとんど総出で、豊漁のあふれるような喜びをわかちあっていた。あいかわらず、墨を流したような夜だったが、幼い少年たちは魚を背負って、浜と部落のあいだを行ったり来たりしていた。どんなに暗くても、両目が慣れてくると、石でできた小道に落ちたうろこが銀の光をかすかに放つあかりとなった。

「子どもたちよ、おまえたちがもう漁の名人になっていたとは知らなかったよ」

「叔父さんのような、若い者にひげをとらないお年よりは、僕らの島には何人もいませんよ、叔父さん」

「おまえたちはいったい何匹捕ったんだね、子どもたちよ」

「まだ数えていないんですよ」

「こんなに古い舟に、そんなにたくさんの魚が積めるなんて、ほんとにすごいですね」

そばにいた人が、わしをこうほめた。

「魚が多いか少ないかは、たいしたことじゃないんだよ、黒い胸びれの訓《おし》えを守って、このいい習慣をつづけていくことだよ……」

「おっしゃるとおりです、叔父さん」

「大きな島と小さな島のあいだの海で、誰かの舟が沈んだのかい」

「シャプン・ラオナスみたいですよ」とふたりは言った。

「声からすると、彼らのようです」

「おまえは何回網を下ろしたんだね」

「一回だけです」

「トビウオはほんとうに多いなあ」

「網をあげるときはひどく興奮したし、ひどく疲れました」

「言うとおりだ。だが、うろこをはいだり、魚を締めたりするのはもっと疲れるな、なあ、子ども」

波音の高い波打ちぎわで話すのはたいへんだが、人々の声は、もうこの時には、虫の鳴くような細い声になっていた。誰の身体にも、うろこが点々とついていた。かすかな星の光にてらされて、魚の力ない眼からは、胸びれを広げて海を飛ぶ時の荘厳さが失われたように見えた。うろこを落とした魚は、反対側におかれ、人々はうろこの山を避けるために、場所を移った。人々は躍りあがるほど興奮していたが、とり終わらないうろこにだんだん囲まれるようになると、かわりに、こんなことばが口から出るようになった。

「ああ疲れるなあ！　うろこを落とすのは」

そうだ、ほんとうにひどく疲れる作業だった。だからと言って、トビウオの活動をおさえることは誰にもできなかった、網にとびこむのが適当な量だったらいいのにと思うが、しかし、トビウオがいないときには、誰もが声をそろえてこう祈るのだった。

「魚よ、魚よ、早く来い！　早く来い！」

ほんとうに人というのは、わからないものだ。

夜は、ついに消え去った。まっすぐな水平線はゆっくりとかすかな夜明けの光に輝きはじめた。人々の顔には、疲れの色がはっきりと見えるようになった。しかし、砂浜の人の群れは減ることはなく、逆に、眼をさましたばかりの小さな男の子たちも、うろこを落とす列にくわわり、浜の喜びはいっそう大きくなった。誰もが忙しくしていた。うろこは白い小さな山となっていて、長さ三十メートル、幅十五メートルの砂浜は、景色が一変していた。枯木が燃えつきると、金色の炎はその赤い輝きを自然に失った。

遠い遠い、はるかに遠い沖から、黒い物体が港にむかって漕ぎよせてきていた。

「あそこに舟があるぞ、岸よりのところに舟が一艘いるぞ」

人々は身体をおこし、しびれた足をのばして立ち上がり、遠くを眺めた。

「あのもう一艘の舟は誰だ?」声を高くして言った。

人々はうしろにある舟を振り返って、いったい誰の舟がもどっていないのか、確かめた。

「見なくてもわかるさ、あれはシャプン・マラバン(禿頭の意味)にちがいない」わしはすぐに答えた。

人々はすぐに、申しあわせたようにしゃがみこむと、一心にうろこを落としはじめた。光はゆっくりと明るくなり、時とともに、山の峰や谷に明暗がくっきりとあらわれた。星の光はひとつひとつ神秘の宇宙に消えた。人々は頭を上げたり下げたりした。人々が話す声は、春の初めの鳥の鳴き声のように、たいへんすがすがしく喜びにあふれて聞こえた。何年もの間、こんな豊漁はなかったと思う。寝ついていて起きられなかった老人まで、筋肉をふるわせて起き上がり、刃物をみがきはじめた。

「シャプン・マラバンはなぜ夜が明けてからもどってきたんだろう」

人々はそのわけを知りたがり、男たちの胸はかき乱された。このことを考えると、疲れてしびれた手もたちまちしっかりして、うろこを落とすのも速くなった。うろこを落としたり、トビウオを海で洗ったりと、一晩じゅう働いていたが、シャプン・マラバンの舟が岸に上がるのを待つ男たちの眼には、疲れは少しも見えなかった。シャプン・マラバンはなぜ今ごろ戻って来たんだろうとわしは思った。

部落の女たちはみないそがしく働いていたが、シャプン・マラバンの家族は、孫たちまでみな、石敷きの道ばたの一番高いところに立っていた。人の行き来など全く目に入らないようだった。孫たちのことばだけがシャプン・マラバンの妻の耳に入った。

「あれは、おじいちゃんとおとうさんだ」女は答えようともせず、舟影にじっと眼を注いでいた。

二艘の舟はだんだん近づいてきて、黒い影は舟の形になった。空はすっかり透きとおった。シャプン・マラバンとその息子が舟を漕ぐ力は、遠目にも、少しも疲れた様子はなかった。身体を前に倒し、うしろにそりかえって舟をこぐ雄々しい姿は、部落の港にまっすぐに向かっていた。岸から遠くないところまで来て、前後に身体を動かして舟を漕ぐ姿がぼんやりと見えるようになると、ふたりの握る四本の櫂が海にさし入れられるその瞬間、銀白色の波が四つ、パッとたつのが見えた。このように海をかき乱す波は、部落の人々に「豊漁」を告げるものだった。一漕ぎ……二漕ぎ……三十漕ぎ……、疲れた様子は全くなかった。見ているうちに、わしの心は興奮してきた。人々は彼らが豊漁だったかどうか知りたがっていた。

「ああ、ふたりは全然疲れていないみたいだな」

砂浜の人々は、親子が舟を浜にもどす表情に眼を注いだ。ふたりは、口を開き、両手を上げたり下げたりしながら、だんだん岸にむかって舟を進めてきた。船尾にいる息子のたくましい腕や胸はふるえていて、同年代の人たちと同じように、長い労働によって刻みこまれた筋肉の線がもりあがっていた。親子の目にあらわれている厳粛さと誇りは、人々のあふれるばかりの敬愛と愛慕を集めた。フーッ……、長く長く息を吐いたが、それは、ついに港に帰りつき、全身の筋肉をゆるめたということだった。舟からトビウオがおろされた。見たところ、二、三百匹しかなく、いちばん少なかった。しかし、一匹、二匹、……十二匹、二、三歳の子どもより大きくたくましいさまざまな種類の大きな魚が、舟からおろされると、人々はたちまち眼をみはり、息をのんだ。尊敬と称讃のことばが、四方からシャプン・マラバンの耳に入った。しかし彼はひとことも話さずに、砂浜に座って、うろこを落としはじめ、時には小島からのびる水平線をながめ、時にはかたわらの大きな魚に目をやった。早春の朝の光が、灰白色の無限の水平線に淡い光を投げかけ、おだやかですがすがしい情景は言い表しがたい静けさをかもし出していた。暗い夜に帰港する男たちの胸から流れ出て高くひびきわたる勇壮なミヴァチ（豊漁）の歌声は、シャプン・マラバンが処理した大魚から流れ出て大海原で洗われた、そして人々が羨望のまなざしで見つめた鮮やかな血と同じように、やがては歴史の記憶となり、毎晩、毎年、くりかえし語り伝えられ、ほめたたえられる物語となるのだ。

夜の漁に出た船群の最後の一艘がゆっくりと港にはいってきた。夜じゅう、熱く興奮していたざわめきは、朝日がさすとともに、部落のそれぞれの家の庭に移った。浜には、金色の炎が残した黒い炭の山がいくつも残っているだけだった。それに、喜びの色もおごりの色もない、シャプン・マラバンの家のたくましい男たちだけが残っていた。このとき、男たちはトビウオの肉で胸の筋肉に栄養をつけ、女たちは張った胸から赤ん坊に乳をやっていた。まるで海のために次の世代を育て、激しい波のために体を鍛えないわけにはいかないとでもいうかのようだった。

カロロと兄、いとこの息子のマオマイの三人は、父親が舟を岸につけようとしたとき、舟と舟のあいだを縫って、ゆっくりと波打ちぎわへ出て行った。三人は一晩じゅう、つらい気持ちで待っていたのだった。顔には興奮した、おどりあがるような表情は全くなく、敗残兵のように疲れきり、力のない目で、失望して父親をむかえた。灰色の秋の景色のようにひどくみじめだった。三人は何度も首をのばして、夜の漁に出た他の舟と同じような豊漁があったか知ろうとした。トビウオがあるかどうかが彼らの希望と失望の源のようだった。カロロは高跳び選手のように絶えず飛びはねていた。舟は二十メートル、十メートルと三人にむかって漕ぎよせてきた。小学校を卒業して二、三年になる次兄が海に入って、舟をむかえる姿勢をとった。舟はとうとう止まり、次兄はカロロに心からわきあがるようなほほえみを見せた。そして言った。

「おとうさん、おにいさんたち、ご苦労さまです！」

三百匹あまりのトビウオが舟からおろされた。波のしぶきが消えるあたりに、カロロは小さな水ためを掘って、うろこを落とし、魚を洗い清める場所を作った。オニカマスが一匹とロウニンアジが三匹、三人の前に並べられた。その眼はしばらくのあいだ、朝日のように輝きを放っていた。三人のさきほどの惨めな失望のまなざしはすっかり消えて、上下の唇がふるえ、白い歯がゆっくりとあらわれた。三人は純朴な笑みを浮かべると、真剣に魚のうろこを落としはじめた。

彼らの笑顔は、父とふたりの兄が勇敢な漁の名人であることを物語っていた。特に、大きな魚が何匹かあったことは、カロロが同い年の遊びなかまに、父が勇者であること自慢するための強力な証拠となった。春の初めのトビウオは、ついに、タオの人々と海に、隠れていたが、なくなることのない希望をもたらしたのだった。

§

シャマン・クララエンのほほえみは消えず、物語を聞きに集まった人たちは何ともいえない親しみの気持ちを抱いた。最後に彼はこう言った。

「これはもう三年も前のことだがのう」

月はたいへん明るく、物語を聞きおわって家へ帰る人たちの道を照らしていた。庭の草の上では、四人の男の子が身体をまるくして、物語がおわるまえから眠りこんでいた。彼は、驚かせてこの子たちを美しい夢からさまさせたくないと思った。

大昔から変わらない旋律をかなでる潮の音は、彼の耳にやさしく響き、四人の男の子たちの魂にもそっと歌い聞かせていた。

今、わしは人の父親となった年よりだ
海の仕事にはもう行けない、ほんとうに残念だ
リマカウド島は、むかし、舟を漕いで、風に乗り、波を蹴立てたところだ
トビウオやシイラを釣った漁場だ
オォ……

深夜のそよ風が、四方に壁のない涼み台(訳注)に吹きこんできた。彼は身ぶるいすると、ゆっくりと家に入って、明日の夜に話す物語を準備し、古老の詩歌をくりかえし歌った。

訳注 涼み台　タガカル、四本あるいは六本の柱の上に立てられていて、屋根はあるが壁はない。タオの人々は夏にここで休んだり眠ったりする。

第三章

空はまだ暗くなっていなかったが、月はすでにジザピタン山の山頂にゆっくりとのぼっていった。空にはひとひらの雲もなく、口に出して言うほどの美しさはなかった。真っ赤な夕陽が輝きを失って水平線の上にたゆたっているとき、部落の男たちは子どもを背負い、ビンロウを持って、言いあわせたように、海にいちばん近い家の庭に集まり、海をながめて休んでいた。海はあるときはおだやかで、またあるときは波がさかまいた。時には東北の季節風が吹く静かな海であり、時には西南の季節風が吹いて波が高かった。昔からタオの人々は、海のどの季節のどんな変化も見あきるということはなかった。海は、最高の監督や俳優のように、タオのさまざまな年齢の人の視覚にあうように、日々、シナリオを変えて演じてみせていた。

夜が昼の光のなごりを完全に消し去ると、星が秩序正しく、あるものは大きくあるものは小さく、銀色の光を放った。しかし、星の光は、永遠に月の光の明るさにはおよばないらしい。なんと言っても、月の光は電燈を持たない民族から、赤ん坊のほほえみのように、大切にされてきた。大人たちはいくつかのグループに分かれて、庭でさまざまなことをしゃべっていた。彼らが知っている世界や理解している海のこと、聞いたことがある物語や自分でつくった話について話した。子どもたちは、生まれてからずっと、幼年期、少年期、いや、たぶん一生を通じて、海の神と交わる永遠の友だちだった。彼らは空に月がかかった天気のよい夜には、昼間に遊び足りなかったかのように、疲れはてるまで遊んだ。老人たちはそうして大きくなったのだった。

「子どもよ、子どもよ、海では気をつけるんだよ」

こういう言葉は、いままで口にされたことはなかった。結局、人は自然とともに生き、海とともに栄えるものだ。海は恐怖をつくりだしたりはしない、ただ、弱い人間が、海は「黒い幽霊」だという負のイメージを作るのだ。これは海の神に対して、ひどく不公平なことだった。

シャマン・クララエンの庭に男たちがしだいに集まってきた。ひとりで来るものもいたし、父親といっしょに来た子どももいた。シナン・クララエン（クララエンの母親）は、夫と同じように部落の人たちに慕われていた。彼女の性格は、夕陽がおだやかな時の海と同じようにやさしかったので、愛され、敬われていたのだ。

「ジャヘヤ、おばあちゃんを手つだってビンロウを出しておくれ」シナン・クララエンは頼んだ。

このあと、ジャヘヤは祖父のシャマン・クララエンのそばに座った。人がどんどん増えて、庭いっぱいになった。ある人は小さな声で物語を話していた。おしゃべりをする人たちや、黒い目で海を眺めている人たちもいた。部落から遠くない浜からは、子どもたちが楽しそうに笑う高い声がずっと聞こえていた。

「ジャヘヤ、来いよ」カスワルが呼んだ。

彼とカスワル、カロロは人々のいちばん外側の草の上に座って、男たちが遠い昔や近い過去の物語を話すのを聞いた。しばらくして、ヘン……と、長い咳ばらいが聞こえた。

「おまえのおやじが話をするぞ、カロロ」

「おまえのおやじは物語を話すのがうまくないなあ、いちばん下手だ」カスワルはこう続けた。

「じゃあ、おまえのおやじはどうなんだ、口がきけない人みたいに、物語をうまく話せないじゃないか」カロロは笑いながら言い返した。

「泳ぎに行こうよ、どう？」カスワルが話を変えた。

カロロは右に座っているジャヘヤを見てぐずぐずと言った。

「行くかい？」

「僕は話を聞くよ」

「僕も神話を聞きたいんだ」

「月はあんなに明るいし、浜には人もあんなにいるんだし、何がそんなにこわいんだ」

「おとうさんの話す物語を聞きたいんだよ、それに、もう一日じゅう遊んだじゃないか」

「僕もさ」ジャヘヤも調子をあわせて言った。

カスワルは思った、自分たちはもう二日も学校に行っていない、あしたは土曜日で、給食はないから、学校へ行ってもつまらない。それに、台湾から来た先生は彼を殴るのが好きだ。そこで低姿勢になって、頼みこむように言った。

「三人で行こうよ、泳いだら、水をあびて、うちの涼み台で寝ようよ、月を見て、空の眼（星）を数えて眠ろうよ」

「待てよ、ジャヘヤのおじいちゃんが物語を話すぞ、おじいちゃんの話はおもしろいからなあ。きのう話してくれたのと同じくらい、おもしろいぞ、なあ、ジャヘヤ」

「そうさ、うちのおじいちゃんはほんとに話が上手なんだ」

「どこがおもしろいんだよ、トビウオの話じゃなけりゃ、舟漕ぎ競争の話じゃないか。それに……全部、海の話だよ、何がおもしろいんだよ」カスワルはうんざりしたように言い返した。

「学校の先生も、おれたちにこんな話はできないよ。なっ、ジャヘヤ」

「そうさ、それに先生の話す中国人の話は聞いてもわからないし」

実は、六年生になっていたのだが、カスワルにも学校の先生が中国語で話すことの多くがわからなかった。学校の先生は彼から尊敬を勝ちとることができず、授業も彼の興味を引くことはできなかった。カスワルは、教室をつまらなく感じるだけだった。二十六人の同級生もカスワルと同じように思い、感じていた。教室で授業を受けるのは、死んだカエルのようで、たいへん苦痛だった。

カスワルは、カロロもジャヘヤもいつもは自分の言うことを聞くのに、と思った。たとえば、この二日間、ふたりは授業をさぼり、彼といっしょにいた、たぶん、山や海で遊び疲れたのだろうと彼は思った。カスワルのほんとうの目的は、ふたりの親友といっしょに眠ることだった。

「行かないんなら、僕のうちの涼み台で寝るなよ」

「どうってことないじゃないか、おまえのうちにだけ涼み台があるってわけじゃないんだから、なあ、ジャヘヤ」

「そうさ、うちのおじいちゃんの涼み台で寝られるさ、なっ、カロロ」

「ハハハ……」

「それにおまえのおばあちゃんは、夜中におれたちのおちんちんを撫でるし、な、ジャヘヤ」

「静かにしろ」老人が言った。

三人は口をおおってクックッと笑ったが、笑いすぎて涙が出てきた。

「でも、気持ちいいよ、な、ジャヘヤ」

「ハハハ……」

三人の笑い声で、物語を話す人の言葉が聞こえなくなった。

「海へ行け」誰かが声を高くして言った。

三人はまた、手で口をおおってクックッと笑い、身体をぶつけあいながら、人々のいちばん外側の草地にずっと座っていた。カスワルのおばあさんのうちの涼み台の近くでは、女たちが集まって、女の物語を話していた。

おちんちんのことで大笑いをしたので、気がかわって、物語を一生懸命に聞こうという気持ちはもうなくなっていた。それで、三人は草におおわれた石のうえに横になって、空の星をあおいで笑いつづけていた。そして、大きくなったら何になりたいかという話をはじめた。

「先生が、来年、この島に中学校ができることになったって言ってたよ」ジャヘヤが言った。

「お兄ちゃんの話だと、朝も昼も夜も学校でごはんを食べて、学校で寝るんだって」

「わぁ、それはいいなあ」カスワルが言った。

「でも、浜で寝られないじゃないか、それにトビウオの目玉も食べられないし」カロロが心配そうに言った。

「それにカスワルのおばあちゃんにおちんちんを撫でてもらえないし！」ジャヘヤがひとことはさんだ。

ハハハ……、芋畑一枚分を歩く時間のあいだ、笑うだけで話ができなかった。

人々が物語にある古老の詩を歌っているときに、ジャヘヤが言った。

「僕のおとうさんは、中学に行かせてくれないかもしれない。だって、男の子は僕しかいないし、おねえちゃんはふたりとも台湾に行って、兵隊さんのところへ嫁に行ってしまったし」

「おまえが行かないんなら、おれも行かないさ」カロロは答えた。

「そうだな」

空の月はたいへんやわらかく、銀色に輝いていて、すでに横になっている彼らの真上に来ていた。たいへん明るかったが、ものはあまりよく見えなかった。

「おとうさんが言ったけど、おれたちタオ人の魂はみんな、宇宙に自分の星を持っているんだって。明るい星は呼吸が長くて、あまり明るくない星は呼吸が短いんだって」カロロが言った。

「うちのおじいちゃんもそう言ったよ」ジャヘヤがつづけて言った。

三人は手をあげて、三つならんだ明るい星をさして言った。

「あれが僕たちの星だよ、台風の日だって、三つはいつまでもいっしょだ。黒い雲に隠されたって、結婚して子どもが生まれて、シャマン（父親）になっても……」

「そうさ！」三人は声をそろえて言った。

「じゃあ、みんないっしょに中学校へ行こうよ」ジャヘヤが言った。

「いいよ！」

「おとうさんやおかあさんがどんなに反対しても？」

「でも、生きのいいトビウオの目玉やシイラが食べられないよ！」カロロが言った。

「どっちみち、二、三日ぐらいはさぼれるさ、トビウオのころには」カスワルが言った。

「いつも学校をさぼることばかり考えてるけど、おまえのせいで僕たちも困るんだよ。おまえがあした、学校に行かなかったら、月曜日には、号令台に立たされて、みんなの前でお尻をぶたれるぞ」

ジャヘヤはちょっと困ったように言った。

「ちょっと痛いだけだよ。それにおとうさんは、魚の目玉をたくさん食べれば、大波もこわくなくなるって言ってるよ」

カスワルは、先生に殴られることなんか大したことじゃないとでもいうように言った。

「いちばんいやなのは、あの大陸から来た先生（戦後、台湾に渡ってきた大陸の中国人）だよ」

「そうさ！」カロロはつづけて言った。

「それに、おれたちに、早く大きくなって兵隊になって、共産党（原文「共匪」）と戦争させようとしてるんだ」

「もし、共産党と戦争して共産党を殺したら、おれたちの魂は、自分たちの星のところで眠ることは、永遠にできなくなるんだぞ！」ジャヘヤが言った。

「そのとおりさ！」

「おれたちは台湾人じゃないんだし！」

「いちばんひどいよ、あの大陸から来たセンコウは。卒業したらきっと仕返しに殴ってやる」

カスワルはさらにつづけて言った。

「あいつは、おまえは海軍に行くんだぞ、いいな、周金《チョウジン》（漢名。公的には原住民族も近年まで漢名の使用を強制された）、って言って、おれが答えないと、昼からカエルをとりに行かせるんだぜ。いちばんきらいだ、あの大陸人は」

「おまえは海軍に入りたいのか？」カロロが聞いた。

「そんなに入りたいわけじゃないさ。兵隊になるってことは人を殺すってことなんだから。それよりは台湾に行って仕事をしたいんだ」

「おまえは？　ジャヘヤ」

「うん……、台湾に行って高校に行って、それから大学に行きたいんだ！」

「おまえは頭がいいわけじゃないし、クラスで一番ってわけでもないのに。さぼるのだって好きじゃないか」

「ただそう思ってるだけさ！」

「じゃあ、おれたち、いっしょに台湾に仕事に行こう、兵隊になるのはやめて」カスワルが言った。

「うん、そうしよう、だましっこなしだよ」

「カロロ、カロロ」小さな声がせかせかと言った。

「何、何だよ」カロロは言った。

ジジミットが、犬みたいに草の上によつんばいになって言った。

「カロロ、おまえのおやじさんがたくさんトビウオを捕まえてきたぞ、それに大きなロウニンアジ（タオ語ではチラット）もだ！」

カロロは、はねおきた。四人は月が照らす石の道をとびはねながら海へむかって走った。

「アマ、アマ（おとうさん）」カロロは、はねながら叫んだ。

浜には夜の漁に出なかった、かわいた舟がたくさんあったし、なぎさではもう四、五人がうろこを落としていたので、父親がどこにいるのかすぐにはわからなかった。

「何を叫んでるんだ、ここにいるよ」シャプン・ラオナスはカロロをしかった。

四人の子どもたちはカロロの父親をとりかこみ、銀白色のトビウオと、大きなチラットをながめた。

「アマ、これは何ていう魚？」

「チラットだ。男の魚だよ」

「ウーン、チラットか」カロロはそうつぶやくと、枯れたアシをむしりとって、父親がうろこを落とすのをてつだいながら言った。

「すごいね、アマ」

「なにがすごいんだ、おまえのおやじだけが大きな魚を釣れるってわけじゃないのに」

カスワルが馬鹿にしたように言った。

「僕のおとうさんを見ましたか、おじさん」

「見たよ、ゆっくり漕いでたなあ、沈みそうだったよ」

カスワルは、父親がトビウオ漁の名人ではなく、部落では高く評価されていないことを思い出した。それでカロロの父親が自分をからかっているのがわかった。このことばは彼にとってつらいもので、心が傷ついた。それで、大きくなったらきっと大きな魚をとる漁の名人になろうと思った。

月が子どもたちの顔を照らし出し、カスワルのつらそうな表情もはっきり見えた。そばにいたジャヘヤとジジミットは、しゃがみこんで、顔を両膝のあいだに埋め、笑い声をおしころした。

「じゃあ、僕のアマは？」ジジミットが笑い声で言った。

「おまえのおやじは、おふくろと寝てるんじゃないのか」

ハハハ……ハハハ……、うろこを落としていたほかの人たちも大笑いをはじめた。ジジミットはカスワルを見た。カスワルもジジミットの顔にうかんだ表情を見た。目を見あわせると、ハハハ……と大笑いをはじめた。月も星も笑っているようだった。

「天の星は、タオ人が死んでから、魂が平和に休むところだ。海軍に行ったら、僕の魂は帰って来られるんだろうか。きょう、カロロのおとうさんは僕をちょっとからかった。胸にこたえた。海軍に行かないで、部落に残っていようか、そうして、いつか、部落でいちばんのトビウオ漁の名人になったら、おとうさんも少しは鼻が高くなるだろうか」カスワルはこう思った。彼は、このごろ、こんな月夜や、年上の人たちの多くが語る海の物語を聞いて、だんだん黒い胸びれのトビウオの精霊に魅了されてしまい、頭の奥深いところに「早く大きくなりたい」という思いがうずまき、トビウオ漁があまり上手でない父親に「早く代わろう」と思うようになった。

しかしながら、台湾に渡って海軍に入るという願いも、強くなったり弱くなったりしながら、絶えず頭に浮かんだ。これは、大陸から来た先生のせいではなく、もちろん強い「愛国心」から共産党を殺したいと思ったからでもなかった。祖父の祖父の祖父が、この小さな島で生まれてからずっと、海を見、海を眺め、海を愛してきた遺伝的な要素が彼の血に流れているからだった。海に対する熱い愛情は、彼の遊びなかまのそれより強いと言えたし、「海に狂ったように恋している」とまで言えるほどだった。

もし、カロロとジャヘヤが彼といっしょに学校をさぼらなければ、放課後になるまで、カスワルは部落の近くの磯に行って海に潜り、貝を探しておなかを満たしたことだろう。カスワルは学校の給食が大嫌いだった。また教室にマルマモン（カワハギ）のように馬鹿みたいに座っているのも大嫌いだった。この魚は漁師が来ても穴に隠れるだけで、遠くへ逃げたりしないのだ。先生がクラスで話すことは、さまざまな色や形をした海の魚や岩ほど豊かではなかった。算数に少し関心があるほかは、他の授業にはどうしたら興味が持てるかわからなかった。たぶん、頭が、海やトビウオの姿でいっぱいだからだろう。もし、カロロやジャヘヤのような親友たちといっしょにいるためでなければ、それにいつも人に馬鹿にされるジジミットを守ってやるためでなければ、彼の頭では、学校は人生にどんな意味もないほどだった。

白く明るい月の光のもとで、舟がつぎつぎと帰ってきた。トビウオがたいへん多かったので、カスワルはさらに多くのことや遠い将来のことを考えた。海軍学校で勉強するか、たくましいタオ人になるか、ひとつははるかに遠く、ひとつは目のまえにある夢だったが、なんといってもまだ小学校六年生なので、どちらかの願いをかなえるにしても、少なくともあと六年以上はかかる。学校の勉強がいやなら、海軍に入るという願いは実現できない。毎日学校へ行かなければならないとなると、シイラの美しく勇壮な姿を見ることができず、海のうねりも見られず、耳に心地よい潮の音も聞くことができない。カロロがうろこを落としているのを見ながらカスワルが考えていたのは、複雑な事情とぼんやりとした未来だった。それに「風に乗り波を切って、大海を漫遊する」という願いもあった。とてもとても美しい夢だったので、カスワルは興奮のあまりふるえはじめた。

「海軍に入ったら、島から別の知らない島へ行くことができる。共産党と台湾の戦争がなかったら、すごくすごく美しいことだろう。そうだ、僕がしたいのはそういうことだ」

カスワルは夢見ていた。この時、月に照らされてできた影は左側に来ていた。西の空の月の光は銀白色の海面のすみきった波の光に反射し、八代湾（蘭嶼島イモロッド部落の前の海）には魚を捕る舟の黒い影が見え隠れしていた。父親はほんとうにまだ帰ってこなかった。カロロがうろこを落とすトビウオはもう何匹も残っていなかった。

砂浜に横になっていると、月は西に沈んでゆき、やわらかい光はきよらかな銀色から淡い黄色に少しずつ変わっていった。カスワルは月の色を楽しみ、実現できるかどうかわからない夢に酔っていた。夢というものは理想を動かす力なのだ。

この「夢を構築するデッサン」は脳のしわいっぱいに、あるいはたぶん頭いっぱいに漂っていたのかもしれない。彼は学校の職員室のことを思った。罰を受けるとき、世界地図に向かいあうように立たされた。あの大陸から来た先生が彼に大陸の地図をよく見せるために、わざとそうしたのか、あるいは、彼に「人の島」（蘭嶼島）はこの世界地図には存在していないこと、ましてや「山地同胞」（原住民族）なんていないことをわからせようとしてそうさせたのかはわからない。

罰を受けて、鞭で打たれる短い間の痛みは彼を泣かせることはできなかった。「人の島」がないことも大したことではなかった。台湾も大きくはなかった。

「まだ行ったことがないけど、海軍に入ったら行けるさ」彼はそう思った。しかし、大陸はほんとうに大きい。台湾が共産党に負けたはずだ。このことは彼にも地図から理解できた。

カスワルは自分たちの星を見あげて、にっこり笑って言った。

「夢が実現できるといいんだけど」

「カスワル、おまえのおやじが帰ってきたぞ」カロロが退屈そうに見えるカスワルをなぐさめるように叫んだ。

「アマ（おとうさん）」

「うん！」

「何をしてるんだ、ずっと浜にいたのか」

「アマを待っていたんだ」声を低くして言った。

「うん！」しばらくしてまた言った。

「寝たいんだろう、学校へ行くんだったら」

「そんなことないよ」

彼は、父親はトビウオ漁が得意でないことを知っていた。ほかの人が百匹捕るとしたら、父親には五十匹しか捕れないだろう。もし、ほかの人が三百匹あまりだったら、父親には百匹あまりしかなく、しかもほかの人より帰ってくるのがおそかった。だから、少しでもてつだえば父の疲れを軽くできた。それでも、波が来ないところに座って、月明かりの夜に帰ってくる舟を眺めること、この自然の美しい景色を眺めることで、彼は学校で受けた屈辱を忘れて、海を愛する気持ちをいっそう高めることができたのだった。とりわけ、父親が帰ってくる前に新しい理想を思いついたばかりで、右手で魚のうろこを落としながら、心では自分の未来の美しい夢を思っていたので、少しも疲れを感じなかった。カスワルはカロロとジャヘヤにそれを聞かそうと思っていた。ジジミットが来られたらもっといいんだけど、と彼は思った。

「カスワル、僕たち、家へ帰るよ」カロロが言った。

ジャヘヤとジジミットもあとから部落にもどって行った。

「わかった。僕たちの星をちょっと見てよ。あしたの朝、おまえの家に行くよ」

「うん……わかった」

「学校の職員室の世界地図」を彼は見に行こうと思い立った。ひとりで見に行くんだ、魚のうろこはもうすぐ落としおわる。淡い黄色の月が、夕陽の沈む水平線の上に、人間十人分の高さのところにかかっていた。彼は、空がもうすぐ月や星を追いやって、明るくなることを知っていた。

「行こう、子どもよ」

「うん……」

父親が魚のいっぱい入った網袋をふたつ背負い、彼はまだいっぱいになっていないのをひとつ背負った。月がだんだん色を失った、美しくなごやかな、人を魅了する景色のなかを、親子は前後にならんで部落の家に帰った。カスワルは、ほんとうは少し疲れていたが、眠るわけにはいかなかった、寝てしまったら、彼が思いついた未来の夢を親友たちと分かちあうことができなくなってしまう。そこで、父親がさばいた魚から、目玉やえら、浮き袋、魚卵などを取りのぞくという、手間のかかる作業を母といっしょに続けた。

「行って寝なさい、子どもよ」

「いいよ」

「朝には学校へ行くんだろう！」

「だから寝られないんだよ、イナ（おかあさん）」

「そうかい、寝なくてもいいんだね！」

「そうだよ、イナ」

「妹が起きたよ、イナ」

「だっこしておやり、涼み台へ行って休みなさい」

月が、夕陽が沈む水平線から遠くないところに消えた。ただ、夕陽の目にもあざやかな色彩にくらべると、月は見劣りした。カスワルは、語りきれない夢が、いまにも少し実現するとでもいうように、胸にしがみついている妹を見ながら、魚を処理している父親をじっと見ていた。彼の心は躍っていた。一晩じゅう眠っていなかったが、元気いっぱいだった。「天よ、お願いします、早く光を放ってください、天の神様」と思っていた。何を考えているのか、両親は知らなかったが、これは彼の一生で一番大きな秘密で、もちろん最大の願いだった。カロロとジャヘヤとジジミットにだけ話したかった。

たくさんの人が、自分で作った壷や島の外から来たアルミニウム製の水桶を持ち、老人も婦人も、若い男も娘も、少年も少女も、水くみ場と家のあいだを行ったり来たりしていた。ふたりの姉も同じように、水くみ場に行ってきれいな水をくんできた。ササオダン(トビウオ用の木槽)のにごった水をきれいな水に取りかえ、澄んだ水をいっぱい入れてから、下の姉は涼み台に座り、上の姉は両親のしごとを手伝った。

「カス、妹をよこしなさい」

「うん……」

カスワルは涼み台からとびおりると、父親のそばへ行って言った。

「トビウオはもう煮えた?」

「もうすぐだと思うよ」

「ちょっと学校へ行って、すぐに帰ってくるけど、いい?」

父親がうなずいて同意したので、カスワルは、まるで囲いのなかのミニ豚(蘭嶼島特産の黒い小形の豚)のように、とぶように学校に走っていった。

「カス、どこに行くんだ?」ジジミットが壷を手に持って叫んだ。

カスワルは止まって叫んだ。

「早く来いよ」

「わかった、ちょっと待って」

すぐにジジミットも走ってきて、教室と職員室の前でカスワルに追いつくと、言った。

「きょうは学校へ行かないんじゃなかった？」

「そうさ、黙って」

カスワルはすばやく榕樹（ガジュマル）に登ると、枝をつたって動いた。鉄板の屋根のそばで、両手で木の枝をしっかりつかむと、ぶら下がり、三分の一ほどあいていた一番上の窓にねらいをさだめ、脚を突っ込んで、窓をいっぱいに開いた。窓のしきいを踏んで、右手は枝をつかみ、左手で窓の上の横木をしっかりつかんで、右手をゆっくりと離し、猿のようにすばやくおしりを敷居の上にのせた。両手を外壁にはりつけ、身体をひねりながら、腹を横木にぴったりつけると、二メートルの高さから職員室のなかにとびおりた。すぐに窓のかぎをあけて言った。

「早く入れよ」

「何をしてるんだい」

「早くったら！」

ジジミットはカスワルの自信たっぷりな命令にさからえず、部屋のなかにとびこんだ。

「何をするんだよ」

カスワルは長い長い息をつくと、世界地図の前に行って言った。

「ジジミット、先生の鉛筆を持ってこいよ」

「うん……ほら」カスワルは台湾の東南の方向に小さな黒い点をかきこんで言った。

「これが蘭嶼だ、これが台湾、下のほうのはフィリピンだ」

鉛筆でまっすぐ右のほうにある数え切れないほどたくさんの小島を指して、言った。

「ジジミット、ここはどこだ？」

「何て字か見てみるよ」

「ここだよ、その字だ、バカ」

「コンチクショウ」

「大……洋……州、メラネシア、ポリネシア……ウン」ジジミットは言った。

カスワルはまた鉛筆で蘭嶼を指し、台湾……ポリネシア……南アメリカまで指した。表情はずっと変わらなかったが、南アメリカの端まで行くと、鉛筆を止めて動かなくなって、しばらく考えこんでから言った。

「行こう、ジジミット」

ジジミットには、カスワルが何をしているのか、何を考えているのか、全くわからなかったので、不思議そうな面持ちで言った。

「カス、何を考えているんだい！」

「いいって、行こう！」また言った。

「僕といっしょに学校をさぼったら話すよ」

「いったい何だってんだ？」

「来ないなら、おまえには話さないよ」

「カス、ちょっと待てよ、うろこを掃いていこう、用務員さんに見つかるぞ」

「そうだな……さっさと掃いてしまおう」

学校を出て、部落の真ん中の石を敷いた道へ出るまで、ジジミットはカスワルのしぐさや表情にずっと注意していた。しかしあれ以上は、何の反応も得られなかった。

「ミット、来るのか？　どうなんだ」

ジジミットはとりあわないふりをした。耳に何も入らないようなふりをして、カスワルのうしろを歩きながら、空を見たり、海を眺めたり、行ったり来たりする人たちを見たりしていた。

「カス、もどって朝ごはんを食べなさい」母親が呼んだ。

カスワルは止まって、もう一度おこったようにジジミットを見て、言った。

「来るのか？」

「行くよ！」ジジミットの両手を握って腰をかがめ、急いで走りながら言った。

「ごはんを食べたら、イモを二個と魚を一匹持って、カロロの家のマカラン（母屋より高い部屋）に集まろう。ついでにジャヘヤにも言っといてくれ」

「イナ、なに？」

「早くしなさい、さめたら魚がまずくなるよ、先に手を洗いなさい」

「うん……」

食べながら、父がトビウオを刺して横木に干しているのに目をやった。左手の中指と人さし指と親指でまだ温かい魚の肉をつまんで口に入れ、同時にサツマイモを一口かじって、もぐもぐと食べた。それから右手に持ったサツマイモを置くと、両手で陶器のおわんを持って、ごくごくと魚のスープを飲んだ。

「アマ、この魚の卵を食べてもいい？」

「食べなさい、子どもよ」

トビウオの卵を十あまり呑みこむと、またごくごくとスープを飲んだ。

「アマ、イナ、ごちそうさま」

「イナ、イモをふたつとトビウオを一匹持っていくけど、いい？」

「持っていきなさい、クーポー芋（天南星科の植物）の葉っぱで包んでね」

「学校でけんかするんじゃないよ、わかったかい？」

「わかった、イナ、アマ、行ってきます」

「けんかしちゃだめだよ、わかったね」

「わかった」カスワルは走りながら答えた。


カロロは涼み台にすわって兄の子どもを抱いていた。両親と祖母は木槽のところで作業をしていた。木の杭にはたくさんのトビウオがぶらさがっていた。杭からおろした魚は、木の板のうえに幾山も平たく置かれていた。家の中から塩を持ってきた兄嫁がカロロを見て言った。

「妹をちゃんと見てやってね、あちこち這いまわらないように」

「だいじょうぶだよ」

「ロロ、ロロ」

カロロはふりかえって、涼み台のうしろにいる真っ黒なカスワルを見た。

「ロロ、涼み台の下の物置で待ってるよ！」

「わかった、うるさくするなよ」

「わかってるよ」

物置には、古い木の櫂や櫂の支えが七、八本、それにトビウオの季節にはいらないものが置いてあった。カスワルはかわいたカヤの束の上に横になった。そして、板のすきまからカロロの兄のシャマン・ラオナスがトビウオを干しているのを見て、指を折って横木を数えてみた。一、二、……三十三本、ということは、きのう捕ってきた魚は三百三十匹あまりってことだ。父親が捕ってきたのは十二本だから、百二十匹あまりだ。

「ロロ、おとうさんは？」小さい声で言った。

「もうシイラ釣りに行ったよ」

「おまえのおやじは行ったのか」

「いや」

「たくさんだったぞ、シイラ釣りに行く舟は」

「知らないよ」

「たくさん食べたか？」

「食べたさ」

「おまえの家は今日、何を食べるんだい」

「イモだよ」

「うん……」

「ちょっと待ってくれ、ジジミットとジャヘヤが来るから」

「何をするんだ」

「今日は土曜日で、学校ではマントウを作らない」

「うん……」

「だから……」カスワルはことばを切って、また続けた。

「きのう、学校に行かないって言っただろ！」

「わかってるよ！」

「じゃ、ジジミットとジャヘヤを待っていよう」

「わかった！」

「下りて来いよ、涼み台にいると、補導班に見られるかもしれないぞ」

「わかった！」

「おまえのおやじがこのトビウオをとったのかい？」

「おやじじゃないよ、兄貴だよ」

「すごいなあ、おまえの兄貴は」

「すごいだろう、大きくなったら兄貴とふたりで、二人乗りの四本櫂の舟を作るんだ」

ここまで話すと、カスワルは話をやめた。カヤの上に横になっているうちに、いろいろなことを考えはじめた。今日の考えは、きのうのとは全然ちがってしまっていた。前は、大きくなったら、カロロとジャヘヤとそれぞれ舟を造って、いっしょにトビウオ漁に出ようと思っていた。特に、シイラを釣り上げるのが彼ら三人の最大の願いだった。海で舟を漕いで行ったり来たりしてシイラを釣る。男ざかりの人たちがシイラを二、三匹釣って、部落のまんなかの石の道を歩いている時には、男だけの誇らしい気概があらわれ、その顔には、誇らしくまた謙虚な表情が浮かんでいた。きのうまでは、それが彼を興奮させた。特に、父親がたまたまシイラを釣り上げた時、父と同じ喜び、男だけの笑いが彼の顔にも浮かんだ。彼は思った。先にカロロに彼の新しい遠大な願いを話そうか。カロロと意見をかわし、考えを聞きたいという思いがあった。カロロは三人の中でいちばんの親友だと思っていた。しかし、今、話すと、ジジミットとジャへヤにもう一度話さなければならない。それはたしかにちょっと面倒だった。

「ロロ、何を考えてるんだ?」

「月曜日にあの大陸から来た先生にお尻をぶたれるだろうなって……僕はこわいんだよ、カス」

「何回かぶたれるだけだし、すぐすむさ、痛いものか」

「でもやっぱり痛いよ」

「ごめん、ごめんよ、ロロ」

「僕もおまえと同じさ、海にいるシイラ釣りの舟を見たら、海にいるような気持ちになるんだ」

「そうだな。海で舟をこぐのはきっといい気持ちだろうなあ!」

「ロロ、カスワルは来たかい?」ジャへヤがたずねた。

「もう来てるよ」

「おまえたち、裏から入ってこいよ」カスワルがどなった。

それから、また言った。

「イモとトビウオを持ってきたか」

「持ってきたよ」ジジミットが答えた。

カロロは妹を抱いて出て行って、言った。

「ねえさん、妹を見てよ。学校へ行くんだ」

「じゃあ、おかあさんに見てもらって」

「うん！」

四人は八、九個のイモをいっしょにクーポー芋の葉で包み、四匹のトビウオと魚の卵もいっしょにして別にクーポー芋の葉に包んで、それぞれふたつのカライ（小さな網袋）に入れ、涼み台の下の梁《はり》につるした。そしてみんなで枯れた茅草の上に横になった。

「カロロ、おまえのおとうさんはシイラ釣りに行ったかい？」

「行ったよ！」

「おまえのおやじは？」

「行ったさ！」

「おまえのおやじは、ジャヘヤ」

「行ったさ！」

「うん」

「タン…タン、タンタン……タン…タン…タン…、タンタン。ん、旗をあげるぞ」

「三民主義（国歌の冒頭の部分。国旗掲揚の際に歌う）…………」また言った。

「さきに寝ようよ、三時間目には浜に遊びに行って、シイラ釣りから帰ってくる人を待とう、どうだい？」

「いいよ、寝よう」

「太陽がのぼるほうに頭をむけると長生きできるんだって」カロロが言った。

「カス、何か、話すことがあるって言わなかったか？」ジジミットが聞いた。

「あるさ。浜の船小屋で帰ってくる船を待ちながら話すよ、いいだろ？」

「いったい何なんだよ！」カロロはまた聞いた。

「さきに寝よう、浜に行ってから話すよ」

「何だよ、ジジミット」カロロが聞いた。

「今朝早くのことなんだよ、カスがおれを、職員室の、罰でいつも立たされる場所の前にある世界地図のところへ連れて行ったんだよ」

「そのジャワ（原文「爪哇」）をカスは『グァワ』（原文「瓜哇」。「爪《ジャ》」を「瓜《グァ》」とまちがえて読んだ）って読んだんだぜ、もうちょっとで笑うところだった」

「そうさ、カスはいつも学校に行くわけじゃなし、一年の時からさぼっていたんだから、今でも少ししか字を知らないのさ」ジャヘヤが言った。

三人はしっかり眼を閉じたカスワルの表情を見た。白い歯をむき出して笑っていたが、話をする気はないようだった。

「まあいいさ、きのうはカスワルの家の涼み台では寝なかったんだから。おばあちゃんにおちんちんをなでられるところだった、うん」ジジミットが言った。

「でも、気持ちいいぞ」カロロが大笑いしながら言った。

このときカスワルの口が開いて、クックッと笑った。

「カス、おまえのおばあちゃんはどうしておれたちのおちんちんをなでるんだ？」ジャヘヤが笑いながらカスワルに聞いた。

「寝ろよ」カスワルはまたクックッと笑いながら言った。

ジジミットのほかの三人は一晩じゅうほとんど寝ていなかったので、すぐに眠りはじめた。ジジミットは話し相手がいないし、海で遊び疲れたので、朝寝にくわわった。

§

どれくらいたってからか、級長がカスワルの家に来て、彼の母親に言った。

「カスワルは学校へ来なかったんです。月曜日に学校に来る時、カエルを十匹以上持ってきたらぶたないって、先生が言っています」

「カスワルは学校へ行ってないのかい」

「来なかったんです、おばさん」

学校の三時間目に、労働作業がはじまったので、教師はカスワルたちを探すために級長を部落へ行かせたのだった。級長は、カスワルがいつも号令台に立たされてみんなの前でぶたれ、自尊心がひどく傷つけられているのにたいへん同情していた。別の見方をすれば、カスワルは悪い子じゃないし、頭が悪いなんてこともなかった。ただ、三年生になるまで、いつも授業をさぼって、ひとりで海辺に遊びに行っていた。特にトビウオの季節には、浜を教室にしていた。だから「中国語（原文「国語」）」は上手に話せなかった。だが、自分たちのことば（タオ語）を話すことにかけては、クラスでカスワルの右に出るものは誰もいなかった。

「カロロ、カロロ……」級長がさけんだ。

「おい！　おい！　級長が僕たちをさがしているよ」ジジミットが言った。

「ほっとけよ！」

「どうしてカロロをさがしてるんだね、孫よ（年配の人から若い人へのよびかけ）」カロロの祖母が答えた。

「なんでもありません、おばあちゃん」

シャプン・ラオナスは、学校の先生にいい印象を持っていなかった。台湾から来た教師は、老人でなければ、子どもをよく殴る教師だった。子どもたちが学校でどんなことを勉強できるのかについては、彼女は知らなかった。殴るのもわからないではなかったが、しかし、子どもは殴るべきではないといつも思っていた。もちろん、日本時代には彼女もたまには殴られたが、日本人のほうが中国人より道理があったし、殴られることは、時には名誉なことだった。しかし、台湾からきた今の教師は、子どもを殴るのに程度というものがなかった。子どもは殴られて、右手でイモを持つこともできないことがあったし、左手でトビウオを持って食べられないこともあった。さもなければ、お尻が痛くて座れないほどだった。それで、孫のクラスの級長が探しに来た時、子どもが学校に行かなかったからだろうと彼女は思った。

「どうして日本人は行ってしまわないといけなかったのかね（敗戦によって日本統治が終わり、日本人が台湾から引きあげたことを指す）」彼女は海を見ながら、小さな声で言った。

部落のそばにはイモ畑と畑が七、八十枚あり、その面積は人々の住む村の二倍以上あった。台湾の軍人は、さっさと占拠してしまったが、それには自分のイモ畑も五、六枚含まれていた。強制的に占拠するのはまだしも、中国人の道理に合わないやり方にはうんざりさせられた。そのうえ賠償はわずかで、泣きっ面に蜂だった。あいつらにはほんとうに良心ってものがないんだから。

「バカヤロウ、シナジン」こんなことばが口からもれた。

指を折って自分の畑を数えてみると、四人の子どもに分けるとしたら、ひとりにイモ畑三枚もやれなかった。どうしたらいいんだろう、と彼女は思った。眼を細くして水平線でシイラを釣っている男たちを眺めた。深いしわは長年の労働をはっきりと物語っていた。しかしこんな状況では、横暴な中国人にはさからえなかった。怒りなのか、それとも口に出せないことがあるのかわからなかったが、今の中国人が来てからというもの、心配がだんだん増え、思い悩むことが多くなった。カロロはいちばん下の男の子だった。今は中国人の学校で勉強しているが、大きくなったら中国人になってしまい、タオ族なんて何の意味もなくなってしまうだろう。カロロが残って、祖父から舟造りやトビウオ漁を習い、この島の男たちのするべき仕事をしてくれたらほんとうにいいのだが。ああ……、長いため息をついたからってどうなるものでもないけれど。

彼女の座っていた涼み台の下から四人の子どもたちがひとりずつ出てきた。

「カロロ」

「うん、イナ（おかあさん）」

「おまえたちは学校へ行かなかったのかい？」

「うん」

「トビウオをたくさんお食べ、身体が強くなるからね！」

「わかったよ！」四人は飛ぶように海へ走っていった。

§

たくさんの子どもたちが海で泳いだり波とたわむれたりしていた。小学校を出た七、八人の先輩たちが船小屋でシイラ釣りからもどってくる人たちを待っていて、遠くの舟がだんだん近くなると、誰の舟かあてっこしていた。あたったらワトワン（イモなど、弁当と同じ意味）を手に入れることができたが、はずれると、おなかをすかせて、親戚の人が来てワトワンをめぐんでくれるのを待つしかなかった。

「別の船小屋で休もうよ、どうだい？」

「そうしよう、年上の人たちにいじめられるかもしれないからな」カロロが賛成した。

彼らは船小屋に座って、水平線のこちらがわの海をつぎつぎに帰ってくる人たちを眺めていた。カスワルが話そうとしている新しい理想を、カロロはひどく聞きたいというわけではなかった。カスワルのガキ大将としての指導力を小さく見ているわけでも、彼が人とけんかすることをこわがっているわけでもなかった。あそこにいる舟のひとつが父親のものだったからだ。彼は、草緑色に淡黄色をおびたシイラが舟にのっていることをひどく待ち望んでいた。父について歩いて、たくさんの子どもたちの前で大きな魚を釣り上げた誇らしい気持ちを見せつけ、好意と羨望のまなざしで見られたら、と願っていた。自分が気に入っている女の子がそこにいたら、勇ましい様子を見せられるのだが。

しかしジジミットにしてみれば、シイラの魅力と男たちのひそかな誇りはもはや自慢には値しないものだった。というのは、彼の父のシイラ釣りの腕は部落じゅうで一番で、からの舟で帰ってきたことはなかったからだ。それで、心の底ではカスワルが新しく発見したことを考えていて、ひどく興味を感じていた。一年から六年までの間、職員室に入っても、黄ばんでしまったどんな世界地図が壁に貼ってあるのか、気をつけたことはなかったのだ。今朝早く、カスワルと彼は泥棒のようなことをした。見つかって打たれる痛みのことさえ気にしなかった。カスワルがジャワをグァワと呼んだことを思い出して彼はこっそり笑った。心はカスワルの新しい話を期待していて、もうすぐ聞けると思うと、西南の季節風がおこす小さな波のように、興奮が片時もおさまらなかった。

カスワルの父は一晩寝なかったのでシイラ漁に出なかったのだが、カスワルは、同い年の遊びなかまの心をどのようにしてひきつけて、真剣に自分の新しい理想を聞かそうかと頭いっぱいに考えていた。そうすれば父が漁に出なかったことへの失望を軽くできるのだ。

「僕たちに話したい新しいことがあるって言わなかったか、カスワル」ジジミットはカスワルの肩に手をおいて言った。

「カロロ、ジャヘヤ、聞くかい」

「どんな話なんだ」カロロがそっとたずねた。

「僕の……」カスワルはしばらく口をつぐんで、彼らの反応をさぐった。

「何だよ、話せよ！」カロロが言った。

「聞くかい？」

「うん、話せよ」

四人は海にむかってならんで座った。ジジミットとカスワルが中に、カロロとジャヘヤはふたりの両側にそれぞれ座った。カスワルがこういうふうに場所を決めたのは、ふたりがシイラの話をしないで、気を散らさずに自分の新しい理想について聞くようにと思ったからだった。

そして、カスワルは年よりが話をするときの表情をまねて、話した。

「こういうことなんだよ、学校をさぼる前の日、水曜日のことなんだけど、先生に呼ばれて職員室に立たされていたとき、ちょうど目の前に世界地図があったんだよ。ところが、世界地図には僕らのタオの島がないんだ。それで、社会科の教科書で僕らの島が台湾のどの辺にあるのか調べた。台湾の東南にあるってわかった。

今朝早く、用務員さんがまだ起きないうちに、僕とミットは職員室の窓から入って、一生懸命、世界地図を見た。そして、台湾の東南に鉛筆で黒い点をかいたんだ。これで、僕らの島が世界地図に存在するようになったんだ。でもこれが僕の言いたい『新しい発見』じゃない。前は、ミットのほかの三人で、大きくなって、大人になって、子どもが生まれてシャマン（父親）になったら、海の勇士になりたい、舟を漕いで、部落とリマカウド島のあいだを行き来して、ほんとうの男が漁をする心意気を見せ、家族を養い、それから身体をきたえて、魚をたくさんとって皆にほめられ、シイラ釣りの名人と言われたい、自分の子どもたちがすごいと思うような父親になりたい、と思ってた。

僕はあの大陸から来たセンコウが大嫌いだ。僕らタオを『鍋蓋《クオカイ》』（鍋蓋は、タオ族の老人の髪型が鍋のふたに似ていることから、軽蔑していうことば）ってののしるし、僕らの民族を『世界でいちばんなまけものの民族だ』って言うし、僕らを『ばかで汚い』身体じゅう魚くさい、みっともない子どもだって言うし、僕らの年よりが丁字ふんどしが好きでおちんちんを隠すパンツをはかないって言うし（四人はクックッと笑った）、そのうえ、あいつは、僕らを教育して、大きくなったら兵隊になって共産党を殺せって言うんだ。人を殺す、中国人が中国人を殺すのはいいさ、なんで僕らに中国人を殺させるんだ、僕らは中国人じゃないのに。あの大陸から来たセンコウはほんとにいやな野郎だ。

台湾から来たほうのセンコウは、僕らに、カエルやウナギをつかまえろって言うか、自分たちのためにまき拾いをしてごはんを炊かせるかだ。アア、とにかくいろいろある、うんざりだ。でもこれも僕が本当に話したい『新しい願い』じゃないんだ」

「僕が話したいのは……」

カスワルは、頭を前後に動かして三人の親友の表情を見た。真剣に聞いているらしい。彼はだんだん嬉しくなってきた。

「僕が話したいのは、中学を卒業したら、海軍に入りたいってことなんだ」

「海軍に入って共産党と戦争するのか」ジジミットがからかうように言った。

「ちがうよ、海軍が終わってから、僕は……」

カスワルは頭を前に向け、右左と三人の表情を見た。

「どうするんだ、カス」ジジミットがまたたずねた。

「僕は海をさすらう……放浪するんだ」

「さすらってどこへ行くんだ」

「さすらう……これこそ僕の新しい理想なんだ」

「舟を漕ぐのはさすらうってことじゃないぞ。それにどこかへさすらって行きたいんなら、そこへさすらって行けよ。でもシイラはどうするんだ、なぁ、ジャヘヤ」カロロはカスワルにはできないと思って、わざと馬鹿にして言った。

「あれまあ、おまえはほんとにばかだなあ、カロロ」

「わかってないなあ、兵隊が終わったら、仕事をさがすんだ。世界のあちこちに行って魚を捕る大きな船をさがすんだ」

ジジミットは今朝、カスワルがどうしてあんなに真剣に鉛筆で船の航路を描いていたのか、その理由に思いあたった。彼にはカスワルの「新しい願い」の考えが少しわかった。頭をうしろ横に向けて、カスワルのまじめそうな様子をじっと見て、言った。

「ジャワを『グァバ』と読む人が、外国に行って放浪したいなんて。僕たちのことばが上手なほかは、国語だってあまり話せないじゃないか。それなのにイギリス人のことばなんて、できるのかい」

「アイヤァ、まさか兵隊になったときに勉強できないってんじゃないだろう」

「アイヤァ、思いつきじゃないのか。そういうことは『あちこちさすらう』なんて言わないんだよ、それは……、なんて言うのかな、ジャヘヤ」カロロがたずねた。

「遠くに行くんだ、船乗りになる」ジャヘヤが答えた。

「そうさ、船乗りになるんだ、世界のあちこちに遠く出かけるんだ」カスワルは声をはりあげて嬉しそうに言った。

「そうさ、船乗りだ、船乗りだ、世界のあちこちに行って遊ぶんだ」カスワルは有頂天になって言った。

ジジミットはカスワルの一番の友だちというわけではなかったが、カスワルが自分たち三人よりもっと海を愛していることを知っていた。彼は泳ぐとなると、海に潜って遊ぶか、「千痕百孔」の岩穴のところで、食べられる貝かタコを休むことなくさがした。この点についても、カスワルの能力と忍耐力は自分たち以上だと認めていた。しかし、船乗りになるということになると、それほど簡単ではないだろうと彼は思った。

カスワルは続けて言った。

「その世界地図には、大洋州っていう大きな海があるんだ、なっ、ミット。そこには数え切れないほどたくさん小さな島がある。そのなかには、僕らの島よりきれいな島がきっとある。もしこの願いが実現できたら、島に行ってそのたびにトマチ（おしっこ）をしてくるんだ、なっ、ミット」

ハハハ……ハハハ……、四人は声をあげて笑った。

「舟が来るぞ」カロロが口をおおって言った。

「行くなよ、ミバチ（力をこめて身体を前に後に大きく舟を漕ぐ姿は、大きな魚を釣ったことを示している）じゃないんだし」ジャヘヤが言った。

「あそこにも一艘、二艘いる。ミバチだぞ」

言いおわると、興奮して船小屋をとびだし、波しぶきが散る波打ちぎわに駆けつけると、浜の石でやけて痛い足を急いで海につけた。紺碧の海とミバチの舟への子どもたちの憧れは、たいへん大きく、表現できないほどだった。彼らは、一漕ぎするごとに、波が白く扇形にひろがるのを見るのが一番好きだった。先生に打たれようと、罰で立たされようと、カエルをつかまえさせられて疲れようと、痛かろうと関係なかった。部落の男たちがシイラを釣り上げて港に帰ってくる時をのがすわけにはいかなかった。全身の力をこめて舟を漕ぎ、海を白くわきたたせる短い時間、後に身体を倒し前に身体をかがめて舟を漕ぐ、たくましい姿、この子たちは大きくなってから海でこうして身体を鍛えるのだった。それになんといっても、たくましい体格の若者には、きれいで働きものの少女が嫁ぐものだ。

「わぁ、誰のおとうさんか、おじいさんか、わからないよ」カロロが手を高くあげて舟を指さして言った。

もっとはっきりと舟を見て誰かを知るために、四人は岸から五十メートルほど離れた、海に突き出た岩に泳いでいった。全身素っ裸で、炎がやけつくような正午の日光のことも気にしなかった。舟はだんだん近づいてきた。

「カス、マオミスのおじいちゃんみたいだな！」カロロが聞いた
「ん、マオミスのおじいちゃんの舟によく似ているなあ」

「あんなに年をとってるのに、まだあんなに力があるんだなあ」

「きれいだなあ、舟の櫂から出る波しぶきは、うん！」

「僕だったら、もっと力をいれて漕ぐし、もっと速いぞ」カロロがまた言った。

「マオミスのおじいちゃんじゃないよ、ちがうよ」カスワルが顔をカロロの耳にくっつけて言った。

「あれはジャヘヤのおじいちゃんだ、わぁ、ほんとにすごいなあ」

舟はどんどん近づいてきた、イモ畑三枚分、二枚分と距離を縮め、目の前に来た。

「ほんとにジャヘヤのおじいちゃんだ、シャマン・クララエンだ」

「イモがあったら、みんなでわけっこだ、いいな」

「僕のおじさんが食べるかもしれないよ、それに、ぼくらにはまだ朝のトビウオとイモがあるじゃないか」

「アカイ（おじいちゃん）……」ジャヘヤが叫んだ。

彼らはまた競争で泳いで、岸にあがった。ジジミットは彼らの中で走るのがいちばん速く、泳ぐのも速かった。彼らはアカイの舟のうしろを支えた。海や岸にいた子どもたちもみな、ミバチに引きつけられてやって来て舟をとりまき、みんなで舟を砂地におしあげた。

フーッ……長い長い息を吐くと、言った。

「ガキども、離れろ、わしのシイラを取りまくんじゃない」シャマン・クララエンはどなった。彼がこう言ったのは、子どもたちをののしって追いはらおうというわけではなかった。ただ、息が切れていた。顔のしわは汗と海水でびっしょりだった。深い喜びが浮かび、ことばにならない、男たちの海での栄光と誇りを発していた。

四人はアカイが鋭い小刀でシイラをしめるのを見まもった。海を背にして、力をこめて魚のえらを取ったが、その動作はたいへん残酷だった。それから心臓を洗うと、おおげさなしぐさで口に入れ、ウン……と一声あげて動いている心臓を噛みしめた。カロロとカスワルは、シャマン・クララエンの表情を、ひどくうらやましそうに見つめていた。

「アカイ、おいしいかい、それ？」ジャヘヤはよだれをこぼしそうになりながらたずねた。

「おまえも大きくなってシイラを釣ったら、わかるさ」

「アカイ、もう一匹の心臓を食べてもいい？」

よだれをたらさんばかりのジャヘヤは言った。

「おまえにはやれないんだよ、それはタブーだからな！　孫よ」

シャマン・クララエンは、きびきびしたしぐさで二匹目のシイラをしめると、同じように鮮やかな赤い心臓を口に押しこんで噛んだ。切り取られた尻尾や背骨から鮮やかな血が流れ続けた。シャマン・クララエンは両手で魚を一匹ずつ高く持ち上げ、血をどっと浜の円い石のうえに流した。それから、木の櫂を魚の口にさしこんで、前と後に一匹ずつかついだ。人に見られて「はずかしい」あの部分が丁字ふんどしにおおわれて日の光にあたらないほかは、全身の肌は太陽に一年じゅう焼かれて黒かった。臀部が上がったり下がったり、締まったりゆるんだりしながら、リズミカルに歩く姿は、浜にはえた草緑色の蔓草のなかできわだっていた。この光景は、子どもたちをこのうえもなくうらやましがらせた。特にぶらさがって揺れているシイラは、子どもたちの魂を奪い去ったかのようだった。

一日の真ん中のこの時刻には、漁に出た舟がつぎつぎに帰ってきた。おかしなことに、そしてまたカロロをひどく辛くさせたことには、彼の父親は、シイラを釣ってこなかった。カスワルはからかうように言った。

「おまえのおやじは、きのうおふくろとあれをしたにちがいない（漁に出て大魚を釣る男にとって、妻とのセックスはタブーを犯すことである）」

ジジミットとジャヘヤは急に狂ったように笑い出して海に入り、頭だけ出してカロロの表情を見た。彼は無理に笑っていた。そして、おなかが痛くなるほど笑って腰を曲げているカスワルを見て言った。

「おまえのおやじこそ、『やる』のが好きじゃないか。おまえのおやじのシイラは何匹もなかったじゃないか、トビウオ祭のころには」

ハハハ……ハハハ……、カロロも海に入って、言いあいに負けたカスワルの困った顔を見た。有頂天だったカスワルの気持ちは、たちまち、あるぼんやりとした映像に刺激されて、傷ついた。彼は波打ちぎわに座りこんで、かすかな波に打たれるままになっていた。ほんとうに自尊心が傷ついたようだった。

カスワルは知っていた、彼の家は家族が多く、兄が三人、弟が三人、妹がふたりいた。父親はトビウオの季節にはいつも、長い時間をかけてトビウオを捕った。少しでも多く捕って、子どもたちに十分食べさせたかったのだか、捕れるトビウオはいつもほかの人より少なかった。シイラも同じだった。カロロの父親が三十匹あまり釣ったなら、彼の父親には十匹も捕れなかったかもしれない。それで、カスワルはカロロにああ言われたとき、ほんとうにひどく辛かったのだ。ああ、カロロを殴ってやろうかと彼は思った。いや、このとき、頭にはそんな気はなかった。それに、あの世界地図の夢をこの一番の友だちにまだ全部話してはいない。ああ、大洋州、あのたくさんのたくさんの小さい島のなかには、きっと蘭嶼よりきれいな島がある、かれはそう夢見た。

「行こうよ、行ってイモを食べよう。それにまだ話すことがあるんだ」カスワルは頼むように言った。

「行こう、『あれ』が好きな人の子といっしょに、イモを食いに行こう」カロロは言った。

「おまえのおやじが『やる』のが好きじゃないんだったら、どうして僕らの友だちになったんだ」カスワルは笑いながら言った。自分の「新しい願い」を自分の良い友だちに聞かせられたら、と思ってこそ、こう言ったのだった。そうでなければ、何も言わずにぶんなぐるところだ。

「行こう」彼はまた言った。

ひんやりした船小屋に入ると、特に心地よく、暑さを忘れた。四人はまた広い海にむかってならび、イモを食べた。カスワルもさっき心を傷つけられ、からかわれた話を忘れた。

§

西南からの弱い季節風が小さな波をおこし、彼らの裸の上半身に吹きつけた。とてもさわやかでいい気持ちだった。イモを食べ、トビウオを食べながら、静かに遠くの水平線を眺め、それぞれ、大きくなってシイラを釣る夢を実現させることを思い、将来、子どもたちにとりかこまれるにぎやかさを思いうかべた。彼らはだれもが未来のことを考えていた。

突然、級長が背中までびっしょり汗をかいて、走ってきて言った。

「カス、それにおまえたち三人は日曜日、あしたの昼から、十匹以上、カエルを持って来いって、先生が。それから大陸から来た先生のほうは、ウナギを五、六匹持って来るように、って。もし持って来なかったら、殴られるし、罰に立たされるって。先生がそう言った」

そう言うと彼は行ってしまった。

「食べてしまってから捕りに行ったほうがいいよ」ジジミットが言った。

「そうだな、夜には年寄りの話を聞くし、あしたのお昼はまた浜に行ってイモを食べるし。そうしたほうがいいよ」カロロが言った。

カスワルは自分の新しい願いをまだ全部ちゃんと話し終わっていなかったので、昼からカエルを取りに行くことに同意した。それに、自分がこの災いのもとになっているんだし、彼らを引っぱりこんだんだからと思った。

「いいよ、多めに捕っていって、先生を喜ばせてやろう」カスワルは物事をいいほうに考えて言った。先生はどうして人の心がわからないんだろう。本にも書いてあるし、僕たちにも「いい人間になる」ことを教えているんじゃないのか。先生は気分が悪いとき、僕たち男の子を相手にうさばらしをする。女の子たちにはあんなにあやふやで、とくにあの「おっぱい」がとても大きい女の子には、生まれたばかりの羊の赤ん坊にするみたいにやさしいのに。へっ、台湾から来た先生たちはほんとうにうんざりだ。山奥のイモ畑へ行く道々、カスワルはこう思った。

途中で、たくさんの女たちが畑で仕事をしているのを見かけた。イモ畑のまわりはたいへんきれいになっていた。畑がつづいて、うっとりするような眺めだった。四人は女たちの目をかすめて、アダン（熱帯性常緑低木）が茂る小道を小さな谷川へ向かった。小川が大きな谷川に流れこむところを、石でせき止めて、小さな堰《せき》ができていた。水の流れがとめられているので、ウナギが草のしげみをぬけ、水源をもとめて泳いでいた。こうして彼らはさまざまな大きさのウナギを八、九匹、やすやすとつかまえた。

午後の日の光が山にさえぎられて、谷はたちまち涼しくなった。女たちは夕食の準備に家路を急いだ。谷にもイモ畑にも人の姿がまったくなくなってから、四人は首尾よく畑のあぜとあぜの間に積みあげられた石のすきまに手をつっこんで、穴のなかで春眠をしている大きなカエルをさぐった。四人はいつもカエルをつかまえて、少数派の漢人や軍営や監獄の番兵に売っていたので、イモ畑でカエルがかくれている穴をよく知っていた。それで、一時間もしないうちに、またもやあっというまに、ふとったカエルを十匹あまりつかまえた。

「もう十分だよ、うちに帰ろう！」カスワルが言った。

「よし、行こう！」

カエルとウナギをいっしょに包んで、いちばん捕れなかったジャヘヤが持った。

「まだ明るいから、あしたのお昼まで待つことはないよ、今から行って先生にわたそう。時間がはぶけるよ」カスワルがまた言った。

もちろん、彼がこう言うのは、船乗りになる夢、海軍に入る願いを話す時間を長くするためだった。

「よし、まっすぐ先生の宿舎に行こう」ジジミットが答えた。

§

台湾から来た先生の奥さんが、船で台湾から蘭嶼に、夫が教育にたずさわる「ご苦労」をなぐさめに来ていた。そのため、先生は土曜日の昼以降は、特に興奮し、楽しくしていた。長いあいだおさえつけていた「気」も、ついに、はけ口を得て、春のはじめの波のようにおとなしくおだやかになり、ことばにならない喜びにひたっているようだった。

一方、大陸で国民党に身を投じた劉《リュウ》先生は、ばくちに勝って金をもうけたので、貨物船が運んできた高粱酒を買って、放課後に潘《ファン》先生夫妻を招き、さらにばくちに負けた雑貨屋の主人と分駐所の所長もよんで、家でお茶を飲んで「辺境の地」にある寂しさをまぎらしていた。榕樹の涼しい木陰でお茶や酒を飲んでいると、突然、「先生、こんにちわ！　所長さん、こんにちわ！　あ……、頼《ライ》おじさん、こんにちわ！」と四人が軍人の号令のように言うのが聞こえた。

「なにごとだ！　周金《チョウジン》」劉先生は、いかめしく、いささか修養も積んだような口ぶりを気どって言った。

「黄大成《ファンターチャン》と僕たちは、カエルを十匹あまりと、ウナギを七、八匹つかまえて、先生にさしあげに来ました」カスワルがばつが悪そうに答えた。

「黄大成！」

「はい、先生」ジャヘヤが劉先生を見て、ほほえみながら答えた。

「持ってきて先生に見せなさい」

「はい！」

「よし、よし」また言った。

「おまえと李清風《リーチンフォン》は行ってカエルとウナギを殺しなさい、そこのおまえ！」

「はい、先生」カスワルは両腕と両手のひらを身体にぴったりつけて言った。

「おまえと江忠雄《チャンチョンション》は頼さんの店に行って卵を二十個持って来るんだ」

「はい、先生」

「周金！　おまえは卵が何か知っているだろうな！」

「知ってます、先生！」カスワルは答えた。しかし心では笑いたかった、ニワトリの卵は自分のヴォト(睾丸)みたいだと思ったからだ。

奥さんがそばにいるので、潘先生は特におおらかでやさしい、もっともらしい顔つきをして、言った。

「周金、月曜には学校にもどって、授業に出るんだよ、勉強すれば将来がある、トビウオの卵を食べるのはバカだよ、わかったね」

これはカスワルが六年間で耳にした、最も人間らしい言葉だった。

「わかりました、わかりました」

そばにいる、顔立ちが十人並みで人に嫌われることもないカロロを見て、言った。

「行こう、江忠雄」

夕焼けが海の舟を照らしていた。海鳥たちは餌をさがしているようだった。

「舟を見るなよ、先生にどなられるぞ」カスワルが言った。

「先生、イコイ（卵）です」カスワルとカロロは、息をはずませながら声をそろえて言った。

「何がイコイだ。たまごだ。これは卵と言うんだ。周金、おまえはほんとうにばかだなあ」

「先生、カエルとウナギは全部ちゃんと殺しました」ジャヘヤが言った。

「周金！」

劉先生がまた命令するように言った。

「まきを割って、火をおこしなさい、早く行くんだ！」

「はい！」


「こどもたちはとても賢そうに見えますけど」潘夫人が言った。

「悪くはないがね、ぶたなくちゃだめなんだ。野性をなくすのはむずかしいものなんだよ、おまえ」

「ほっとけばいいんですよ、学校に来て字を書けばそれでいいんだから」

劉先生が馬鹿にしたように言った。

「全部できました、先生」カスワルが言った。

「まき割りがそんなに速いなんて」潘夫人が怪しむように言った。

「あいつらはね、仕事は速いんですよ。字を書いたり本を読んだりするのはバカなんですがね。そうだろう、潘先生」つづけて言った。

「月曜日に学校へ来る時に、まきをひとり二わずつ持ってきなさい、一把は学校の給食に使う、もう一把は先生のところへ持ってくるんだ、わかったか」

「わかりました、先生」四人は声をそろえて言った。

「あのカエルのお金はあげないんですか？」潘夫人が劉先生を見て言った。

「金をやる？　殴られないだけでもあいつらには上等ですよ、あいつらはもう二、三日も学校に来ていないんだから」

「でも……」

「その話はいいんですよ。あいつらはトビウオを腹いっぱい食べるんです。夜に浜へ行ってごらんなさい、生徒たちはみんなそこに寝ていますよ」

「寝る家がないんですか！」

「トビウオの季節には、空があいつらの屋根で、砂浜が寝床なんですよ。お金は、ここではアメを買うほかは、あいつらには何の役にもたたんのです、潘夫人」

潘夫人には、大陸から来た劉先生の話がよくのみこめないようだった。また、先生たちの生徒への態度を不思議に思っていた。まるで軍の上官が兵隊に命令するみたいだ、先生たちはこの小さな島の王様みたいだ。そこでたずねた。

「生徒を殴って、親たちが……」

「こいつら山地同胞は、身体がひどく頑丈でね、殴られてこぶができたって親に言ったりしないんだよ」

「奥さん、『鍋蓋《クオカイ》』の子どもがみんなよくないってわけじゃないんです、なかなかいい生徒もいますよ」

四人の子どもたちは、壁にもたれて先生の命令を待っていた。カスワルは頭をさげて、担任の先生の奥さんのショートパンツから出ている真っ白な太ももを見ていた。潘夫人はときどき、ものめずらしげに子どもたちをちらっと見ていた。

「江忠雄！」劉先生が言った。

「何でしょうか、先生」

「あした、日曜日にトビウオを二十匹、先生に持って来い、いいな」

「おとうさんに聞いてみます！」

「大陸から来た先生が要るんだ、って言えばいいんだ」

「はい！」

「この十元でお菓子を買って食べなさい！」

潘夫人がカスワルの前に来て言った。

カスワルは頭を下げて、はずかしそうに受けとった。口の端がかすかにぴくぴくと動いた、何か嬉しいことがあるみたいだった。

「ありがとう、潘夫人」

「何が潘夫人だ、師母《シームー》（先生の奥さんを呼ぶことば）とよびなさい」潘先生が言った。

「ありがとうございます、師母」

午後の日の光がだんだん下がり、西南のそよ風が涼しいところにいる漢人と「山地同胞」の子どもたちにそよそよと吹いてきた。おだやかな昼下がりのせいか、人々の心はとりわけ軽やかで、子どもたちの表情もそれほど緊張してはおらず、何か得るところがあったようだった。

「忠雄君、あした、トビウオを二十匹もって来るのを忘れないように！」

「わかりました、先生」

「帰りなさい、周金、月曜日に学校に来た時に職員室に来なさい、わかったな？」

「はい、先生」

子どもたちは、先生たちの目がとどかないところまで来ると、学校の運動場を元気にはねまわった。

まるで、閉じこめられていたミニ豚がうまく逃げ出したみたいに興奮していた。殴られるかもしれないという悪夢が喜劇になって終わったのだ。あの白い太ももの、師母と呼ぶ女の人よ、ほんとうにありがとう。

§

カスワルは十元札を手のひらにのせてじっくりとながめると、空に投げあげて、そよ風に吹かれるままにした。お札はゆっくりと風に舞いながら落ちてきた。四人は離れていたが、だんだん集まってきた。お札が地面に落ちた瞬間、四対の手のひらと四対のひざと四つの頭がひしめきあいながら、いっしょになってお札が地面に落ちた時の図柄を見た。

「わっ、国父（孫文）の頭だ」

カスワルがおかしくてたまらないといったふうにげらげら笑いはじめた。榕樹のかわいた葉が何枚もひらひらと地面に舞い落ちた。カロロもカスワルを見て大笑いをはじめた。ジジミットだけが、わけがわからなくて、そこにぼんやりしていたが、どうしたらいいのかわからないように言った。

「おまえら、何を笑ってるんだ！」

ジャヘヤも同じように座り込んでいたが、ジジミットだけが犬のように、どうにもわからないという様子で、また言った。

「おまえら、何を笑ってるんだ！」

カスワルは小石で十元札をおさえて腰をおろした。カロロとジャヘヤも同じように座った。

「ミット、僕らが前にカエルをあの雑貨屋のおやじに売ったとき、僕が十元札を投げて言ったんだ、もし人の頭だったら、店のおやじと奥さんの『あれ』をこっそり見に行こうって。きょう、あの師母って人と先生は『あれ』をするだろう、夜にこっそり見にいかないか、どうだ……？」

ジジミットもとうとう笑い出して、言った。

「見つかったらどうするんだ」

「だいじょうぶだよ！」カスワルは自信たっぷりに言った。

「だめだよ、いまはトビウオの季節なんだから、迷信じゃ、『あれ』を見ると僕のおとうさんはトビウオが捕れないかもしれないじゃないか」

「ばかを言うなよ、『あれ』を見たからってトビウオがいないなんてことはないさ」

「おじいちゃんがそう言ったんだ！」

「おまえが『あれ』をするんじゃないんだぞ」

「でも、前に僕らといっしょに見たじゃないか」カスワルが答えた。

「あの時はトビウオの季節じゃなかったもの、迷信じゃ、今は……」

「いやなら来なくてもいいよ！」

「ハハハ……、わかったよ、いっしょに行こう！」

「お菓子を買いに行こう、あの雑貨屋に行こう」

四人の頭には新しい期待が浮かんだ。このような望みはすぐにほんとうになるだろう、夜になるのを待てばいいのだ。カスはこういう提案をしたが、しかし心では、世界地図のこと、海軍に入ること、船乗りになる未来の希望を思っていた、それから、部落の老人が話す物語を聞きたいと思った。そこで彼はためらいはじめて、言った。

「僕が行かなかったら、みんなは行くかい？」

「行かないよ」

「でも、僕はきょう、おじいちゃんたちの話をすごく聞きたいんだ、それに僕の海軍の話もあるし！」

「それは逃げたりしないよ、でも『あれ』は毎日あるわけじゃないし、な、ジャヘヤ」

ジジミットは逆に、のぞき見をしたいという強烈な欲望からこう言った。

「そうさ！」

カロロは意見を言わなかった。『あれ』を見たら父親がトビウオを捕れないと信じていたし、あしたの朝、大陸から来た先生にトビウオを二十四、とどけなければならなかった。ゆううつな事情を考えると、彼は自分の心を完全に解き放つことができなくて、こう言った。

「僕は見られないよ」

「そばにいるだけでいいさ」カスワルが言った。

「ひとり五匹ずつ、トビウオを持って行けばいいさ！」ジジミットが言った。

「わかった」

「月曜日に先生にぶたれるのは、やっぱりこわいなあ」カスワルはほんとうに心配そうに言った。

「こう思うんだけど」ジジミットはつづけて言った。

「今、先生のためにまき割りをしてやったらそれでいいんじゃないか！」ジャヘヤが提案した。

「よし、もう一度先生の宿舎へ行こう、いいな？」

「ついでに先生の部屋の窓も見てこよう」カスワルが笑いながら言った。

「行こう!」ジャヘヤが言った。


四人の子どものうちでは、ジャヘヤがいちばん勉強ができた。上位五人というわけではなかったが、先生も彼を嫌ってはいなかった。なぜもどってきたかを説明するのには彼が適任だった。それにカスワルはまだ六年生だったが、まき割りの名人だった。

「先生、まき割りのお手伝いに来たんですが、いいですか……」

「そうか、ついでにあそこの太い木もいくつかに切っておいてくれ……」

「わかりました、先生」

すばやく先生の宿舎に駆けこむと、中に入っておのとのこぎりを持った。もっと大事なことは、窓に破れたところがあるかどうか調べることだった。

「ミット、外から見ろよ、僕が窓を閉めるから」カスワルが言った。

「あ、穴があるぞ、でもひとつだけだ」

「よし、もうひとつあけよう」カスワルが言った。


「ごらんなさい、きれいな夕陽だこと!」

「ああ!」

「ここで夕陽を見るのはとてもきれいで、うっとりすると思わない?」

「ああ!」

師母と呼ぶべき人はいちばん見晴らしのいい場所に立って、早春の形容できないほど美しい眺めを楽しんでいた。好奇心からだろうか、今、夕陽がとても近く見えてどう言ったらいいかわからないほど美しいからだろうか、ロマンチックな雰囲気のせいだろうか。しかし、どんなに美しい夕陽よりも、今、四人の子どもの眼をひきつけることができるのは、その師母の白い太ももだった。

「先生、割ったまきは台所に運びます、いいですか、先生」

「よし、きちんとならべるんだぞ」

「大丈夫です」

先生の口ぶりはいつもとひどくちがっていて、カスワルはたいへん気分がよかった。この二年間ではじめて、先生の話し方が人間同士の会話に近くなったように感じた。

台所は草むしろ一枚半の長さで、幅は二枚分の長さだった。かまどがふたつ、コンクリートで作られていて、かまどの口の高さは、ちょうどカスワルが立っておしっこをする時の高さだった。台所から二歩歩くと、先生の部屋の窓だった。窓から山のほうに十歩歩くと脱衣場で、師母の下着やほかの服がほしてあった。彼らは当然、すぐにそこにほしてある服に目を向けた。

カスワルは台所の入口から窓のところに行って、今夜、のぞき見をする小さな穴をくわしく観察した。そのあとまた台所に入って、まきをきちんとならべた。三回運んだところで、先生が、家の中から背もたれのある籐椅子をふたつ運んで、夕陽が海に落ちるのを眺めるのにいい位置に置くように言いつけた。

「先生、まだまきを割りますか？」

「江忠雄に割らせなさい、おまえは行って火をおこすんだ」

「はい」

やがて、まきはすべて割られて、台所の大きくもない空間に積みあげられた。師母が入ってきて、カスワルがおこした火が燃えているかどうかを見て言った。

「まきは火がついた？」

「つきました」カスワルは答えた。

彼がしゃがみこんで、太さが鉛筆の十倍で長さが二倍半あるパイプで火種を吹いている時、師母はそばに立っていた。白い太ももが、彼の二重まぶたの目にいまにもくっつきそうな距離にあった。カスワルは、どぎまぎしながら、しゃがみこんで火を吹いていたが、当然のことながら、まだ発育しきっていない小さなペニスは自然に勃起していた。きれいな太ももだなあ、彼は思った。

「こちらの生徒さんは、何て名前なの？」

「えー……、おっしゃってるのは、蘭嶼の名前ですか、それとも台湾の名前でしょうか」

「もちろん、台湾の名前よ！」

「周金《チョウジン》と言います」

煙のためか、彼女の太ももが目の前のとても近いところにあったためか、カスワルは両目をこすりながら、燃えはじめたまきを吹きつづけた。

「水をくんで、お米を洗ってくれる？」

「は、はい……」

米を洗っている時に、高いところにある宿舎からは、部落の青年の男たちがつぎつぎに海へ向かうのが見えた。太陽はもう海に落ちていたが、残照がまだ水平線の上の雲を照らしていて、濃い赤や薄い赤に輝いていた。やわらかい残光を感じながら、彼は急ぎ足で台所に入って、言った。

「潘夫人《ファン》、水と洗った米です」

「師母と呼びなさい、潘夫人は聞き苦しいわ」

カスワルは笑いながら外を見た。師母は彼の頭をなで、ちらっと彼を見た。わぁ、まだ若いや、と彼は思った、それにみっともなくもないし。

「行ってもいいですか、師母」

「いいわよ」

「先生、みんなちゃんとできました」ジャヘヤが言った。

「忠雄、あしたの朝、先生にトビウオを二十四、持ってくるのを忘れるなよ」

「だいじょうぶです、先生」カロロが答えた。

§

先生の宿舎を出たあと、雑貨屋に行ってものを買い、浜に行った。四十艘あまりの舟のうち、二十艘あまりは、夕陽が海に沈んだあと、潮が引いたあとのなぎさに押し上げられていた。人々は魚網の整理をしたり、ビンロウを噛んだりしていた。夜に漁をする男たちは、トビウオが岸に近づく海域を知っていたので、すでにリマカウド島に出かけた舟のほかは、空が暗くならないうちは浜に来て、魚網の整理をしているのだった。

ここ数日、部落のほとんどが豊漁で、魚を干す場所もないくらいだった。しかし、こんなに天気がよくて波もおだやかなのだから、海に出て漁をしないというのもおかしなことに思われた。身体に障害がない人はみな、漁に出た。

カスワルの父親——シャマン・マンリシャオ、カロロの父親——シャプン・ラオナス、ジャヘヤの父親——シャマン・ジャヘヤも、もちろん漁に出た。四人の子どもは船群のうしろで菓子を食べながら、小さな声でおしゃべりをしていた。海に出ようとする男たちがだんだん多くなってきて、浜には男たちの頭がひしめきあった。

部落の祖父の世代の老人たちは、道ばたの空き地に並んですわって、壮年の男たちや成人した男の子たちが海に出る素晴らしいながめを見ていた。

彼らは、トビウオがすでにリマカウド島からリマラマイ(蘭嶼島の南の海)の入り江につぎつぎとやってきていることを知っていた。少し距離があったので、空が暗くならないうちに海に出るのだ。祖父たちや子どもたちはこの光景を見るのが好きだった。海に出るおとなたちは、小さいころから、こうして自分の父親や祖父が漁に出るのを見ながら、早く大きくなってトビウオを捕る船群のひとりになって、岸の人たちから眺められたいと思っていた。

通りのそばの空き地に座った老人たちは、若くして引退した人たちから老人まで、昔を思い出し、誰の舟が速いかとか、誰がどうだとかこうだとか、誰もが海での男たちのことについて話していた。去年死んだ人もいる、今年も老人が死ぬだろう。しかし、今年さらに来年も、同じように男の子が生まれ、何年かあとには海に出る男たちを眺める列に加わるだろう。

トビウオの群れと同じく、人々にとっても、毎年二月から六月までがいちばん楽しく美しい時だった。トビウオは、タオの人々の銀の帽子(タオ族は銀帽をかざしてトビウオをよぶ儀式をする)に引きつけられ、敬虔な信仰に心を打たれる。トビウオの肉とスープがあればこそ、タオの人々は、身体がたくましくなり、舟を漕ぐ力が出るのだ。カスワルたちはこんな環境で育った。小学校三年からは、トビウオの季節には毎年、天気さえよければ浜で眠った。砂浜に穴を掘り、砂で身体をおおって、頭だけ出して呼吸をした。空をあおぎ、波の音を聞き、大きくなったら自分の舟を漕いで大海原に出てタオの男にしかわからない勇敢さを発揮し、海を熱愛する心を持ち、海の神様の魂をおそれ敬おうと夢見た。

「大きくなったらいっしょに海に出て、いっしょに帰ってこよう、いいかい……?」カロロが言った。

「そうしよう」ジャヘヤが答えた。

ジジミットは、アメをなめながら夢のようなことを考えている楽しそうなカスワルを横目で見て、たずねた。

「カス、師母のあの白い太もものことを考えているのか?」

カスワルはすぐに笑いだした。カロロとジャヘヤも急に大声で笑いはじめた。

ハハハ……ハハハ……。

「何を笑ってるんだ」

漁に出る男がとがめるように言った。三人は興奮して口をおさえると、カスワルのなんとも言えない表情を見た。

「ほんとうに白かったなあ、あの……」

「見なかったくせに」

「僕の眼のそばに来たんだぜ、すぐそばに」

カスワルが横をむいて笑ったすきに、ジジミットはいきなり彼のペニスをさわった。

「ああ、もう立ってる」ジジミットは笑いながら涙を流して言った。

「行こう」

「ずっと、あの師母の太もものことを考えていたんだな！」

「うるさくするな、しかられるぞ！」

「ほんとは、僕とカロロも木を切っているとき、ずっと彼女のあそこを見ていたんだ」

ジジミットはまた笑いながら言った。


実際、今日の午後、あの白い太ももは、彼らに、台湾についてさまざまなことを夢想させたのだった。白、清潔かもしれないが、すぐによごされるだろう。白、あでやかに美しい光のようだが、すぐ見飽きるだろう。こんな白い太ももは、島ではめずらしかった。それに人妻になってもショートパンツをはくなんて、おくゆかしさもなかった。とても短かいショートパンツだったので、目がひきつけられて、どうしてももっと見たいと思ってしまった。

「もしうまく海軍に入れたら、きっと白くてぽっちゃりした台湾人と結婚するんだ」

カスワルは夢みながら、まじめに言った。

「誰がおまえなんかほしいもんか、そんなに黒くてみっともないのに」カロロが言った。

「僕たちの島の女の子だって、おまえのところに嫁に行ったりしないかもな」ジャヘヤがつづけて言った。

「僕がどんなにすごいか、今にわかるさ」

「世界地図にはどんな意味があるんだろうか、大洋州では島がひとつひとつつながっていて、みんなが同じ理想を持っている。だから海をさすらうことは、自分の島の海でも、ほかの小島の海でも、心にある、言葉にはならない海への気持ちを追い求めることなんだ。たぶん、祖先から伝わったことばだろう」タオはトビウオを食べて育つという不変の真理、トビウオは海に生きていて、千年のあいだかならずここに来たという情感は、生まれたそのときからはぐくまれて来たのだ。

海にはいくつもの波がたっていた。夕陽が完全に海に沈んだ光景は、夜の色が刻々と消えていく明けがたと同じように、息をのむような美しさだ。ジジミットはこのながめにうっとりしていた。空と海はどちらも秋の色の美しさで、薄紅色の夕焼けの雲をはさんで、上にいる空の神も下にいる海の神も、その美しさを等しく分かちあっていた。残照が雲の層をつきぬけて、空のはてまでとどいていた。海に映える残照は、広い海を薄紅色に染めあげていて、波のうねりがひとつひとつはっきりと見え、すきとおった波の光がきらめいていた。

ジジミットは考えこんでいた。窓をよじのぼってまで職員室の世界地図を見に行ったカスワルの、理想に執着する心や、船乗りになるという誓い、大洋州の島々を巡り歩くという意気ごみが、短い何分かの間にあの師母の白い太ももに惑わされ、征服されてしまったと思った。カスワルは祖先から伝わるトビウオの季節の「礼に非《あら》ざれば見ることなかれ」という警告を忘れたと思い、トビウオが行ってしまって、島中の人が飢える苦しみの日々が来るのではないかと深く恐れた。

「銀白色のトビウオがおいしいか、それとも白い太ももがきれいか、言ってみろ、カス」ジジミットはまじめにたずねた。

「どっちもいいよ！」カスワルは何も考えずに、すぐに答えた。

「どっちかひとつだけ選べよ」

「そんな問題がどこにあるんだ？」

「そうさ、そんな話はないよ」ジャヘヤが言った。

「それに、白い太ももは陸を歩くし、銀白色のトビウオは海にいるんだ、なあ、カスワル」

「そうだよ、おまえの言うことは僕の考えてることと同じだ」

「じゃあ、おまえの世界地図の話はどこへいったんだ？」

カスワルは彼らの大将だったが、このことばが王者の心を傷つけ、彼はどうしたらよいかわからなくなった。どう答えればいいかわからなくてぼんやりしていたが、自分が子どもたちの大将だと強調しようして言った。

「舟が全部海に出たら、『見に』行こう、今度だけだ、いいな、ミット」

やはりカスワルはほんとうに師母の太ももに惑わされてしまったらしい。このことばを聞いて、彼らは口をおおってこっそり笑った。

ジジミットはまた、たずねた。

「僕ら三人に隠れて、ひとりで見にいけよ、これからは」

「そんなことできないよ」カスワルは笑いながら、目を細くして言った。

クックックッ……。

「カロロ、夜は浜で寝ちゃいけないぞ、顔が見えない魔物がたくさんいて、子どもの魂をつかまえるからな」父親のシャプン・ラオナスが言った。

「わかったよ、アマ（おとうさん）」

「そろそろですな、みなさん」

「先輩の方々、そろそろ海に出る時間です」

たくさんの人がもう時間だということを知っていた。港からリマラマイまでは、五百回あまり漕がなければならない。海に出るというのは、海のいちばん近くにある舟が出て行くのを待つことだった。

「急ごう、海から突き出したあの岩まで泳いでいって、誰の舟がいちばん速いか見よう」カスワルが言った。

この時、となりのイラタイ部落のたくさんの舟も続々と朝日の昇るほうへ漕ぎ出していた。すべての舟が岸を離れて海に浮かび、イモロッド村の沖で落ちあった。海は、形は同じだが、速さがちがう舟でいっぱいだった。あまりにも美しいながめだった。

「一、二、三……」彼らは海の舟を数えた。

「いくつだ、ジャヘヤ」カスワルがたずねた。

「すごく数えにくいよ、五、六十くらいかな」

「わあ、ほんとにきれいだなあ」

「見ろよ、あの舟はすごく速いぞ、他の舟に追いついた」カロロが言った。

「イラタイの人の舟みたいだな」

「うーん……」

カスワルの口からは絶えず賛美の声がもれ、舟をこぐように両手を動かした。そして何度か左や右に眼をやって、まだしっかりしていない腕の筋肉を見た。

何艘もの舟の櫂に乱される海の波や、身体を大きく動かして舟を漕ぐ姿で「豊漁かどうか」がわかり、夜の漁の船群の栄光と屈辱の証拠となるのだ。

§

先生の宿舎は学校の上のほうにあって、教会の左にイモ畑三枚分離れており、海に面し、山を背にしていた。教会のほうがすこし高いところにあったので、宿舎の前の空き地で先生たちが涼んでいるのがはっきりと見おろせた。夜になったばかりのせいか、月の光も銀のように光っていた。先生とあの師母は籐椅子に座って、月をながめていた。

どれくらいいたったかわからないが、師母が宿舎の中にはいった。カスワルと他の三人は小道を行った。青々とした五節もあるススキがのぞき見をうまく隠してくれた。

心臓がおどっていて、しかも、いつもより速かった。カスワルはほんとうはクラスでいちばんいい点数をとるひとりだった。家族が多くて、弟や妹のめんどうを見なければならなかったので、毎日学校に行けず、勉強がおろそかになったが、そうでなければ、一番になることだって、むずかしいことではなかった。

「ここにすわろう」カスワルは笑いながら言った。カロロとジャヘヤはもう彼に指図されるのになれていたので、何も言わずに座った。ジジミットはカスワルの得意そうな笑い顔を見て、自分の言い出したことがもうすぐ実現するのでえらそうにしているように思った。銀色の月の光に照らされて、笑顔のなかのまなざしからは、今にも「邪悪」がふきだしそうな欲望が見えるようだった。

「ここにきて何をするんだよ」ジジミットがたずねた。

「先生と師母の『あれ』を見に来たんじゃないか！」

「こわくないのか」

「何がこわいことなんかあるもんか」

「あ、台所のろうそくがついたぞ」

カスワルが興奮して言った。もちろんみんな気がついていた。彼らをいっそう興奮させたのは、左右に動く木の窓が閉まっていないことだった。アシがいっぱいに茂る、やや高いところにしゃがんでいたが、台所の中の動きがすべて、はっきりとうかがえた。

「あ、先生の奥さんが身体を洗ってるぞ」カロロが言った。

「目が悪くて僕らには見えないとでも思ってるのか？」カスワルが得意そうに笑いながら言った。

「話をするな！」

視力二・〇の眼には、十メートル以上離れたところからでも、たいへんはっきりと見えた。彼らの四羽のフクロウのような眼は、じっと動かずに、上映される動く映像を静かに眺めた。すべては沈黙のうちにあった。

彼女は髪をまとめあげ、服とショートパンツを脱いだ。もちろん、彼らの心臓がとびだしそうになったのは、下着とパンティが隠すという機能を完全に失ってからだった。男によだれを流させ、興奮させる女の肉体、犯罪の導火線にもなりうるものがあらわれた。

三年生のころには、彼らはいつも海で部落の女の子たちと裸で泳いだり遊んだりしていたが、そのときは年がまだ小さかったし、なにごとも自然のままだったので、邪念をもよおしたり、あるいはそれがふきだしたりするようなことは全くなかった。

しかし今、眼のまえで輝く白い肌は、三年前の感覚とは全然ちがっていた。

「白いなあ、台湾人の肌は」

カスワルは得意そうに笑ったが、そこには心にめばえた台湾へのあこがれの最初のきっかけがあらわれていた。

「そうだな！」

ジジミットは彼の耳に口をぴったりつけて言った。化粧石けんの泡は女の身体の汚れをきれいに洗うのだろうか、それとも肌の「白さ」を保つのだろうか、彼らははじめて見たのだった。こういうのぞき見はこんなに簡単できるんだと思ったし、またひどく興奮した。

「見ろよ、あの『おっぱい』、それにあの真っ黒な毛」

「白いなあ」

「台湾人は白いなあ」

「そうだなあ、白いなあ、台湾人は」

「大きいなあ、あの『おっぱい』は」

ハハハ……。

真水できれいに洗い流したあとは、すべてがすっきりと見えた。西南からの涼風が、アシの花のはしをかすめて、彼らの浅黒い顔に吹きつけた。すべての動きが彼らの脳に深く焼きつけられた。特にカスワルは身体が早熟だったので、ジジミットは彼の行動が「不可思議」だといっそう感じた。船乗りになるというカスワルの夢には、こんな夢も入っていたのだろうか。船乗りになる夢は、自分が広い海で波や風を体験し、海の神と恋愛できたらという真実の感情だったはずだ。カスワルは「今夜」ののぞき見に、罪悪感をまったくおぼえていないとジジミットは感じ、カスワルがしでかしたこの短い時間のできごとで、もう彼を完全には信じられなくなったと感じた。

「行こう、師母はもう服を着てしまったよ」彼は言った。

「白かったなあ、師母の身体は」

ジャヘヤはカスワルを見て、感想を口に出した。

ハハハ……、目的を果たしたあとのあやしい笑い声は、軽々と夕焼け雲に乗ったようだった。教会に近づく途中で、宿舎のほうのアシをふりかえってみると、草むらが彼らののぞき見を隠して、「礼に非ざれば見ることなかれ」という罪悪感を軽くしているかのようだった。月の光の下で、彼らの軽い足どりについて、影が教会の前の草の生えた空き地を行きすぎようとした。

神父は外国人の友人とおしゃべりをしていた。部屋のろうそくの光がそよ風にゆれ、机の上の聖書が風にひるがえった。そばには小さな十字架がかかっており、壁には大きめのキリストの受難の十字架がつけられていた。神父は明日のミサのために聖書の下調べを充分にして、外で星空の洗礼を受けていたらしい。まもなく、先生の宿舎のランプが明るくなって、ふたりが月を眺めようと、椅子を外へ持ち出したのが見えた。

「もう『あれ』が終わったんだよ」、ジジミットが笑いながら言った。

ハハハ……、笑い声が風に乗って神父の耳にとどいた。

「こんばんわ、あした教会に『告解』（カトリック教会で、神父に犯した罪を告白し、神の赦しを得る行為）に来るんだよ、神様がおまえたちのたくさんの罪を赦してくださるから」

「神父様、こんにちわ」

「カスワル、おまえの罪がいちばんたくさんあるんだから、『告解』に必ず来るんだよ、神様がおまえの罪を清めてくださって、おまえの心を星と同じように明るくしてくださるから」

「はい、神父様、カスワルの罪が僕らの中では一番多いんです」

ジジミットは笑いながら神父のことばに答えた。

カスワルは、それを認めているのか、まだ頭の中に渦まいているあの光景を思っているのか、興奮のあまり、神父の言葉に答えるのも忘れていた。口のはしをピクピクさせて、何か言いたそうだったが、ジジミットに答をうながされ、ちょっとおくれて言った。

「わかりました、神父様」つづけて、意識を取りもどしたかのように言った。

「神父様、僕たち、もう行きます」

「あしたの朝、『告解』をするんだよ、神様がおまえたちの罪を赦してくださるから」

「のぞき見」は罪なのだろうか？　眼で見ただけで、手で他人のものを盗ったわけでもないのに、罪になるんだろうかと彼は思った。

三年前の夏、彼らも教会を建てるのをてつだった。浜からたくさんの石を運び、教会の基礎を作って、神様が雨や風を避ける場所を造ってあげたというのに、そんな苦労を神様はおぼえていらっしゃらないのだろうか。どうして僕らに罪があるって決めつけるんだろうか。

「神父様」カスワルが言った。

「なんだ？」

「僕らも教会を建てました。神様はおぼえて……」

「神様はおまえたちがする悪いことをみんな見ていらっしゃるんだよ」

神父はカスワルのことばをさえぎって言った。

「ジャヘヤ、あした、みんなを連れて教会に来るんだぞ」

「僕はあしたは、教会に来ません」カスワルが言った。

「彼はあした、来ないって言ってます」ジジミットが笑いながら神父に言った。

「来なければおまえの罪はもっと大きくなるぞ」

「海で洗えます」

「海で洗う？」

「はい、海で洗います」

「海も神様がお造りになったんだぞ、知らないのか」

「服はありますか、神父様」ジジミットがたずねた。

「あした教会にきて『告解』をしてから、おまえたちにあげよう」

「わかりました、僕らは来ます、服があるんですね、わかりました」ジジミットは言った。

カスワルはとうとう笑って神父に言った。

「わかりました、あした告解に来ます」

「わかりました……」彼らは声をそろえて言った。

教会の夜空に声がはっきりと響いた。神様もお聞きになったことだろう。

§

シャマン・クララエンの庭は、月が明るい夜は、昔のように人がいっぱいだった。ここはずっと前から、部落のニュースを伝えあい、経験や知識を伝授する場所となっていた。彼らは、自分たちが理解している世界のことや、よく知っている海のことを話し合うのだった。

四人がここを通りかかると、ジャヘヤが足を止めて言った。

「ちょっと待って、おじいちゃんにわからないことを聞いていこう」

「何を聞くんだ?」カスワルが言った。

「星のことだよ!」

「そうだ、ジジミットはまだ星がないんだよ!」

シャマン・クララエンは涼み台のすみに座って、星の海を眺めていた。四人は涼み台へ行って、シャマン・クララエンを見あげて言った。

「アカイ（おじいちゃん）、あの一列にならんだ星はなんの星?」

シャマン・クララエンは涼み台をおりて、地面に座って言った。

「どの星のことかね?」

「あれだよ!」

「ん、あれはミナ・サアダンゲン（乙女座）だよ」

「どんな意味?」

「ひとつひとつつながって、いつまでも離れない、って意味だよ。じゃが、冬には見えないんじゃ」

「ミット、僕らのあの三つの星の北がいい？　それとも南がいい？」

カスワルは星空を指してたずねた。ジジミットは考えていたが、三人の親友を見て、言った。

「うーん……、あの南の星がいい」

「よし、じゃ僕らはいつまでもいっしょだ」

カスワルが嬉しそうに言った。シャマン・クララエンはつづけて星空を指して、言った。

「トビウオの季節にはな、ミナ・サアダンゲン（乙女座）が空に出ると、山で仕事をしている人たちは家に帰ってご飯を作らなくちゃならないんじゃよ。そばにあるシイラの開いた尾っぽのような（V字型）の星はピノロン（てんびん座）じゃ。女たちが胸にかけるきれいな飾りじゃよ」

それから東のほうを指して言った。

「あの星はミナ・モロン（さそり座）じゃ。意味は、わしらの舟のへさきとともののてっぺんに挿してある羽根飾りに似ている。あれの意味はいちばんたくさんあるが、おまえたちはまだ小さいからわからんじゃろう。が、ふたつは知っておきなさい、ひとつは、ミナ・モロンの星がたくさんで明るかったら、トビウオが多くて、年よりが喜ぶってことだ。それから、てっぺんにあるあの星が、いつもちらちらしていたら、その年は台風が多いってことでな、早めに台風の備えをしなくちゃならないんじゃ」

「それから、冬にしか見られない星は、ミナ・マハブテン（魚座）じゃが、マハブテンは知っているな、あれはおまえたちがいつも釣りにいく磯の海溝に住んでいる魚じゃ。この星はわしらの祖先がな、むかしむかしイバタン（バタン島人）と商売をして帰ってくる時の目じるしだったんじゃ。いつも同じところにある。わしらの部落の真北の山のてっぺんにあるんじゃ。冬には、天気がよければ見える」

「知ってるよ、ヤカイ。浜へ行って、漁から帰って来る人を待ってるよ」
「よし、行きなさい、子どもたちよ」

§

四人は砂浜にならんで横になって、満天の星を眺めていた。このときの夜空は、ひどく魅惑的で、彼らの魂をさらって星空で遊んでいるようだった。四人は静かに横になって、自分たちの未来の夢や星のことを考えていた。

長いあいだ、舟は一艘も帰ってこなかった。カスワルはとうとう我慢できなくなって、先に口を開いた。

「白かったなあ、師母の身体は」

「それに毛もたくさんあった、ずっと洗ってたなあ」ジジミットが笑いながら、答えた。

ハハハ……ハハハ……。純真な笑いは、かすかにはじける波しぶきのような明るさだった。

「それに先生の『あれ』は見なかったし。そうでなけりゃ、あした神父さんに何と言って『告解』したらいいかわからなかったよ」ジャヘヤが言った。

「いまはトビウオの季節なんだから、『あれ』の話をしちゃあいけないんだよ」

カロロは不安そうに言いかえした。

「わかった、わかった、『あれ』の話はやめるよ」ジャヘヤが言った。

カロロのほかの三人は、息を殺してそっと笑った。しばらくして、ジャヘヤがジジミットに言った。

「おまえの魂の星はどこにあるんだ？」

「ん……南のほうの遠くにあるあの星だよ」

「どうして僕らの近くじゃ、いやなんだ」

「でたらめを言うやつらといっしょにいたくないんだ」

「僕がなにをだましたんだよ、ジジミット」カスワルが言った。

「世界地図の話をするって言ったじゃないか」

「話すさ、でもおまえの星は遠すぎるんだ」

「もういいさ、おまえらはとんでもないすけべえだ」

「おまえだってそうさ、なんで僕らといっしょにのぞき見をしたんだ」

「だって……つまんないからさ、ひとりじゃ」

「そうさ、おまえだってすけべえさ」

ハハハ……ハハハ……。

「わかった、ジャヘヤのそばにいるよ」

「よし！」カスワルが言った。

「僕らの星がいつまでもいっしょにいるように」ジャヘヤが言った。

「僕は将来、海の魂を追いかけるんだ」ジジミットがいきなり言った。

「そうだ、あの『白い身体』を追いかけるぞ」カスワルがからかうように言った。

「ほらふき！　自分のことを話せよ」ジジミットが言いかえした。

しかし、これこそ、カスワルがいちばん言いたいと思っている未来の話であり、彼の一生の願いだった。でもどう切り出せばいいのだろう。頭はまだあの「白い身体」でいっぱいだし、先生と師母の「あれ」をのぞき見しなかったので気が抜けていた。それで言った。

「月曜日に職員室に行って、あの世界地図をよく見てから僕の話をするよ……いいな」

「僕は、いつまでも海の神様を追いかけられればいいなあと思っているんだ。僕の魂がいつまでも海の神様といっしょにいられればいいと思ってるんだ」

ジジミットは心のうちを話しはじめた。海が彼の主人とでもいうようだった。彼の話に、誰もはかばかしい反応をしなかった。魂を託すのによい場所は、空の星だったからだ。善い魂は星になる。悪霊のように、いつまでも海をさすらって、帰る場所をさがしもとめたりしないのだ。

「そうしたら、おまえの魂は疲れてしまうぞ、ミット」カスワルが言った。

「海で悠々と自分の思うままにさすらうのは気持ちがいいと思わないか？」

「わからないよ、まだ死んでないんだから」

青白い月は、天使の部屋のようだった。白い雲の層は天使の「白い羽根」があちこち漂っているのだった。黒い雲の層は神様の悪の使徒で、悪事をはたらいた人をもっぱらつかまえているのだ。神父はいつも教会でそう話していた。

「僕はこの島に残って、ほんとうに『黒い胸びれ』を捕る人になりたいと思うんだ」

カロロは長いあいだ黙っていたが、やがてこう言った。

「おまえは？　ジャヘヤ」カスワルが聞いた。

「僕は台湾に行って勉強したいんだ」

「おまえは一番じゃないじゃないか」

「一番のやつだけが台湾へ行って勉強できるんじゃないさ」さらに言った。

「神父さんが台湾へ勉強に行きたい人を手伝ってくれるさ」

「そうだな、神父さんはそう言ってた」

ジジミットは力強く答えた。

「でもおまえは師母が水浴びするのをのぞき見しちゃったんだから、罪があるんだよ、神父にはなれないさ」

「神父になんかならないさ、勉強するんだ、ばか！」

「一番でもないのに」ジジミットがばかにしたように言った。

「じゃあ、おまえは将来何をするんだ？　ジジミット」ジャヘヤが聞きかえした。

「海といっしょにいるのさ！」

「それがどんな将来なのさ、もう毎日海といっしょにいるじゃないか」

「ああ、おまえらにはわからないさ」

ジジミットの心には早くから、将来、追い求めたい目標があった。ぼんやりとはしていたが、しかし、そのような理想が彼の心の深いところで少しずつ芽ばえていた。

四人は横になって星をながめ、夜の潮の音を聞いていた。それぞれが自分の将来を思っていた。「白い身体」を思っていたのかもしれないし、「黒い胸びれ」かもしれない。ひとつは陸にあり、ひとつは海にあったが、どちらも彼らの心をこのうえなくひきつけて、頭の中をごちゃごちゃにかき乱していた。陸の誘惑は、衰えて枯れるかもしれなかったが、海は毎年、彼らの魂を燃えあがらせる。彼らの祖先がそうだったように、毎年、黒い胸びれのトビウオがやってくることは、彼らの生きる意志をかきたて、戦う力を積み重ねる源となった。「白い身体」、台湾の女の子が将来、彼らと結婚したいと思うだろうか？

「台湾の女の子と結婚するのか？　台湾へ勉強に行ったら」カスワルがジャヘヤにたずねた。

「白い『おっぱい』がすごくいいっていうんじゃないだろうな、わからないよ」ジャヘヤは笑いながら言った。

「じゃあ、おまえは？」

「僕は……白くてぽっちゃりした台湾の女の子と結婚するんだ」

「だれがおまえなんか要るもんか、こんなに黒いのに」ジジミットがからかって言った。

クックッ……、カスワルのほかの三人が笑いはじめた。

「賭けようか、僕はきっと台湾の女の子と結婚するぞ」

「おまえのおとうさんは、瑪瑙《めのう》と金箔（婚約のしるしの贈り物）をマオミスの両親に渡したんじゃないのか？」カロロが言った。

「おまえの奥さんはマオミスだぞ、でたらめをしちゃだめだぞ」つづけてジャヘヤが言った。

「僕が嫌いだったら？　それに彼女は白くないんだ」

クックッ……と笑う声がカスワルの心を冷たく傷つけた。

「あとでわかるさ！」

四人はそのまま寝ころんで空の星をあおぎ、夜の漁に出た勇士たちを待った。四人はみな、両手を脚のあいだに突っ込んでペニスをおさえこんでいた。年の大きい人たちに釣糸でつないでしばられて、痛くされないためだった。

柔らかな月の光が、夢を追うこの子たちの顔を照らした。理想が実現しようがしなかろうが、月の光と波の音は昔どおりにあるのだ。彼らが大きくなっておとなになっても、このような海への狂おしい愛や「白い身体」への誘惑は、そのままで、変わらないだろうか。それはわからなかった。

おだやかで美しい夜、子守唄のような波の音に、彼らは知らぬまに夢の世界へ入っていった。

第四章

朝の光は優しい母のおだやかな顔のように目に映り、心をゆったりとなごませた。水平線の遠いところが少し暗く見えるほかは、空と海は明るい青の澄みきった優雅な色を見せていた。シャプン・ラオナスは、石を積みあげた石垣にすわり、ビンロウを噛み、たばこを吸っていた。老いぼれた雑種の野良犬が、忠実に、しかし、ものうげにそばに寝そべっていた。彼は犬を見て言った。

「あっちへ行け」

犬は尾を振った。甘えているのか、「いやだ」といっているのかわからなかったが、彼は犬をじっと見て、ビンロウを噛み、たばこを吸いつづけた。

「シャマン、もう起きろよ」と彼は言った。

「大人になって、シャマン（父親）になったんだ、朝ねぼうする年じゃないだろう、子どもの父よ」

しばらくたって、シャマン・ピヤワエンがアルミ製のドアから出てきて言った。

「何ですか、アマ（おとうさん）」

「きょう、トビウオの季節の舟のための新しい材料を切りに行くんだってな」

「あしたは、トビウオとシイラをしばる縄を取りに行きます、あさっては二回目の招魚祭をしますから」

シャプン・ラオナスが説明して言った。

「きょう、タトゥタウ山に行ったら、トビウオを干す横木を二、三本切ってきてくれ。それから、舟の櫂《かい》を支える木を四、五本な。帰るときには、横木にする木は、部落の水源にまっすぐに挿してきなさい。櫂支えの木はそのままうちに持って帰ってくるんだ」

「わかりました、だいじょうぶです、おとうさん」


シャマン・ピヤワエンは、四、五年前から父について、これらの伝統的な仕事、特にトビウオの季節に必要なことについて学んできた。だから、父がきょう、言いつけた仕事はよくわかっていた。もう三人の子どもの父親だ。ひとり立ちして仕事をするのにちょうどいい年頃だった。それに父もめっきり衰えた。

父といっしょに造った舟を漕いで、子どものころの願いを実現し、ほんもののタオの男になってから、毎年毎月、伝統の生産技術を習うことで、彼はますます強くたくましくなり落ち着いてきた。潮と月の満ち欠けの直接的な関係もよくわかるようになり、天候を観察する経験も積んだ。子供のころと変わらない海や磯の岩、部落の人たちの変わらない仕事に眼をやると、子どものころの思い出が頭に浮かんだ。もう春の初めだった。陰うつな灰色の冬は、すでにおだやかな光の環の外におしやられていた。あのころ男ざかりだった人たちも今ではすっかり弱ってしまい、二十人あまりの少年のうち、勉学を終えて故郷にもどり家をもったシャマン・アノペンのほかには、五、六人が部落に残って、孤独に「海恋《ハイリエン》」の誓いを実現しているだけだった。

山から朝の風がさっと吹いてきて、シャマン・ピヤワエンの裸の上半身をかすめた。彼は身ぶるいすると首を縮め、父親が作っておいたビンロウに手をのばして口に入れて噛んだ。薄赤色の汁をはきだして、たばこをとると、言った。

「同じ年ごろの親友といっしょに行くんだけどいいですか」

「誰だい?」

「シャマン・アノペンです」

「ああ、いいよ」

「マラン・コン（おじさん、こんにちは）」シャマン・アノペンがあいさつした。

「アナ・コン（子どもよ、こんにちは）」(若い世代への尊敬の語法)

「僕の友だちはどこですか?」

「いま、家にはいったところだ」

「でかけよう、クアカイ（友だち）」

タトゥタウ山への小道を三十分ばかり歩くと、海に面する山の斜面の左側から、木を切る音と話し声が聞こえてきた。シャマン・アノペンにとって、この光景はたいへん目新しく、また、青々とした密林のような盛んな生命力を感じた。彼は、トビウオの季節の二回目の招魚祭のために、はじめて山へ材料を取りに行くのだった。心には、ひそかに脈打つような感情の高ぶりがあった。山は静かで、セミや鳥の鳴く澄んだ声が耳に心地よかった。

シャマン・ピヤワエンの父親が指示した場所に着くまで、同級生だったふたりは一言も話さず、シャマン・アノペンは弟子のように後について行った。小学校時代、ならんで座って、シャマン・ピヤワエンがシャマン・アノペンの算数の答を写していたとのと似ていたが、二十年あまりたって、役割が入れかわっていた。もっと変わったのは、シャマン・アノペンが、前にはカロロと呼んでいたこの同級生のことをたいへん素晴らしいと思っていることだった。彼はうしろをついて歩きながら、山の中腹のびっしりと木が茂ったところに来ると、シャマン・ピヤワエンの動きに注意した。シャマン・ピヤワエンは左を見たかと思うと、右側の谷に眼をやったりした。何をさがしているのか、シャマン・アノペンにはよくわからなかった。人にはそれぞれよいところがあって、環境が変わると個人の素質や長所が発揮されるのだろう。

前には、カロロは特にできる同級生ではなかった。学科も体育も、図工のほかは、自分よりすこし劣っていた。今、彼は強くてたくましい男に変わっており、密林の中では目はことのほか鋭かった。服を着ることに慣れなかった彼の胸のまんなかには、長年の労働の結果、筋肉をくっきりと分ける線があらわれており、両側のふたつの筋肉は、はずむような生きる意志を放っていた。彼は、左手に持った鎌で道をふさいでいる雑草を絶えずはらっていたが、その腕に「海恋」の二字が彫られていて、シャマン・アノペンを驚かせ、また喜ばせた。意外なことに、「海恋」は皮膚になじんで生き生きとしていた。少しも粗野な感じがせず、生命の細い流れに入りこんでしまったみたいだった。嬉しいことに、彼は勇敢なタオの男になるという願いを少しずつ実現しつつあり、その身体からは、父親たちの年代の人々と同じような、のびのびした、生命の信号を発する気配が感じられた。

この時、ふたりの父親はすでに七十歳を越す老人だったが、山に上って二回目の招魚祭のための材料を取るだけの体力がないわけではなかったし、また、老いに屈したわけでもなかった。彼らは、シャマンとしてしなければならない仕事をしていた。

「おや、子どもたちよ、こんにちわ」老人が笑いながら言った。

「おじさん、こんにちわ」

老人はクーポー芋の葉を尻の下に敷いて地面に座り、鎌で舟の櫂支えや魚を干す木の表面の皮を削り落としていたが、優しい顔に微笑を浮かべて言った。

「こっちへ来て休みなさい、ビンロウはどうかね、子どもたちよ」

ふたりは腰を下ろして、ビンロウを噛んだ。シャマン・ピヤワエンはたばこを一本、老人にわたして、不思議そうに言った。

「まだここに木を切りにいらっしゃるのですか、おじさん」

「どうしようもないんじゃよ、おまえの兄たちはすっかり漢人になってしまったからな」

「それに、おまえの友だちは、遠い遠いところにいるんでな」

「シイラ漁の船群には入らないんですか」

「シイラ釣りに行かなかったら、タオの人間だとは言えないだろう」

シャプン・サリランは口からそっと煙を吐いた。青い煙はのぼっていって、緑濃い山あいの木のこずえの葉の上に漂って消えた。シャプン・サリランは、ビンロウを噛みながら何か考えているようだったが、シャマン・ピヤワエンのたくましい左腕の「海恋」の漢字を見て、言った。

「おまえたちの友だちもここにいたらなあ」

彼はふたりをうらやんでいるのだろうか、それとも自分が年老いたことを嘆いているのだろうか。それとも台湾にいる息子のことをなつかしく思っているのだろうか。三人は思いにふけっていた。彼らはシャプン・サリランの意気に敬服し、同級生が追い求めたのが「白い肉体」であって「銀白色のうろこ」でないことを嘆いていた。

「おじさん、彼はこどものころカスワルといってましたが、今はなんという名前ですか」

「おまえたちの友だちの名前はな、シャマン・ジナカドじゃよ」

「どんな意味ですか、おじさん」

「意味かな？　おまえたちのあの友だち、わしの孫の父親じゃがな、中学校を卒業してから、あいつが海軍に入るというのにわしは反対したんじゃ。軍人の仕事は戦争だからな。人殺しじゃ。あいつは腹を立てて、わしにこう言ったよ、家には絶対に帰ってこないからなって。それで、ほんとうに帰っては来なかったよ。あいつは漢人の女と結婚して子どもが生まれてな、一年たった漢人の『正月』にわしに会いに帰ってきたんじゃ。そのときに、孫にタオの名前をつけたんじゃよ。三日たって、またあの漢人の女と孫といっしょに台湾に帰ってしまった。あいつと孫が恋しいさ、じゃが、わしは台湾には行きたくない、それであいつらの名前をジナカドとしたんじゃ。陸にあがれない人、って意味じゃよ。陸ってのは蘭嶼のことさ。しかたないさ、運命にもてあそばれてるんじゃ、わしも孫たちも」

シャプン・サリランは木の皮をはぎつづけた。手の甲の皮膚から筋肉の輝きは失われていたが、六十年余りも舟をこいできた手のひらは、骨格がまだ十分しっかりしていて、大きかった。彼は木の枝を削りながら、シャマン・ピヤワエンの左腕の「海恋」の漢字を見て、言った。

「痛くなかったかね、それを彫るときは」

「うーん……痛くなかったです」

「じゃあ……それはどんな意味じゃな」

「うーん……」彼は自分より漢字がわかるそばのシャマン・アノペンに聞いた。

「海恋はどんな意味だ」

シャマン・アノペンは笑いながら言った。

「海への情熱的な愛情って意味だよ」

「ハハハ……」

「おじさん、この字の意味は、海は僕の一生の恋人って意味です」

「ハハハ……」

陽気な笑い声が谷に満ちた。木のこずえから、たくさんの小鳥が鳴きながら、ばらばらと山の中に飛びたった。笑いながら言った。

「海だって？　おまえと愛しあえないじゃないか。海と愛しあえるってわけじゃあるまい？」

「おじさん、そういう意味じゃないんです。この意味は、おじさんたち、お年よりといっしょです、海の神を『おそれ敬う』ってことです。皆さん、おっしゃるじゃないですか、海のトビウオがいなかったら、わしらタオの民族はないって」

「うん、わかったよ。シャマン・ジナカドもそんなふうに思ってくれたらなあ」

老人は嘆くように一息にこう言った。

「すみません、おじさん、僕たちは舟の櫂支えにする木をとりに行かなくちゃならないんです。ごいっしょしてお話できないんです」

「きょうしかないってわけじゃなし、日はまだたくさんあるさ、行きなさい」

「すみません、おじさん、じゃ、行きます」

シャマン・ジナカドの父のシャプン・サリランはそこに座って、木の皮をはぎ続けた。昼前の日の光がさしこみ、木立をぬけて、そばに置いたおのの鋭い頭を、時には明るく時には暗く照らした。薄暗くひんやりした谷で、おのの表面に反射する光は明るくなったり暗くなったりしたが、それはまるで孫の父親を思う彼の心のようだった。

台湾で「白い肉体」を追い求めるシャマン・ジナカドは、今では、父のこのことばを考えてみたこともないだろう。

「シイラ釣りに行かなくてもタオ人と言えるか」

シャマン・アノペンは道々、ずっとこのことばについて考えていた。

「なあ、おじさんのあのことばの本当の意味はなんだろう」

「歩けさえすれば、シイラ釣りに行く、海を漂う心地よさを楽しみ続ける。歩けなくなって、病気で家で寝つくまで、ってことさ」

「じゃあ、おじさんこそ、『海恋』って彫る資格があるんじゃないか、友よ」

「そうさ、一生を海に捧げた年寄りにこそ、その資格があるのさ！」

「じゃあ、おまえにはまだその資格がないな、友よ。海はいつもおまえの生命力を試し、大きな意味を秘めているんだ」

「そうさ、僕には資格がない。でも『海恋』は僕が一生でいちばん、心に彫りつけたいと思った字なんだ。小学校六年のとき、そう約束したじゃないか」

「おぼえてるさ、だからこそ、台北からもどってきたんじゃないか」

「いっしょに『海恋』の苦しみと試練をうけようじゃないか、友よ」

シャマン・アノペンは心がとてものびやかになったのを感じ、この時とこの場所にのびのびととけこんだ。彼は、前はカロロと呼んでいた、今はシャマン・ピヤワエンと呼ぶ友だちの言ったことに、ひどく感激していた。

「友よ、僕が高校にいた三年間、どこにいたんだい？」

「台東（台湾東部の都市）で一年、水道や電気のことを勉強していた。それから台北へ行って、四年働いた。それから帰ってきたんだ。それからは……二年ぐらいしておやじになったんだ。それからは台湾に行くことはほとんどないよ」

「それだけのあいだの話が、そんなに短いのかい？　友よ」

「ああ、今度また話すよ」

「あ、その『海恋』は誰が彫ったんだい？」

「おまえの友だちさ、僕の子どもの母親だよ」

「彼女はその意味を知っているのか？」

「もちろん知ってるさ！」

「じゃあ……とてもいい」

「何がとてもいいんだ？」

「まあいいさ、彼女にもその意味はわかってないいんだろ？」

「うん、そういうことだ」

子どものころ、シャマン・ピヤワエンは両親の手伝いがよくできる子どもで、めんどうをかけるような子どもではなかった。中学校のとき、妹が何かの病気にかかって死んだ。その日以来、シャマンになってからも、口数が少なかった。シャマン・アノペンを一番の友だちと思っていなかったら、積極的に話したりはしなかった。二十数年たっても、彼がこんなに誠実で温厚で、こんなに勤勉で、こんなに海を愛しており、父親たちとおなじように質朴なのを見て、シャマン・アノペンはますます彼を尊敬するのだった。

「クアカイ！（友よ）」

「僕らの友だちのジジミットは今どこにいるんだ？」

「三年前に帰ってきたんだけど、すぐに行ってしまったんだよ」

「あいつは何をしてるんだ？」

彼は遠洋漁業の船に乗っていた。

「ほんとか！」

「もちろん、ほんとさ」

「ほんとうに遠洋漁業の船員になったんだなあ！」

シャマン・アノペンは立ち止まった。大胆さもなく、世を渡り歩くような覇気もなかったジジミットは、ほんとうは勇気のあるやつだったらしいと思った。

「あいつには長く会ってないだろう？」

「中学を出てから、会ってないよ」

「今のあいつは、お前と同じように背が高いし、僕らよりたくましくて強いぞ」

「ほんとか？　二十年以上になるもんなあ」

「それにあいつの右腕には『浪跡天涯《ランジーティエンハイ》』（世界の果てまでさすらう）って彫ってあるんだ。うーん、ほんとにすごいぞ。あいつが、シャマン・ジナカドの子どものころの夢を実現するとは、ほんとに思わなかったなあ」シャマン・ピヤワエンは強い口調で言った。

「友よ、こっちへ来いよ」

シャマン・ピヤワエンは前方にある低い木を指して言った。

「これがマザヴワ（大花堅木）、あれがヴァナイ（台湾黄楊）、それからあの木はヴァヴァテンノ・ヤヨ（厚葉石斑木）だ。この三種類の木は舟の櫂の支柱にするんだが、マザヴワが一番かたいんだ。舟を小蘭嶼まで漕いでいくには、これらの木と櫂縄でしばりあげるのが一番しっかりしてるんだ。この葉っぱをよく見ておけよ」

「友よ、どうしてこれらの木の名前と使いみちを知ってるんだ」

「おやじが舟を造るために山に登ったときに、何度も教えてくれたんだよ！」

「うん」

「こんなことは、高校でも大学でももちろん習わなかっただろう？　友よ」

「ハハハ……、漢人は木を切ることしか知らないんだ、木を育てることは知らないんだよ、友よ」

「この木はマシャシャテン（交趾衛茅）、カマラ・ソ・ヨウ（羅庚果）、マラウジス（蘭嶼木薑子）……なんかだ。トビウオを干す木棚の四本の脚になる。何年たっても腐らないんだ。トビウオは天の神様が僕らタオ族にくださった魚だから、きまりも多いんだよ。それに、これらの木の杭は、トビウオの季節にだけ使う。「井」の字の形に組んで魚を干すんだ。ほかの、海の底に住む魚はY―Yの形の木棚を使うんだよ。それから、僕らの部落では、新しい材料を切るのは、きょうのように、マノマ・サヴォノッ

（農暦二九日）で休みだ。あさってはカボヘン（農暦三十日）でマンガヴァカ（植物名、トビウオとシイラを縛る専用の縄）を取る。あさっての次の日はマラウ（祝典の日）で二回目の招魚祭をする。この日には、今年、シイラを釣ろうと思っている人は、家で釣り道具や釣糸を整理する。朝ごはんのときに、タロイ（燻製の肉）の油を、漁具全部に形式どおりに塗って、自分自身や最初の漁の幸運を祈り、今年もシイラがたくさん捕れるように祈るんだよ。海に浮かんだ豚の油は、いつまでも海の神様をおそれ敬い、いつまでも海といっしょに生きるという意味なんだ。祭りの次の日に、天気がよくて風や波も漁によければ、空が明るくなってから、二回目の招魚祭をした一人乗りの舟と二人乗りの舟はすべて、浜に集まる。釣具のほかに、食べ物も持って行かなければならない。イモが一番いいんだ。漢人の昼の弁当といっしょだな。でも水は持って行っちゃだめだ。もし誰か水を持ってる人がいたら、その人はもう「殺鶏」か「宰豚（豚をほふる）」っていう、幸運を祈る儀式をしたってことなんだ。漁に出る人がみんなそろってから、年上の人に率いられて出発する。僕ら若い者は、彼らを追い越しちゃいけないんだ。はじめの漁の五日以内に、前は半月だったんだけど、もし風や波がひどくて海に出られなかったら、漁具を持って浜に行って、漁具の一部分を海の水につけるんだ。これは、海の神様を尊重しますという意味だ。そのつぎに、自分がまだこの世に生きていることを示す。そうしないと、僕らのトビウオやシイラを呪っていることになって、僕らの部落や島じゅうの人が飢えに苦しむことになる。その年の運勢が悪くなってしまうんだ。おぼえておいてくれよ、友よ」

言い終わると、シャマン・ピヤワエンは腰の袋をあけてたばこを一本取り出し、シャマン・アノペンにわたした。次にビンロウをふたつに切って、どちらにも適当な量の白石灰をはさんで、親指の爪くらいの大きさのキンマの葉をのせると、ひとつずつ口に入れて噛んだ。

「どうしてそんなにたくさんのことを知ってるんだ、クアカイ（友よ）」

「そんなことないよ、おまえが台湾で勉強しているとき、僕はこの島で人や自然について習ったんだ、クアカイ」

「じゃあ、これからは僕は君の学生だな」

「どうしてさ。おまえのほうがえらいじゃないか。うちの部落の子どもたちはみんな、おまえの生徒なんだから、友よ」

「でも、学校じゃこんなこと教えないさ。僕らは学ばなきゃならないことを学ぶべきなんだ！」

「そのとおりだ、だから僕にはおまえしか生徒がいないのさ」

ふたりはクックッと笑いだしたが、その笑いはとてもぎこちなかった。笑い声が風に乗って消えると同時に、タオ族はいっそう多くのものを失ったように思われた。

「でも……」シャマン・アノペンはしばらく心で考えていた。

「でも、なんだ、友よ」

「僕が言いたいのは、ああ、どう切り出したらいいのかわからない、また今度言うよ、友よ」

「ジジミットが遠洋に行ったたって言ったよね？」

「そうだ。三回行ったよ」

「ほんとに思ってもみなかったなあ、あいつがほんとうに『世界をさすらう』とはなあ！」

「あいつはほんとにすごく身体が強くて、それに前よりもっと話し好きになったよ。それにすごく『ほらを吹く』ことができるんだ」

「ミットは蘭嶼に来たときは、会いに来てしゃべったり酒を飲んだりするのか？」

「もちろんだよ、いつも家に来て、しゃべってたよ。『海恋』は彼が手伝ってくれて彫ったんだ」

「うーん、ほんとにあいつは気が狂うほど海が好きなんだなあ」

「いつも、海でのことや外国で見たり聞いたりしたことをいっぱい話したよ。『白い肉体』は好きじゃないって言ってた」

「あいつがいちばん好きなのは黒なんだ、黒い人も好きなのさ」

海が彼をほんとうに鍛えあげ、その体格を強くし、そのうえ経験を豊かにしたのだろう。大海原で静かに待ち、波の動きのように変化する大自然について静かに考えたのだろう。たぶん、広い海を歩く異国での年月に、彼は子どものころ、英雄だと思っていたものについて考えただろう。自分の勇士としての気概が、父の年代の人が生きていくために、「黒い胸びれ」のトビウオのために、夜の漁に出て風や波とたたかった勇敢さを、うわまわったとは言わなかっただろう。たぶん……、たぶん同じふうには言えないのかもしれない。勇敢さのことは、彼は考えなかったかもしれない。父たちの海への熱い愛を超えたかもしれないし、超えなかったかもしれない。しかしどうであれ、祖父たちと今の彼らは、とけあうような親密な関係になっていて、誇りを受け継ぐというぼんやりした使命が出てきていた。あいつがほんとうになつかしい、シャマン・アノペンは帰り道、そう思った。

シャマン・ピヤワエンの器用ですばやい動作は、壮年の人たちにも負けないように見えた。彼の両手や思考は、生まれつき、この小さな島での生活環境に適していた。そうでなければ、シャマン・ジナカドとおなじように台湾で二十年余りも暮らしただろう、たった四年ということはなかったはずだ。確かに彼が言ったように、蘭嶼は天国で、台湾は悪夢だった。

彼は、台湾に友人たちほどは適応できなかったのかもしれない。あまりにも海を愛していたのかもしれない。小さいときから、トビウオ漁の船群の素晴らしい光景や、黒い胸びれが飛ぶ雄々しい姿や、シイラの頑強さを見、さらにトビウオを満載した舟が帰ってくる時の歌を口ずさんだことが、いつまでも彼の頭に深く焼きつけられていたのだ！

結婚して、カロロからシャマン・ピヤワエンになったとき、両親も含めた家族の生活の責任を正式にひきうけることになった。台湾で金を稼ぐのはわりと簡単だったが、落とし穴がたくさんあった。かけごとや女を買うことだ。朝九時から夜五時までの変わらない単調な生活だ。もちろん、こういうことでは、自分の欲望をおさえることができた。しかし、毎日、海を見られないことは、彼にとってどうにもたまらないことだった。海は、静かなときにはおとなしく、波が激しいときは猛々しい。まるで彼の胸の鼓動をきつくおさえつけているようなものだった。風がおだやかで日がうららかな、静かな海面は、彼の舟を大きな海でゆったりと漂うように招き、釣糸を手に、釣りの喜びを存分に味わうことができた。どこまでも広がる海、逆巻く波は、雄壮な気を吐き、荒れ狂う雨風ははてしない海面をほしいままに虐げ、大軍団が荒れ狂うように、海の神にあたえられた原始の獣性を発揮し、砂浜に突進して縦横に襲いかかり、磯の岩に天をも震わせるような叫びをあげさせる。このような素晴らしい眺めが彼の燃えたぎる血をつなぎとめた。赤い灯青い灯の華やかな街は、まさに堕落し腐敗した世界で、死が早く来ると警告していた。彼は、ついには、祖霊との交流がまったくない街を捨て去ったのだった。

シャマン・ピヤワエンは服を着ずに前を歩いていたが、歩くとその三角形の背中には、筋肉の線がはっきりとあらわれた。アスレチッククラブで苦心して「鍛え上げ」た筋肉ではなく、うしろを歩くシャマン・アノペンはうらやましく思った。これはなんといっても長い労働のあかしだった。

§

「おじさん、まだ帰られないんですか」

「年よりは動作が遅くなってしまってな」

三人はまたイシス（粗葉樹）の涼しい木陰に座って、ビンロウを噛んだ。ちょうど昼時だった。そよ風が暑さを吹き払った。シャプン・サリランの顔のしわにたまっていた汗も、もうかわいていた。額の汗もかわいていた。ここでもうかなり長く休んでいたようだ。

「去年、シイラを何匹釣ったかね？」

「二十六匹だけですよ、おじさん」

「じゃあ、おまえさんは？　シャマン・アノペン」

「釣ってません」

「じゃあ友だちが勝ったってわけだな」

「そりゃあ、もちろんですよ」シャマン・アノペンは笑いながら答えた。

「おじさんはどうだったんですか？」

「ちょうど十四匹じゃよ」老人は茶褐色の歯をむきだして言った。

「ほんとにすごいなあ、僕らが小さいときから今まで、おじさんはいつも部落で上のほうでしたね」

「そんなことはないよ。シャマン・ピヤワエンは去年、わしに勝ったんだからな」

「あいつはおじさんを超えていませんよ。シャマン・ピヤワエンが四十回、漁に出たとしたら、おじさんは二十一、二回ぐらいじゃないですか」

「わしのことをほめなくてもいいんじゃよ、わかったかな、子どもよ」

「これはほんとうのことですよ、おじさん」シャマン・ピヤワエンが加勢して言った。

老人は謙遜して微笑んだ。自分の子どもと同い年のふたりを見ながら、何か考えているように寂しそうな口調で言った。

「おまえたちの友だちも……この島にいたらなあ」つづけて、また言った。

「わしはほんとうにあいつがひどく恋しいんじゃよ。もしあいつがあの台湾の女が要らないってんだったら、すごくいいんだがなあ、子どもたちよ」

「おっしゃるとおりです、おじさん。これも僕らの友だちの運命なんですよ」

「たぶんな、あいつの運命なんじゃろう！」

「話しても、わしにはほんとうに信じられないことなんじゃが。おまえたちが小学校で勉強していたころ、孫の父親は学校をさぼっていたがな、あれはみな、わしのしごとを手伝うためだったんじゃ。今みたいに水道が家にあるわけじゃないしな。わしがシイラを三、四匹釣り上げた時には、あいつは嬉しがって、家から離れようとしなかった。わしがシイラを始末して木棚にかけるのをじっと見ていて、ずっとわしに言っていた。僕が大きくなったら、いっしょに櫂が四本あるふたり乗りの舟を造ろうよ、それから僕にシイラの釣り方やコツを教えてね。おとうさんのように、部落でいちばんシイラが釣れる人になるんだ、ってな。毎年、ひとりで新鮮なシイラを食べるときに、このことばが頭に浮かぶんじゃ。もう二十年以上もたってしまった。もしあいつがもどって来てこっちに住みたいと思っても、そのときには、わしは歩けない、死にかけの老人になってしまっておるじゃろう。もしも……、もしも、あいつがほんとうに帰ってきたら、おまえたち、あいつに教えてやってくれ。とくに、トビウオを食べる習慣にそむいちゃいけないってことをな。油で炒めたり揚げたりしちゃいけないってな。年よりの心のなかをこんなにくどくどとおまえたちに話すのは、孫の父親がなつかしいからだし、おまえたちが漢人の教育を受けたあとで、まだ、わしらの伝統的な習慣を受け継ごうとする気持ちがあるのが嬉しいからでもあるんじゃ。『黒い胸びれ』のトビウオの話を忘れんようにな。ほんとうにすまんなあ、おまえたちにこんなことを話して」

シャマン・アノペンはひじでシャマン・ピヤワエンをつついて言った。

「おじさんの話に答えろよ」

シャマン・ピヤワエンは腰の袋から煙草を三本だして、おじさんとシャマン・アノペンにそれぞれわたして火をつけると、ゆっくりと言った。

「おじさん、おじさんのお話には心から感謝します。おじさんたち年上の人たちが僕らに熱心に教えてくれなかったら、僕ら若いものの知識はどうして豊富になるでしょうか。トビウオ祭のあいだにしていけないことを、どうやって知るでしょうか。生きていくための祖先の哲理を、どうして次の世代に伝えることができるでしょうか。おじさんが『くどくど』話してくださることは、ちょうど地の底から噴き出してくる泉の水みたいなもので、後の世代のものの頭からいつまでも消えません。ただ感謝していますす、いらないことは、一言もありません。僕らにとって光栄なことです。

あなたのお孫さんの父親、僕らの友だちのシャマン・ジナカドのことですが、ほんとうのことを言います。あいつをほめるつもりじゃありません。でも、むかし、あいつが僕らを泳ぎに連れて行かなかったら、僕らと学校をさぼらなかったら、僕らを、物語を聞いたり話したりするのに連れて行かなかったら、僕らは僕らの『海』のとりこになってしまうこともなかったし、シイラを釣る人を尊敬することもなかったし、なによりトビウオを大事にもしなかったでしょう。僕らのこのいい習慣は、学校ではぜんぜん教えてくれません。それに学校へ行ったら、自分たちのことば（タオ語）は話せません。もし僕らの友だち、あなたのお孫さんの父親が僕らのことばの手ほどきをしてくれなかったら、僕らは今ここで、おじさんが話してくださる生命力あふれる声を聞けないかもしれません

それから、お孫さんの母親が台湾人だってことですが、台湾人がどんな人たちか、おじさんにはおわかりにならないと思います。あいつらは、台湾語を話せない山地人を、いちばんばかにしています。まるで自分たちのことばが世界でいちばん高級なことばだと思っているみたいです。

おぼえてらっしゃいますか、おじさんが最初のお孫さんに名前をつけられたとき、お孫さんの両親はいつも、おじさんには聞いてもわからない台湾語を話していませんでしたか？　彼女の様子はどうでしたか、えらそうにしていたでしょう。僕らの友だち、お孫さんの父親は、彼女に鼻づらを引き回されているんですよ。そうじゃなければ、あいつはあんなに海を愛するタオ人だったんだから、海にもどってこないというようなことがどうしてあるでしょうか。

それから、この機会に、おじさんにお話ししないわけにはいかないんですが、お孫さんの父親がいつも心にかけていて忘れられないこと、そして僕もずっと心に閉じこめてきたことを説明します。おじさんがあいつを海軍学校へ行かせなかったので、あいつはおじさんをひどく恨んでいるということです。あれはあいつの一番大きな願いでしたが、おじさんに断ち切られてしまった。あいつにとって、このことはとても大事なことだったんです。もうすんでしまった昔のことですが。

おじさん、こんなことまで話してすみません。目上の人にむかって教えるような言い方をしてしまって」

島の老人たちはみな、沈んだ、静かでさびしそうな表情をしている。それは台風が来る前の静けさに似ていた。シャプン・サリランは声を低くして言った。

「おまえたちの友だちが正しいんじゃろう、わしが大きなまちがいをしたのかもしれんな。環境が変わったせいかもしれん。

子どもたちよ、わしら、年寄り、日本時代に生まれたものに言わせりゃ、戦争の時代にめぐりあったら、死んだり怪我をしたりすることは、避けられないことなんじゃ。あのころこの島にいた日本人はこう言っとった。中国人は死をいちばん恐れる、いちばん勇敢ではない、だから小さい日本が、あっさりと台湾を占領できたんだ……、とな。考えてみなさい、孫の父親に、あの、死ぬのをこわがる台湾人といっしょに戦争させられるかね。本当に戦争があったら、あいつはあんな性格だ、真っ先に戦死するじゃろう。それに、なんでわしらタオ人が、台湾の政府に協力して戦争せにゃならんのじゃ。あいつらの身内のことじゃないか。戦争は、人を殺すか、殺されるかじゃ。わしらタオ人は人を殺さん民族じゃ。わしらの歴史は、あいつらとは何の関係もないんじゃよ、子どもたちよ。それに、わしらの人口はこんなに少ないじゃないか。台湾人は殺されても元が取れる、わしらは元が取れるかね。わしらは、人口の半分も殺されたら、滅びてしまうよ！　子どもたちよ。あいつらの、死ぬのをこわがる祖先を呪え……。

あいつが海軍学校へ行きたいなら、わしを殺してから行けばいい。今、あいつがもう絶対に帰ってこないとしても、どうってことはないんじゃ。台湾に二十年以上も行っていて、三回しか帰ってこないなんてことがあるかね？　ばたばたと来て、ばたばたと行ってしまう。あいつらを連れて漁に行ったり、釣りに行ったりする時間さえないんじゃ。あんな孫がどこにいるものか。

わしはもう今じゃ、孫の父親が帰ってくることなど、期待しちゃおらんさ。この年寄りのたったひとりの連れは、孤独と、海を見ることじゃよ、子どもたちよ」

　さわやかな木陰で、三人は深い思いに沈んだ。


　老人は手押し車の手をしっかり握って、ごろごろと音を響かせながら車を押していた。やせこけた身体はうしろへかたむき、アヒルの水かきのような足で、折れ曲がったひざで、注意深く坂道を下っていった。午後三時の日の光が、孫の足の裏よりもざらついている顔に容赦なく照りつけ、左胸の心臓を射ていた。汗と涙がやけついたコンクリートの道に落ち、船が通りすぎたあとの波のように、たちまちあとかたもなく蒸発して、息子を思う力は失われた。

　下りの坂道は、老人の命の旅路の最も苦しい歳月のように思われた。この山行きは、新しい材料を切り出し、魚がたくさん捕れることを願うものだった。坂道を下ってしまうと、老人はまた足を止め、南の広い海のほうをむいて、道ばたで涼んだ。六十何年も舟を漕いできた手で、すっかり荒れた顔の汗と涙をぬぐい、舟を造る材料のパンの木(チポウォ)の板根（地表近くの根が上に向かってのび、三角形の板状になったもの）にもたれて腰をおろした。左頬に左手をついて、西南の水平線にある台湾の南端の陸地を眺め、口元をぴくぴくふるわせながら、ぼそぼそと言った。

「海軍に入る。わしらの海も海じゃないのか。兵隊になる。人殺しのしごとだ。祖先から何の恨みもない人を殺して、どんな意味があるんだ……」

　シャマン・ジナカドは、願いどおりに海軍に入れなかったからと父親を恨み、さらに遠洋航海の船員になって世界中を回るという夢を邪魔されたから、父親に対して意地になっているというわけではないだろう。もしそうだとしたら、それは彼が悪いのだ。軍の学校に行かせなかったもうひとつの理由は、息子が大きくなったらタオの娘と結婚し、櫂が四本ある二人乗りの舟をいっしょに造ってほしいと思ったからだ。これが老人の一番大きな願いだった。子どもに優秀な造船技術を受け継がせ、広々とした海で風に乗り、波を切って進み、海の試練を受けさせたかったのだ。このような健康的であたりまえの考え方や生活は、もう今では若者が求める生き方ではなくなっていた。息子は海軍にも行かなかったし、世界漫遊の夢も果たさなかった。そうなれば当然、部落に帰って暮らすはずなのに、思い通りにはいかず、彼はいっそうつらい状況に陥ってしまった。

二十年余りのあいだ、わが子が家にほとんどもどらなかったほんとうの原因は、彼にもわからないだろう。次男の、シャマン・ジナカドの二番目の兄が海で溺死したとき、彼はもどってこなかったが、生活が大変なんだろうと思ってゆるすことができた。しかしどうしても納得できないのは、子どもの母親、自分の妻が死んだときのことだ。たった三日しか島におらず、そそくさと台湾に帰ってしまった。

彼はひどく悲しかった。ごつごつした両手に眼をやった。涙がしわをつたって、たるんだ胸の筋肉にそっと流れ落ちた。あの子を育てても無駄だった、という思いがこみあげてくるようだった。しかしどうしたらよかったんだろう。部落の若者たちがみんな台湾へ行ってしまったわけじゃない。

部落の老人たちは時の流れに対して、低姿勢にならざるをえなかった。若い世代は一年中台湾にいて、海の波の動きとも縁がなくなり、黒い胸びれのトビウオからも遠くなってしまった。いったい何が子どもたちの魂を連れて行ってしまったんだろう？　銀白色のトビウオは女の白い肉体に負け、白い波しぶきもビールの白い泡に負けてしまったのだろうか。ここまで考えると、時代遅れの考えも含めて、自分の老いを直視しないわけにはいかなかった。部落の老人たちは、中国式の教育（一九四五年以降の国民党政府による中国人化教育）を受けておらず、皇民化教育（一九三七年から台湾で進められた日本政府による日本人化教育）もちゃんと受けてはいなかった。彼らが持っているのは、祖先から伝わった技術と、日が出れば働き、日が沈めば休むという、大自然の営みにしたがって仕事をする暦だけだった。いまや、さまざまな伝統文化はすたれてしまった。子どもたちが中国式の教育を受けてから、次々に台湾へ行って生活を立てるということには、ひとつふたつは理解できることもあったが、どうしてもわからないのは、子どもたちが「人の島」（蘭嶼島）を離れてから、苦労して育ててくれた両親をすっかり忘れてしまったことだった。

以前、彼は、台湾政府が九年国民義務教育をはじめたことをひどく恨んだ。台湾政府が子どもの身体も魂も持って行ってしまうと思ったからだ。今、孫たちの魂や星まで持って行ってしまった。将来、この新しい移民たちは、家へもどる道を見つけられるのだろうか。

彼は子どもと混血の孫をお守りくださいと神に祈った。教会には行ったことがなかったが、敬虔な祈りの言葉が心から湧きあがった。

一方で、彼は、息子が台湾娘と結婚したことをひどく恨んでいた。同じ言葉で嫁や孫と心を通わせることができないからだった。多分、あの女が孫たちの父親を帰って来させないのだろうと、彼は思いあたった。息子が親不孝なんじゃない、あの女が問題なんだ、と思った。

台湾の南端の陸地は、今も雲の層の下にはっきりと見えていた。息子は帰省する友だちに何度もことづけを頼んで、言ってよこした。台湾に来て、しばらくいっしょに住もうというのだったが、彼はいつも断っていた。海が見えないところ、波の音が聞こえないところでは、よく眠れないと彼は思っていた。それで今もあいかわらずこういう状態だった。それに、子どもがここを離れてからずいぶん長くなったので、なつかしさも煙のようにとっくに消えてしまっていた。

シャマン・ピヤワエンとシャマン・アノペンがよくやって来て話してくれるので、苦しい気持ちもまぎれ、何でも話すので、孫の父親に対する以上にうちとけていた。

「ああ」老人は長いため息をついた。

「いつになったら、おまえさん(パンの木、舟の材料になる)とわしと孫の父親は、海へ出て、英雄になれるのかのう。リマカウド島へ行って黒い胸びれのトビウオを捕れるのかのう」

老人はパンの木の精霊にむかって嘆息して言った。

かわききったパンの木の葉が、ゆっくりと地上に舞い落ちた。老人はそれを拾い上げると、顔にかざして日の光をさえぎり、家路についた。

§

四日後は二回目の招魚祭の日で、今年はじめてのシイラ漁の朝だった。シャプン・サリランは足をひきずりながら、波打ちぎわの上、半歩くらいの砂の上に舟を押しだした。漁具や、サツマイモ、タロイモなどの食べ物を船尾に置き、それからふたつの石を舟の両側に置いて、舟が傾かないようにした。それから、二本の木に櫂をしばりつけている縄をゆっくりほどいた。縄をほどいてしまうと、櫂と舟の間隔をあらためて目で測り、自分が舟を漕ぐ姿勢や習慣に合うように高さを細かく調整した。そして、縄を二本の木に、上から下へ、下から上へともう一度、しっかりと数回巻きつけ、最後に、余った縄を船の中にくくりつけて、櫂が前後に動かないようにした。それから、反対側に回ると、同じことをした。部落のおとなの男たちもつぎつぎに浜にやって来て、シャプン・サリランと同じように、漁に出る準備をしていた。

シャマン・ピヤワエンとシャマン・アノペンは今年最初のシイラ漁の船群に加わっていた。父親のシャプン・アノペンが、シャマン・アノペンのかたわらでいろいろ教えていた。なんといっても、これは、息子が故郷に戻って家をかまえてはじめてのシイラ漁だった。いくつかの常識について、話しておかなければならなかった。たとえば、他の人がシイラを釣り上げたときは、あまり近よってはいけない、達人のやり方をよく見ておくようにとか、海の上ではみだりにおしゃべりをしてはいけないとか、岸からあまり離れないうちは、持っていった食べ物を食べてはいけないとかである。

「友だちについていくんだよ、シャマン・ピヤワエンの舟のそばにいるんだ」つづけて言った。

「シャマン・ピヤワエン、おまえの友だちはシイラ釣りの新人なんだ、よろしく頼むよ」

「わかりました、おじさん」

ふたりの年は同じくらいだったが、シャマン・ピヤワエンが答える表情や口ぶりは、シイラ釣りの名人のようだった。

シャプン・サリランはふりかえって、漁に出る船群を眺めた。漁に出る準備が整い、人も揃ってから、船群でいちばん年上の彼は身体をゆっくりと起こした。右肩を船尾に押しつけて、波を切って海に出る雄々しい姿を誇示した。誰もが身体を起こして、左手で左の櫂を持ち、同じしぐさをした。一つめの波、二つめ、三つめ、四つめ、五つめ、六つめの波のなごりの波が寄せて、最もゆるやかになった瞬間、八十歳になる老人ではあったが、シャプン・サリランがさっと舟に上がった。そのすばやい動きは、まるで二十歳は若がえったかのようだった。今年最初の漁の船群が、ついに最初の一漕ぎをはじめたのだ。四日前の、息子を思っていたつらい気持ちは、このとき、すっかり消え去り、舟に乗ったタオの男の勇壮な心意気を示していた。身体の筋肉はもうたるんでいても、その粘り強い意志は筋肉の細胞をたぎらせていて、シイラのいる海へまっすぐに舟を向けた。

「僕がいちばん尊敬しているお年よりだ」シャマン・アノペンはこう賛美した。舟はつぎつぎに白波を切った。戦いに出て行く小縦隊のようだった。太陽はジザピタン山の頂きにはまだのぼっておらず、おだやかな早春の朝の光が海面を紺碧に染めていた。さざ波が舟のへさきに切り裂かれて、勇士たちの胸をぬらした。ふきあがる水しぶきは、食べ物をねだる幼子の口から流れるよだれのようで、広い海にいる男たちの闘志をかきたてた。このような生き生きとした感動的な光景を見て、いちばんうしろにいたシャマン・アノペンは、タオの男の喜びの涙を心の底でとめどなく流した。舟は十七艘しかなかった。子どものころの記憶では四、五十艘もあった舟が、三分の一に減ってしまった。「あの人たちは、あの舟は、今どこにあるんだろう?」と彼は思った。

岸から二、三キロ離れた沖で、船群はばらばらになった。それぞれ、思うままに東へ西へ漕ぎ、外海へ、あるいは内海へ、トビウオを釣る糸を三、四十メートル流した。静かな海に勇士たちの舟が浮かんでいた。勇士たちの落ち着いた顔には、早くトビウオがかかってほしいと待ち望む気持ちが秘められていた。まるでおなかをすかせた赤ん坊が母親の乳を待ちこがれているような感覚だった。そうして「カトワン、カトワン」という魚がかかるように祈る声が、波とともに男たちの耳と胸にとけこんだ。シャマン・アノペンにとって、これは、父親となってはじめての漁だった。この光景のなかで、「カトワン、カトワン」という、トビウオを求める祈りのことばが、海の上ではじめて、自然に口から出てきた。彼はたいへん興奮していた。とうとうこのことばをとなえる機会と資格ができたのだ。

彼は紺碧の海に高ぶった胸を浮かべていた。友のシャマン・ピヤワエンとならんで、東へ西へ、外海や内海へ、興奮して舟を漕いだ。とうとうシイラ釣りの船群にくわわったんだ、二十年以上たったきょう、子どものころの願いを果たしたんだ、シャマン・ジナカドやジジミット、六年生の時に、大きくなったら船群の一員になるんだと誓ったあのふたりは、今ごろどこにいるんだろう！

こうして、海に出てから二時間ばかりは、だんだん熱くなる太陽に肌を直接やかれる痛みも忘れていた。

「暑いなあ、友よ……」

シャマン・ピヤワエンは、ことばが終わらないうちに漕ぐのをやめ、真っ直ぐになった釣糸を引っぱった。ゆるめたり引いたりしながら糸をたぐり寄せ、一分とたたないうちにトビウオを舟にひきあげると、はねまわるトビウオをすばやく長さ二メートルの縄でシイラ釣りの針にしばりつけた。しっかりしばりつけると、魚の口に自分の口をつけて、ふっと息を吹きこんだ。魚は電気に打たれたようにビクビクふるえた。その魚を海に放り込んで、こうとなえた。

「カトワン、おまえはもともと善良な魂だ。おまえのその善良な魂でシイラを釣らせておくれ」

言い終わると、船尾から三、四メートル、釣糸を流し、舟を軽く四、五回漕いだ。口では変わらず、「カトワン、カトワン」ということばをとなえていた。シャマン・アノペンは、この光景を見て、緊張しはじめた。まだトビウオが釣れないのだから、シイラが彼のえさに食いつく可能性はあまりなかった。額に汗がいっぱいふきだした。彼はひどく友人と話したかった。友人が言いかけてやめたことばを知りたかったのだ。しかし、友人の船尾にはトビウオがとびはねていたので、きまり悪くて言い出せなかった。友人をほめて、その場で教えてほしいと思っていたのだ。しばらく考えていたが、最後には、話すことばがタブーに触れてはいけないと思って、喉の奥にのみこんでしまった。友人の舟とならんで漕ぎ続けるしかなかった。もしトビウオがかかったら、どういうふうにしてそれを魚の針につけ、窒息死させないようにしようかと考えているちょうどその時、三十メートルあまりの釣糸がまっすぐに伸び、その端からトビウオが海面に何度かおどりあがった。シャマン・アノペンの緊張に興奮がくわわり、汗とよだれが服をぬらした。友人がゆるめたり引いたりしていたやり方をまねた。今の彼にとっては、三十メートルあまりは三百メートルあまりに思われた。彼が新人だということは、その緊張とまずいやり方をちょっと見ればすぐにわかった。魚を舟に引き上げたが、一秒たりとも気をゆるめられなかった。すぐに魚を、大きな魚を釣るための針に結びつけなければならなかった。手の甲からは絶えず汗が出た。左手で魚の胸びれの部分をしっかりとつかむと、右手でトビウオの糸をもって、魚が落ちないようにした。緊張のあまり、右手がずっとふるえているのにはうんざりした。台湾のガールフレンドのブラジャーのなかのソソ(乳房)にはじめてさわったときの百倍も緊張していた。そのときには、手もふるえなかったし、手のひらに汗をかくこともなかった。

「はやくしろよ、クアカイ(友よ)」誰かが自分に何か言っているように聞こえた。

「はやくしないと、魚が酸素不足で窒息して死んでしまうぞ」友人が彼を見て言った。

あいつといっしょの舟で、見習いをする機会があったらよかったのになあ、そうしたらこんなに緊張したりしなかっただろうに、と彼は思った。左頰を左肩のびっしょりぬれた服にこすりつけて、何回かぬぐった。右頰も同じようにすると、舟の左のほうにいる友人のシャマン・ピヤワエンを見て言った。

「何だい? クアカイ(友よ)」

「何だいって。早くしないとだめだよ。死んでしまったトビウオなんか、シイラは絶対に食わないからな、そうなったらどうするんだ?」

そう言われて、彼は少し悲しくつらかった。魚はもうもがいていないようだった。それで銀白色の魚に適当に糸を巻きつけ、トトミッド(長さ一センチ半の先が二股になった竹)を魚の口に突っ込んで、魚と糸を一直線にした。

「そいつは胸びれが黒いやつかい、それともパパタウォン（シイラが一番好むトビウオ）かい？」

「わからないよ」

「胸びれを広げてみろよ」

「白くて透きとおってる。それに、ひれに黒い点があるよ」

「わかった」

シャマン・アノペンは釣針にトビウオをしばりつけたが、きれいにも、またしっかりともしばりつけられなかった。彼はそれを注意深く海に投げ込んだ。そして、この三十年ではじめて、トビウオの精霊に語りかけることばを口にした。

「わたしたちの天の神様の魚よ、シイラを引きよせてください。天の神様の魚よ、お願いします」

彼は海にもどしたトビウオを一心に見ながら、四、五回漕いだが、魚はまったく動かず、死んでしまったみたいだった。息を吹き込まなければならなかったと思い出して、魚をもう一度舟に引きよせると、口をつけて、息を吹き込んだ。魚は尾を振ってふるえはじめた。彼は喜んで魚をもう一度もとの世界に返し、そのあと、糸を三尋、繰り出した。トビウオが泳いでいるのがよく見える距離だった。五、六回漕いでから、かれは櫂を止めて、ポケットから長寿《チャンショウ》たばこ（台湾のたばこ）の包みを取り出すと、一本出して口にくわえ、ゆっくりと一息吸い込んだ。煙を吐き出しながら、十メートルほど離れた友人に言った。

「このたばこはとてもうまいぜ、クアカイ（友よ）」

「クアカイ・コン（親愛なる友よ）」

シャマン・ピヤワエンは微笑をうかべて、はじめての漁で舟を漕いでいる親友を見ながら言った。

「刺身みたいに甘いんだろう！（シイラに噛み殺されたトビウオだけが刺身にして食べられる）」

「そうさ、刺身みたいに甘いや」

彼らはならんで舟を漕いでいた。シャマン・ピヤワエンはとても嬉しかった。友人の子どものころの願い、シイラ釣りの船群のひとりになるという願いが、とうとう実現したのだ。それに、若い人がひとり、伝統文化の生産技術の継承に加わるということは、自分の民族の文化を大切にする人が増えたということだった。彼は櫂を動かしながら、舟の漕ぎ方があまりきれいでも上手でもない友人にじっと眼をやっていた。

「友よ、おまえのはじめての漁は運がとてもいいぞ、シイラが来てくれるかもしれないぞ」彼は声を高くして言った。

シャマン・アノペンは彼に笑顔を向け、心から感謝しているという気持ちをあらわした。

言うより早く、シャマン・ピヤワエンの糸があっというまに大魚に持っていかれた。彼は経験を積んだ、生まれながらの名人のように、舟に残っていた糸をさっとつかみ、三秒とたたないうちに、糸を手の甲に二、三周まきつけて、引っぱった。櫂が二本ある一人乗りの舟は、魚に四、五メートル引っぱられた。海につかっていた櫂も、人間の両手のようにうしろに引っぱられた。左右の手で糸を五、六回たぐりよせると、シイラが海からとびだした。シイラは雄々しく何度か身を翻し、尾を振り動かし、頭を振って、口の大きな釣針を振りはなそうとした。シャマン・ピヤワエンは、なんといってもシイラ釣りの名人だった。魚に息をつくひまをあたえず、懸命に引っぱり、釣針を口の中に深く引っかけて、はずれて逃げられないようにした。

シイラはまた海から跳び出した。草緑色の背びれと薄黄色の腹を見て、シャマン・アノペンはうっとりした。魚は一メートルほどとびあがり、たけだけしく頭や尾を振り回した。シイラの口のなかで、友人のトビウオが頭を噛まれているのがはっきり眼にうつったが、それは、海底の世界の弱肉強食の鉄の掟を証明していた。しかし、魚は、結局は、知能指数の高い人間に負けた。

この素晴らしい眺め、生き生きした映像はたちまちシャマン・アノペンの脳裏に深く焼きつけられた。自分が釣りあげた魚ではなかったが、授業が一課、終わったのだった。この授業は彼が二十数年、夢にまで見てきたものだった。シイラが海から躍りだす瞬間の壮大な眺めは、勇者だけがつくりだせるもので、眼の前でくりひろげられた映画のひとこまのような美しさを追い求めてきたのだった。

彼は友人が釣糸を引いたりゆるめたりする動作をじっと見ていた。そのうち、緊張がいっそう強くなってきた。友人は漁に出る前にこう言っていた。

「シイラはどれも一対で泳いでいて、獲物——トビウオを探しているんだ。ヴィナズィ（メス）のほうがタズゴザン（オス）より気が荒いから、ふつうはメスが先に餌に食らいつくんだ」

友人のこのことばが心に忍びこんできた。彼は戦いに備えた。彼は夢見た。もしシイラを釣りあげたら、両親に喜んでもらえるだけでなく、「中国人みたいになってしまった（原文「漢化」）」という汚名もたちまち消えてしまうだろう。

太陽がだんだん強い光を放ちはじめた。さざ波が不規則におこって、舟を揺らした。部落の道に動く人の姿は、もうはっきりとは見えなかった。しかし、たいへん近いと思っていた水平線も、舟で揺られている彼には、やはりはるか遠い、手の届かないものに感じられた。

彼は、友人がシイラを少しずつ舟に引きよせるのを注意深く見まもりながら、自分が釣りあげようとひそかに思っているシイラの影を、深い海のなかにさぐった。これは彼の今年はじめての漁だった。すべてが静かで、揺れ動いていた。さらに、たくさんのタタラ(タオの舟の総称)はどれもこの時が来るのを待っていた。彼もやはり、シイラが自分のところに来たら、こうしよう、ああしようと夢みていて、頭はシイラの幻の姿でいっぱいになっていた。

友人のシャマン・ピヤワエンはまだ、シイラを舟に引きあげていなかった。急に、彼らのまわりに舟がたくさん集まって来た。舟は漕ぐのをやめて、もう一匹のオスのシイラを静かに待っていた。舟が七、八艘、揺れていたが、見たところみな五十代半ばの、経験の豊かな名人たちだった。表情は平静だったが、心の底には、強い闘志を秘めていた。黒くざらつく皮膚の内側の筋肉には、大きな魚をしとめようという野生の血が沸きあがり、体力がみなぎっていた。

シャマン・アノペンは、眼の前にいる人たちの顔に浮かぶさまざまな表情を見て、自分はまだまだだと、ひけめを感じ、「幸運」の神が自分に訪れるかもしれないという夢を、こっそり消してしまった。まわりにいるのはみんな達人で、新人の不器用さはすっかり底が割れていた。慰めになるのは、たったひとつ、友人がシイラを釣りあげたという栄光の一番外側の光に浴しているということだった。彼はたばこを一本ポケットから取り出して火をつけると、友人が大きな魚を舟に引きあげるという大仕事をやりとげるのを見ながら、一息吐き出した。この場面を目のあたりにして、頭に浮かんだのは、二十年あまりでいちばん真実な、生き生きとした映像がきょう、眼の前にくりひろげられたということだった。思いがけないことには、うらやましいと思う気持ちが、嫉妬という人の心の暗い面をすっかり消し去ってしまっていた。

シャマン・ピヤワエンは彼の存在を気にとめずに、一心に漁具を整理していた。舟のへさきから突き出した魚のV字型の尻尾は、人々をたいへんうらやましがらせた。まわりの舟は、すぐには離れて行かなかった。誰もがもう一匹のシイラを期待しつづけているようだった。

孫の両親が故郷にもどってくるのを心から待ち望んでいた同級生の父親、船群のなかで一番年上の、八十歳になるシャプン・サリランは、左に十メートルあまりはなれたところで、ビンロウを噛んでいた。声をかけてこなかったので、シャマン・ピヤワエンは言った。

「おじさん、こんにちわ」彼は静かにこちらをじっと見ただけだった。

シャマン・アノペンは右手の指に釣糸をはさんで、舟から四、五メートル離れた魚の生餌《いきえ》を見た。突然、トビウオが胸びれをひろげて飛ぼうとした。これは、シイラが魚のうしろにいて、獲物を攻撃しようとしていることを示している。シャマン・ピヤワエンはそう言っていた。そこで、彼は少し緊張して、櫂を海から引きあげると、交差させて船尾に置いた。彼は魚釣りの名人にならって、このようなときにも落ち着いた、悠々とした態度を見せたいと思った。しかし、彼はやはり新人だったので、魚が攻撃を始めて餌に食いつかないうちから、おろかにもひどく緊張してしまった。突然、こう言うのが聞こえた。

「クアカイ（友よ）、緊張するなよ！」

彼はうなずいて、左の長袖で顔にふきだした大粒の汗をぬぐった。たばこを吸って、ふくれあがった胸をなだめたいと思い、名人のようにふるまいたいと思った。右手の人さし指と親指の間の釣糸は彼に言っているみたいだった。「兄弟よ、たばこを吸えよ」。彼はひどく緊張したしぐさで左手をポケットに伸ばしてたばこを取り出すと、ライターで火をつけた。一息吐くと、右の同級生の父親のシャプン・サリランを見、左のシャマン・ピヤワエンを見、さらに、大きな魚が自分の魚を攻撃するのを期待している勇士たちにも眼をやった。

釣糸がいきなり手からすり抜けた。パンガラヨワン（釣糸につけた浮き）が、電気じかけのおもちゃに入っている玉のように、舟のなかをパンパンと跳ね、あちこちにぶつかった。彼はどうしていいかわからなかった。右側のシャプン・サリランは彼のまずいやり方を見て、心では笑ったが、何も言わなかった。釣糸をほぼ十メートル以上も引っぱられてから、彼はやっと糸をつかまえ、友人のやり方をまねて、両手で糸をたぐり寄せた。魚は力いっぱいに引いており、彼も同じように力いっぱい引いた。釣糸がすばやくまっすぐに海に引きもどされるのが眼に入った。突然、シイラの草緑色の背びれと薄黄色の腹と口の線が、海の上、空中にあらわれた。

「これはほんとに僕の魚なんだろうか？」彼は思った。

彼は懸命に引っぱったが、シイラも同じだった。大きな魚は引っぱられる痛さのあまり、絶えず海面からとびだし、頭と尾を振って、口に食い込んだ釣針をはずそうとした。八、九艘の舟がまわりをとりまいて、声もたてずにシャマン・アノペンのすることを見つめていた。

「あれは誰だ？」誰かが不思議そうに聞いた。

このことばを聞いて、血がたぎり、汗びっしょりになっていた身体は、たらいの冷たい水を浴びたように、すっきりした。彼は生まれながらの名人をよそおって、すばやくでもゆっくりでもなく、糸を引いた。しかし大きな魚はあっというまに糸を引きずりこんでしまった。

彼は力仕事をあまりしたことがなかったので、手のひらにまめもなかったし、また舟を漕ぐのも上手ではなかったので、指も手のひらも皮がすりむけていて、海水にぬれてもひどく痛んだ。それで、また何メートルか釣糸を取られてしまった。このようにして、糸をたぐりよせたり繰り出したりするのは、シイラの荒々しい力を消耗させるいちばんよい方法だった。糸を引いたり送り出したりして格闘するうちに、シイラのはじめのころの強い力がだんだんなくなってきた。大きな魚が舟に近づくにつれて、彼は興奮してきたが、同時に、大海原で風に吹かれ波を切ってシイラの精霊を追い求め、海の神がたえまなく躍動する波のうえでタオ族の人々とともに栄えたいという子どものころからの渇望と、祖先から伝わって体を流れている遺伝子、トビウオ——黒い胸びれの魂も、全身の血管のなかで沸きあがった。彼のはじめての漁、二十年あまりのあいだ、心の奥に秘めてきた誇りが、このときまさに、天をつく激しい波や、暴風雨に虐げられる大海原のすさまじい戦いの力のように噴き出した。

「来い、アラヨ(シイラ)、おじいさんのおじいさんのおじいさんの祖先の友だち、おまえの原始の凶暴な魂を捨てて、僕の胸の願いどおりになるんだ。おとなしく船に上がれ、友よ」

彼は、海で大きな魚と格闘した時に祖父が話していた言葉をまねた。

歯をくいしばり、緊張し困惑したようなその顔を見て、遠くないところにいたシャマン・ピヤワエンも、泣きも笑いもできず、緊張してきた。何と言っても、この友だちは帰ってきて伝統的な生活を新しく学びはじめたのだったし、彼のたった一人の教え子だった。もし、みんなの前でシイラに逃げられるようなことになったら、二十年あまり友の胸に秘められていた誇りは、永遠に埋もれてしまうかもしれない。いつまでたってもアラヨ釣りの名人と認められず、よい評判も得られないだろう。頭を上げて胸を張るか、頭を低くして逃げられた魚のことを考えるか、その差は非常に大きい。彼は永遠に頭を上げられないだろう。

「早く引っ張れよ! 針が抜けて逃げられたら、……さっさと台湾に帰るまでだぞ!」

シャマン・ピヤワエンはひどく怒って言った。彼はうなずいた。子どものころ、台湾からきた教師にひどくののしられた時と同じように素直だった。

十メートルあまり糸を引くと、アラヨにはもう力がないようで、抵抗しようとはしなかった。心はずいぶん落ち着いてきたが、舟の中の釣糸はもつれてひとかたまりになっていた。はじめての漁のはじめての大きな魚、三十歳をすぎた彼にとってはじめてのアラヨは、彼から十メートルばかり離れた海にあった。草緑色の背びれと突き出した尾っぽが見えた。今は釣糸を繰り込むのもとても軽く、緊張もだんだん消えていった。かわりに、枯れ枝の小さな炎がだんだん大きな火に燃えあがるように、心の底に誇らしい気持ちがふくらんできた。

「お願いだ、神様の御心《みこころ》のとおりに、おとなしく舟のそばまで泳いできて、舟に上がれ。おれたちの祖先は鶏と豚を殺しておまえを祭り、その新しい血で呼びかけ、おまえたちの魂を祝福したんだからな、神様の魚よ」

もう亡くなった祖父の口ぶりをまねて、心からとても自然にことばが出てきた。また言った。

「お願いだ、おとなしくしてくれよ」

祈りの言葉のとおり、アラヨはおとなしく船に引きよせられた。戦う力はすっかりなくなっていた。背びれと腹を染めている色は、アラヨ本来の、明るく美しい、生命あふれる色だった。魚はまるで赤ん坊のようにうっすらと笑っていて、彼をひどく興奮させた。舟から一メートル離れたところで、魚は急に左に右に糸を引っぱり、思うままに尾を振った。

「もうすぐ成功だ。大きな足どりで、頭を上げ、胸を張って部落の道を歩けるぞ。夢がもうすぐほんとうになる」と彼は思った。

幻想と追憶がまじりあったちょうどその時、大きな魚をしとめた達成感がはじけようとした時、彼は右手を海に入れてアラヨをつかまえようとした。バサッ……、魚の尾が力いっぱい海面を打ち、舟の糸をまた海の中に力いっぱい引きもどした。言葉にならなかった達成感が大海原に消えてしまった。わあ、糸を二十メートル以上も持っていかれたぞ！　からまりあってとけない糸が左手の人さし指と中指に巻きついてしまった。そこで、まっすぐになった糸を右手でしっかりつかんで、手首に三、四周巻きつけた。ひどく痛んだが、左手の指を釣糸で傷つけないようにと、危険な選択をしたのだった。幸いにも、かれはさっき、心からのほんとうの気持ちを話していた。アラヨを祝福する真心あふれる「おとなしくしてくれよ」という祈りだった。だから、あの大魚は糸をゆるめずに引っぱられたあとでは、もう力を使いはたしているだろう。

シャマン・アノペンは、また魚を舟べりに引きよせ、海に下りている釣糸にそって目を走らせた。肉眼で見とおせない一番深いところは、墨のように黒く光っていた。目ではっきりと見える深さのところは、紫外線が反射して、藍色、紫色、紺色などに見え、輝くような美しさでリズムに乗って細かく折れ曲がった。やさしくなごやかで、見ていると全身全霊がなぐさめられる思いがした。

「あれ？　僕の友だちはどこにいるんだ？」彼は思った。

彼はぼんやりしてしまい、血が沸き立つ、表現しがたい感覚に陶酔していた。アラヨは舟の下、七、八メートルのところを右へ左へ、前へ後へ、悠々と泳いでいた。時には、彼が握った糸を中心にして、時計回りに、また、反対の方向に円を描いていた。野生の原始の強い力は、もうすでに、祖先から伝わる千年も変わらない、心からの祈りの言葉におとなしく従っており、心動かされていたので、釣糸のとおりに動き、むだな抵抗は何もしなかった。シャマン・アノペンは、顔を右に向け左に向けて、ぐっしょりぬれた服の肩に、汗と喜びの涙をこすりつけた。アラヨはとうとう力なく、小さな魚のように空色の海に浮かんで、V字型の尻尾で海面を打っていた。

「へい、友よ、舟に上がれよ。僕の祖先がおまえの名前はアラヨだといった。僕もおまえをアラヨと呼ぶよ」彼はヒステリックに言った。

シイラはついに舟の上に引きあげられた。小さいころから大きな魚を釣る名人になって、大海原で男だけにわかる誇りを体験するんだと誓っていたが、よいスタートを切った。

彼はまわりの舟に眼をやると、体が不自由な病人のように、両足を舟のなかでまっすぐに伸ばし、からまりあった釣糸をおさえつけ、両ひじを舟べりについた。両手両足はアラヨとまったく同じように、ゆるんだ筋肉がけいれんしてふるえていた。彼はたばこを一本取り出すと、紫になった唇にくわえ、両目を大きく開いてじっと前を見た。生まれてはじめてのアラヨは、彼がのちにアラヨ釣りの名人だと言われるための具体的な成果だった。たばこは鎮静剤のようにゆっくりと心臓の動悸をしずめた。煙を三口はいたとき、大魚が激しくけいれんしているのが目にはいった。魚の草緑色と薄黄色の、生命ある輝きは、一秒ごとに変化し、二、三分たつと全身が銀白色に変わってしまった。体はどこも同じような銀白色になったが、魚の精霊がこの世を離れると、またもとの色に戻った。正式な死の宣告によって、美しくまばゆい、内なる宇宙を永遠に離れたのだった。

「おめでとう、友よ、とうとう最初の漁の最初の大きな魚を引きあげたな」

友がほめてくれるのを聞いて、彼はとても嬉しかった。まわりを取りまいた人たちは、あれこれ話をしていた。

「あれは誰だ?」

「あいつの父親はだれだ?」

彼らの関心は、もはや、舟にひきあげられたアラヨにはなかった。この船群に新しくくわわった新人のことを知らなければならなかった。

シャマン・ピヤワエンはそれを耳にして、嬉しそうに答えた。

「あれはシャマン・アノペンだよ、独身の時は、ジャヘヤっていう名前だった」

さらにつづけて説明した。

「あいつのおやじは、むかしはシャマン・ジャヘヤだったが、孫が生まれてからはシャプン・アノペンになったんだ」

「ああ、あいつの息子か、ほんとにおやじの面影があるよ」ある人がこうほめた。

とうとう海で認められた、肯定されたと彼は感じた。ことばは少なく、短かったが、彼にとっては非常に深い意味があった。年配の人たちが若い者をほめる基準は、人と大海、大魚、大自然の環境のなかであらわれる、生きていこうという高い闘志にあった。

シャマン・アノペンは、「自慢」は年配の人たちから受け入れられないということを知っているようだった。何事もなかったように、からまってほどきにくくなった釣糸を整理しながら、潮の流れに身をまかせていた。

友人がそばに漕いで来て、彼が釣糸を整理しているのを見て言った。

「家にもどって整理しようよ」

「うん……」

舟をぴったりとつけ、たばこを吸ってしばらく休んだ。

「ええっ？　いつ二匹目を釣上げたんだい？」

シャマン・アノペンは友人の舟のへさきに二匹のシイラを見つけて、不思議そうにたずねた。

「釣ったんじゃないよ、自分から舟にとびこんできたんだ」

ふたりは、しばらく眼を見あわせると、ハハハ……と声をあげた。

シャマン・ピヤワエンは答えた。

「これが子どものころ言ってた『生まれながらの名人』のすごいところさ！」

「師父（先生）、よろしく」

「もちろんそうさ、これからは僕を『師父』って呼ぶんだぜ、同級生だけどな」

「クアカイ（友よ）、港にもどろう」

「どうして？」

「だって、僕はまだシイラを殺せないからさ（タオ族がシイラを殺すには決まった手順がある）」

彼には友人の言う意味がわかった。アラヨは自分の手でしめなくてはならない。他人の手を借りてはならなかった。たとえ父親でもだめだった。殺し方をまちがえると、一生、部落の人から笑いものになった。

「よし、浜で教えてやろう」

シャマン・アノペンは腕時計を見た。時計はやっと九のところを指したばかりで、帰るには少し早かった。

「力を入れて漕ぐのかい（ミヴァチかい）？」

「もちろんさ、きょうはシイラ漁の最初の日だ。それにおまえのはじめての漁じゃないか」

彼は肩をちょっとすくめて、ミヴァチの用意をした。これは、子どものころ、ジジミットやカスワルといっしょに見るのをいちばん好んだ光景だった。たくましいタオの男たちが、身体を前に倒し後にのけぞって舟をこぐ雄々しい姿を素晴らしいと思って眺めた。この姿は部落の人たちにシイラが釣れたことを告げるものだった。部落の人たちはミヴァチの舟を見ると、つぎつぎに浜に集まり、沈黙のうちに眼を輝かして、喜びをあらわした。しかも、二十年余りたった今日、今年のはじめての漁が、こんなに運に恵まれるなんて、めったにないことだった。とりわけシャマン・アノペンは、特別に嬉しかった。彼は、はじめての漁での最初の大魚の意味を知っていた。これは、五か月にもわたるトビウオの季節、部落にとってよいきざしだった。

浜には人の姿はなかった。今では、学校をさぼった子どもも見られなかった。舟のシイラとイモも、もはや子どもたちの心をひきつけることはなくなっていた。いまや、ご苦労にも太陽の光にやかれている舟の男たちは、英雄という肩書きを、雑貨屋の電気のゲーム機に奪われていた。勇士たちの本領が何かといえば、それは、太陽のもと、逆巻く波の上で発揮する雄壮さのほかは、伝統の生産技術を受け継いで、マタウ（シイラ釣り）の文化が失われることを憂える心だけだった。

「さあ、クアカイ、部落の老人たちに名乗りをあげようぜ、僕らは部落に魚のたよりを伝える新しい世代だって」

シャマン・ピヤワエンが舟を漕ぐ姿は、力強く、熟練した雄々しい姿だった。二本の櫂が海をかき、波の泡をふたつつくりだした。一漕ぎ、二漕ぎ……。まったく、昔の人たちのミヴァチにも劣らなかった。二本の櫂で海をかくと同時に、長期の労働でつちかわれた体力が、胸のうちから生命の信号を発した。

　彼が二漕ぎすると、シャマン・アノペンは、はるかうしろに取り残されてしまった。シャマン・ピヤワエンは櫂を止めて、友人が右へ左へと舟を漕ぐつたない様子を見ていたが、腹をかかえて笑うようなことはなかった。反対に、たいへん嬉しかったのだ。二十数年もたって、やっと子どものころの願いをはたしたのだと思うと、深い感動をおぼえた。

「クアカイ、どうしてそんなに舟を漕ぐのがうまいんだ！」シャマン・アノペンはあえぎながら言った。

「言ったじゃないか、おまえが台湾で勉強している時に、おれは島で舟を漕ぐことや、トビウオを捕ることなんかを、年よりから『勉強』していたって！」また、言った。

「クアカイ、先に舟をつけろよ」


　ふたりが舟を岸につけているところへ、老人と青年がやって来た。老人はシャプン・アノペンで、シャマン・アノペンの父親だった。青年は、黒いサングラスをかけ、黒いベスト、黒い長ズボンで、そのうえ、黒い靴をはいていた。肌もたいへん黒く、長いあいだ太陽にさらされて薄黄色になった髪は、母親と同じように長かった。そのうえ、黒い帽子を持って浜に立ち、手にした簡易カメラでずっと写真を撮りつづけていた。

　二艘の舟を浜におし上げると、シャマン・ピヤワエンは両手に一匹ずつシイラを持って、潮がひいたあとにできた小さな水たまりに行き、友人を右側に来させて、アラヨの処理のしかたを見習わせた。年よりもそばで教えていた。

「おふたりさん、たばこはどうだい！」サングラスの青年が言った。

「僕らは観光客のたばこは吸わないよ」

シャマン・アノペンは、帽子をかぶったまま、眼もくれずに言った。

「アメリカのマールボロだぜ！」

「外国のたばこは吸わないんだ！」少し怒って言った。

青年はしゃがみこんで、彼に向きあい、サングラスを取って、言った。

「ジャヘヤ、カロロ、僕は……」

そのことばが終わらないうちに、シャマン・アノペンは頭を上げて、ちょっとそちらを見ると、何も言わずにとびかかった。彼は、全身黒づくめで、皮膚まで黒光りしている男を、太陽で熱くやけた小石のうえに押しつけて右から左から打つと、言った。

「このやろう、ジジミット、おまえ、いつ来たんだ？」

「いつ来たんだ？」シャマン・ピヤワエンも嬉しそうにたずねた。

ふたりは、手にしていた魚をしめるための小刀を置いて、言った。

「コンチクショウ、バカヤロウ、おまえ、どこで死んでたんだ？」

シャマン・アノペンは、高ぶった気持ちをおさえつけるように言った。

「痛いじゃないか、背中が石でやけちまうよ、友よ」

彼らはアラヨを前にして、腰をおろした。

ジジミットはマールボロを親友にわたすと、自分も一本取り出した。

「子どもたちよ、しゃべるんなら、先にアラヨをしめてからにしろ。じゃないとしきたりにそむくぞ、子どもたちよ」シャプン・アノペンが、厳かな表情でこう言いつけた。

「おまえは……？」老人はたずねた。

「僕は、シ・ジジミット（「シ」は幼名につける冠詞）です。シャプン・シンランの息子です」

「ああ、おまえも年をとったなあ」

「ええ。おじさん、こんにちわ」

「子どもよ、こんにちわ」

「アマ（おとうさん）、先に家にもどって、ヴォランガット（銀帽）とラカ（金飾り）と、それから僕のタリリ（礼服）を持ってきてください」

老人が行ってしまうと、ふたりはアラヨを締めた。シャマン・ピヤワエンは、アラヨが呑みこんで、まだ胃に入っていなかったトビウオを取りだし、中の骨を取り、他の部分を切ってアクスメン（刺身）にして、三人の前に置いた。

三人は海に向かって、部落を背に座っていた。子どものころのように、きびしい太陽の存在は気にとめなかった。小さな波が寄せたり引いたりして、大魚から流れる真っ赤な血を洗い流した。左手にイモを持ち、右手の親指と中指と人さし指で刺身をつまんで口に入れた。ふたりは、二十年以上も会わなかった、子どものころ、一番の友だちだったジジミットが、ガツガツ食べるのを見て言った。

「ずいぶん、なまの魚を食べなかったんだろう」

「うん……ざっと二十二年ぶりだ」

「うまいだろう！」

「うーん……、もう今じゃ、うまいとは思わないけど、おまえたちが子どものころの夢を実現させたのを見て、嬉しいよ、親友たち」

シャマン・アノペンはそれを聞き、そのことばに深い意味を感じてたずねた。

「この長いあいだ、おまえは、いったいどこに行ってたんだ?」

ジジミットは右手の指で左腕の四つの文字（「浪跡天涯」）を指して言った。

「世界をさすらっていたのさ。インド洋、太平洋、それから大洋州のたくさんの島だよ」

シャマン・アノペンは、ジジミットのたくましい肩に手を置いて、言った。

「僕と友だちはすごくおまえに会いたかったんだよ!」

ジジミットはしばらく口をつぐんでから、両側の親友を見て、言った。

「実は、六年つづけて遠洋に出ていたんだけど、海でもずっと、おまえたちのことを思っていたんだよ。僕らの島や、黒い胸びれのトビウオのことなんかを思ってた。ほんとうの気持ちだよ」

「ハワイから、パイロットのためのサングラスを四つ、おまえたちのために買ってきたんだ。ひとつはカスワルのさ」

そう言って、ウエストポーチから真っ黒なサングラスをふたつ取り出した。ふたりは順にそれをかけた。目の前が薄暗い海の世界に変わった。

「ミット、カスワルの今の名まえはシャマン・ジナカドっていうんだ」シャマン・ピヤワエンが言った。

「うん、その意味はわかってるよ。父親になったあいつに敬意を表して、もうこれからはあいつの子どもの時の名前は言わないよ。」

「あいつは蘭嶼にいるのか?」

「台湾でトラックを運転してる。それに、台湾の女の子を嫁にもらった」

「ハハハ……」

「あいつは『白い肉体』の誘惑を忘れられなかったってわけだ」

ジジミットはクックッと笑った。つづけて言った。

「子どもの時、僕を連れて窓にのぼり、先生に殴られる危険までおかして世界地図を見たのに、結局は台湾の島胞（同胞）につかまってしまったのか。あいつの魂の星はまだ光っているんだろうか」

「あいつは、いまじゃ、僕らよりずっとやせてしまって、体力をつけるために毎日、保力達《パオリーダー》（栄養剤の名称）を飲んで、台湾経済のためにがんばってるんだぜ」

「ああ、僕らは彼を祝福するしかないなあ」シャマン・アノペンは答えた。

「白い肌がきれいとはなあ！　ああ！『白い肉体』が、あいつの海と、黒い胸びれの魂を買っちゃったんだ、それにあいつの星も……」

「ミット、嫁さんをもらったか？」

「もらったさ、この世のはての小さな島にいるよ」

「どこだい？」

「西サモア（南太平洋の島）」

「子どもはいるのか？」

「いるさ。けど、あいつのおなかが大きい時に、僕はまた別の島——フィジー（南西太平洋の島）に行っちゃったから。だから僕はやっぱり独身さ」

「その人たちの肌は僕らみたいな色かい」

「そっくりさ、黒褐色だよ、友よ」

「すごくきれいかい？」

「もちろん、すごくきれいだ。僕が言ってるのは……あいつらの肌の色のことだけど！」

「ハハハ……」

「おまえの『世界をさすらう』は、どこかの島で『アレ』をして、またちがう島へ行って『アレ』をするってことだったんだな！」

「いいかげんなことを言うなよ、シャマン・アノペン。あしたシイラが舟に来てくれないぞ！」

シャマン・ピヤワエンが警告するように言った。師匠のような口ぶりだった。

「ああ、悪かった」彼は口をおさえた。

「実際、おまえたちは知らないんだよ、いちばんきれいな色は黒だってことを」

「どうして？」

「黒は、広い大海原のいちばん深いところみたいに、自然界の神秘を秘めているんだ。黒は、世の中でいちばん公平な色なんだ。黒い夜がなかったら、世界はすごくつまらないものになってしまう。そうでなけりゃ、二十年前、僕らは師母《シームー》が水浴びするところをのぞき見したりしなかっただろうし、神父に罪があるなんて言われることはなかったんだ！」

「ハハハ……」

「行こう、ここで話すのは掟にそむくよ！」シャマン・ピヤワエンが言った。

§

四時半頃には、シイラを釣り上げた何人かの家の涼み台に、話を聞きたい老人たちと、失業して島にもどってきた青年たちが座っていた。二回目のトビウオ招魚祭のあとのはじめての漁では、何人かの勇士はからの舟でもどって来たが、それはしかたのないことだった。二十艘近くが海に出たが、八人しかシイラを釣れなかった。彼らの顔には喜びがあふれていた。

シャプン・サリランは、伝統的な衣装を身にまとって、ひとりで涼み台に座り、海を眺めていた。シャマン・アノペンとシャマン・ピヤワエンも同じように伝統的ないでたちだった。ジジミットはビールを一ダースさげて、嬉しそうに彼の涼み台へ向かった。

「おじさん、こんにちわ」彼らは言った。

「子どもたちよ、よく来たな、上がって座りなさい」彼が言った。

「ほんとうにすごいですねえ、まだ人を（大魚を指す）釣り上げるなんて、おじさん」

シャマン・ピヤワエンは笑いながら言った。

「年だよ、もう役にはたたんさ。自分ひとりの分だけだよ」

「僕らの島には、もうおじさんのようなお年寄りはいませんよ」

「おじさん、こんにちわ」ジジミットが老人にあいさつした。

「おまえは……?」

「ジジミットです。シャプン・シンランの息子です」

「おお、ひさしぶりじゃのう」老人は驚いたように彼を見て言った。

「これはおじさんに。アメリカのたばこです。若いものから尊敬の気持ちです。僕のタオ語はうまくなくて。笑わないでください」

「年よりにはおまえさんにやれるようなものがなくてなあ、ほんとうにすまんな」

「おじさん、そんなに遠慮なさらないでください。おじさんが大きな魚を釣りあげるのを見られたことが、僕にとってこのうえもない贈り物なんですから！」

「大げさじゃよ、子どもよ」

老人は笑いながら答え、つづけて言った。

「おまえさんが大魚釣りの船群に入って、ほんとうに嬉しいよ。それに、シイラを釣ったんだから、ほんとうにたいしたもんだ」老人はシャマン・アノペンをほめた。

「新米ですから、運がよかっただけですよ。これからもよろしく御指導ください、おじさん」

「おじさん、お酒は何を飲まれますか？」

「紅茶だけじゃよ」

ジジミットは老人に紅茶を一缶贈り、ふたりの友人には、ビールを一本ずつわたして言った。

「おまえたちの最初の漁の獲物に、乾杯！」

何秒もかからずにジジミットはビールを飲みほした。老人は眼を丸くした。そのたくましい腕や、はっきりあらわれている線も彼を驚かせ、うらやましがらせた。ほんとうに、海の波と戦う素晴らしい体格だと思った。それで、まばたきもせずに、ジジミットの一挙手一投足を見守っていた。

「孫の父親もジジミットみたいな体格をしているべきじゃが」彼は思った。

男というものは、強い体格を持っていてこそ、家族を養うという重い役目をはたすことができるのだ。そこで、ジジミットのことをもっと知りたいと思って言った。

「ジジミット、おまえさんはどんな仕事をしているんじゃ、台湾で」

ジジミットは友人の父親を見て、ビールをごくりと飲んで言った。

「僕は海にいるんです。大きな船で仕事をしているんです」

「じゃあ……女はおまえさんにくっついているのかな？」

「どういう意味だ？」彼はシャマン・ピヤワエンにたずねた。

「おじさんは、おまえが結婚してるかって聞いてるんだ」

「うーん……、まだです」笑いながら老人を見て言った。

「台湾の女を連れてもどるんじゃないぞ！」

「もちろんですよ、そんなことしません」

「自信たっぷりじゃな、年よりはほんとに嬉しいぞ」つづけて言った。

「子どもたちよ、ゆっくりしゃべってなさい。わしは下におりて、あした、海で食うものを煮るからな」

涼み台の下の台所から煙が立ち昇った。老人はまた言った。

「ゆっくりしゃべってなさい、わしは豚に餌をやってくるからな」

何年か前に、親友の母親、老人の妻が、海で溺死した次男を思うあまり、一か月たたずに亡くなった。子どもはたくさんいたが、息子たちは早くに一家をかまえており、三人の娘はみな台湾人に嫁いでいて、どこに行ったのかわからなかった。折れ曲がったひざは、踏みつけられても死なないアリが歩く姿に似ていた。ここ四、五年、彼はひとりで暮らしていた。子どもは多かったが、楽しい晩年にはならず、豚を飼うことが彼の最大の楽しみになっていた。

一方、ジジミットは父親が亡くなってから、世界じゅうをさすらい、同じように母親の世話をちゃんとみてこなかった。もし、彼の姉が大陸人（一九四五年以降、大陸から台湾に渡ってきた中国人）に嫁いでいなかったら、母はひとりぼっちになることもなかっただろうが。

「おじさんはこんなに年をとっても、まだ大魚を釣りに行くなんて、ほんとにたいしたもんだなあ」

ジジミットはふたりの親友に言った。

「いうまでもないことさ、友よ」

夕陽がとうとう海に落ち、いつも消える水平線の下に消えた。

「コンチクショウ、クソッタレ！」ジジミットが急に怒りにかられたように言った。

「何だよ？　酔ったのか？」シャマン・アノペンが言った。

「酔ってないさ。コンチクショウ！　あの大陸から来たセンコウは、僕らが小学校のとき、ひどくぶちやがって」

「そうだな、あいつはおまえをひどく殴ったよな、あのころ」シャマン・アノペンは笑いながら言った。

「日が海に沈むのはわかりきったことだ、なにが『山に沈む』だ」

「ハハハ……、『山に沈む』と言うところを、海に沈むって言いはったんだよな」

「だって、海に沈むんじゃないか、トビウオの季節には。コンチクショウ、あの大陸のセンコウはひどくぶちやがって。一二三日はうんこをするのに、りきめもしなかった」

「さあ、飲んじまおうぜ、友よ」ジジミットはつづけて言った。

しばらくたって、ジジミットの母親が涼み台のそばにやって来て、彼を見あげて言った。

「おまえが帰ってきたのは、酒がおまえの魂を連れて来たってわけかい？」

ジジミットは、教会で告解をするときのように敬虔な態度で母親に言った。

「ちがいますよ、おかあさん」

「さっさと兄さんのところへ行って、魚を食べなさい。空が暗くなる前に豚にやってしまわなきゃならないんだから」

「どうして豚にやるんだ?」彼はシャマン・ピヤワエンにたずねた。

「それが習慣なんだ。夜にシイラを食べると、悪霊もおまえといっしょに食うことになって、天の神様が僕たちにくださった魚を呪うことになるんだよ、友よ、おぼえておけよ」

「じゃあ、夜にまた話そう、いいな」

「OK!」シャマン・アノペンが答えた。

§

翌朝、太陽がまだジザピタン山の頂を越えない、五時半ごろ、海に出ようとする男たちが浜に集まった。

「ゆうべ、どうしてうちに来なかったんだい?」シャマン・アノペンがたずねた。

「おふくろが、うちで兄貴の話を聞けってさ」

「ふーん……」

シャプン・サリランの舟が海に出ると、他の舟も整然と後について海に出た。

「もどってくるまで待ってろよ!」シャマン・アノペンが頼んだ。

このとき、ジジミットは苦しい心のうちを、親友たちに、いっしょに大きくなった同級生に話したいと思った。しかし、もう間にあわなかった。

手を振って、友を見送った。舟はどんどん遠くなった。シイラを求めて、伝統が伝えてきた男の誇りを実践しようと出て行ったのだ。

ジジミットは涙を流しながら、そっとつぶやいた。

「きみたちに祝福あれ！」

眼の前に広がる大海原がそれを聞いていた。

§

「イナ（おかあさん）、泣かないでくれよ！」サングラスをかけたジジミットは言った。

「泣かずにはいられないじゃないか、我が子よ！」

高雄行きのお客様、ご搭乗ください。

高雄行きのお客様、ご搭乗ください。

「イナ、もう行くよ」

「台湾でまじめに仕事をするんだよ、いいね」涙があふれて、しわをつたって流れ落ちた。

「イナ、泣くなって」

「泣かずにはいられないんだよ、我が子よ！」

§

遠洋漁船〇〇号、高雄。北緯十八度、バタン諸島（フィリピン北部）と「人の島」（蘭嶼）のあいだの公海を大洋州に向かっていた。午後五時、空はまだ明るい。漁船の右舷五百メートルの海面に、トビウオの群れがきれいな白い布のように、飛んだり沈んだり、沈んだりまた飛んだりしている……。四隻の船が二手に分かれて、これを囲いこみ、つかまえようとしていた。

ジジミットは船長のそばに立って、舵をとりながら言った。

「すごくたくさんのトビウオだなあ」

「多くても、何の役にもたたん。高く売れるわけじゃなし、うまくもないし」

「うまくないなんてことはありませんよ！」

「ああ、おまえら蘭嶼の人間だけさ、うまいって言うのは！」

「じゃあ、蘭嶼に行った時、どうして食うんですか」

「イモがうまいから、なんとか食えるのさ」

「クソッタレ！」

「おまえら蘭嶼の人間だけさ。いちばんばかげてるのは、トビウオは神様がくれた魚だなんて言って、でたらめばっかりだ」

「クソッタレ！」

「アイヤァ、いちばんくさってるのは、あんたら台湾人さ、いちばんみっともないサメだって食うんだからな」

「クソッタレ！　サメはトビウオなんかよりずっとうまいんだ、知らんのか！」

「クソッタレ！　サメは飛べるか？　飛べるのかよ？」

「あいつらはトビウオを食えるじゃないか！」船長は勝ったと思って、笑いながら言った。

「クソッタレ！　サメはおまえのきんたまだって食えるさ」

「ヘッヘッヘッ……、でたらめばっかり言うな」


ジジミットは、もう長いあいだ、船でまじめに仕事をしてきたので、夜を賛美しなくなっていた。今夜は、船長と言いあって落ちこんだから、船のへさきに横になって空の眼を眺めているというわけではなかった。家に帰って、このあいだ、親友たちと話した昔のことを思い出して、星を眺めて郷愁をまぎらしていたのだった。

しばらくたって、ジジミットは船員の部屋に入って、袋から便箋を一冊取り出した。電燈の弱い光の下で、それは、二十何年か前の神父のテーブルの上のろうそくと変わらないぐらいの明るさだったが、腹ばいになって、彼は手紙を書いた。

親愛なる友人たちへ
すまない、友よ、君らに話さなくて。台湾に行ったとき、君らにこのことを話そうとしなかった。どう言ったらいいのか、わからなかったんだ……。
僕は今、夜に手紙を書いている。字がきれいじゃないのは、船がずっと動いているからだ。今日、つまり、今さっき、僕は船首にねころんで、空の眼を見ていた。そして、僕らの星を見つけた！　ミナ・

サアダンゲン。あのシャマン・クララエンがとてもなつかしい。僕らに星の名まえを教えてくれた。僕らの魂の星がいつまでも輝いているようにと願う。シャマン・ジナカドの星も。あいつは白い台湾娘を嫁にもらったけれど、おやじさんのめんどうを見ることは忘れてしまった。もしひまがあったら、おじさんのことをたくさん心にかけてあげてほしい。おじさんが病気になったら、すぐに電話をかけてやってくれ。あいつの電話は〇四―二七七四六八一だ。きっとだぞ。

僕は君らがほんとうになつかしい。君らの子どもはもっといとおしい。先生が子どもを殴るようなことがあったら、君らは、すぐに学校に行って先生に会って問題にしてくれ。そうさ、僕は船から、僕らの星がとても明るいのを見ている。それから、言わなくちゃならないことがある。二年たったら、僕も君らと同じように、自分の舟を漕いで、シイラを釣る。でも、シャマン・ピヤワエン、僕が舟を造るのをてつだってくれよな。そうすれば、僕らは海で舟漕ぎ競争ができるんだから。ついでに、僕は絶対に君らに勝つからな。それから、いつも僕らの魂の星を見ていてくれ、お願いだ！　じゃあ、これくらいにするよ。船にはやることが多くて、すごく疲れたから。

神様が君たちをお守りくださいますように

友　李清風《リチンフォン》

一九九三年四月二五日　海にて。

追伸　手紙を一通、母にわたしてください。江忠雄、頼むよ、母に翻訳してやってください。ありがとう。

おかあさん

おかあさん、ごめんなさい、僕をゆるしてください。実は、おかあさんをだましていました。僕は台湾で働いているのではありません、海で、船で仕事をしています。魚を捕る仕事です。僕があげたお金で、義姉《ねえ》さんと飛行機で台湾に行って、屏東《ピントン》（台湾南部の都市）に、僕の山地の友だちに会いに行ってください。その山地の友だちのおかあさんが、ふたりを、おかあさんが一番好きな瑪瑙を買いに連れて行ってくれるでしょう。もし、台東に行くことがあって、隆昌《ロンチャン》（台湾東部の町）に行ったら、お姉さんにお金を少しあげてください。お姉さんの連れあいの、あの大陸人は年をとってしまって、仕事をする力がもうありません。お姉さんはとてもかわいそうです。それから、おかあさん、あまりしょっちゅう、イモ畑に行かないでください。疲れてしまいますから。あのお金で台湾人のものを買えます。ごめんなさい、あなたの子どもはずっとあなたをだましてきました、おとうさんが亡くなってから。海で働いている時だけ、僕は、おとうさんの魂のように、自分が勇敢だと感じます。僕はおとうさんを亡くしました。でも、海の上での僕の誇りは失っていません、おかあさん。僕は早く帰ります。家にもどって、魚を捕って、おかあさんに食べさせてあげます。じゃ。

あなたの息子

李清風　海にて。

【解説】部落に生きる原住民作家たち

魚住　悦子

本巻では、台湾原住民文学では数少ない女性作家リカラッ・アウーと、海の作家シャマン・ラポガンを収録した。まず、本巻のタイトル「故郷に生きる」について述べたい。「故郷」は、原住民族の集落である部落を指す。

台湾で民主化への運動がくりひろげられるようになった一九七〇年代後半から、都市に住む原住民族もさまざまな要求をかかげて運動を行なうようになった。八四年十二月には台湾原住民権利促進会が結成され、八七年七月に戒厳令が解除されると、いっそう活発に街頭活動や抗議デモを展開するようになった。

八〇年代末になると、都市で原住民文化運動にたずさわっていた原住民族の知識人のあいだに、それまでの運動が自分たちを育んだ文化から乖離したものであることや、部落に住む人たちからの理解や支持を得ていないという反省から、故郷の部落に帰ろうという運動がおこった。

九七年八月二八日付の『中国時報』は「帰郷―原住民作家回到部落之後……」と題する特集を組んで、部落に帰った原住民作家のその後をとりあげた。故郷にもどって創作活動を行なっている作家として、ルカイ族のオヴィニ・カルスワン、タイヤル族のワリス・ノカン、パイワン族のリカラッ・アウー、タオ族（自称。ヤミ族）のシャマン・ラポガンがあげられている。一方、生まれ故郷には帰らなかったが、原住民族の部落に住んで創作を行なった作家として、第一巻収録のトパス・タナピマをあげ、この運動より早く部落回帰の精神を実践したと述べている。また、同じく第一巻のモーナノンは、眼が見えないという障害ゆえに都市に出てマッサージ業につくしか生計を立てる道がないが、彼の活動も忘れてはならないとし、さらには、都市に出ることなく故郷に残って創作を続ける作家として女性作家のリイキン・ヨウマ（タイヤル族）とタオ族のシャプン・チャポヤをあげていて、この特集全体が当時活躍していた原住民作家を紹介する記事になっている。

リカラッ・アウーはワリス・ノカンとともに、ワリスが生まれ育った台中県のタイヤルの部落にもどり、シャマン・ラポガンは故郷の蘭嶼島にもどった。ふたりの文学はこうして生まれたのである。

リカラッ・アウーについて

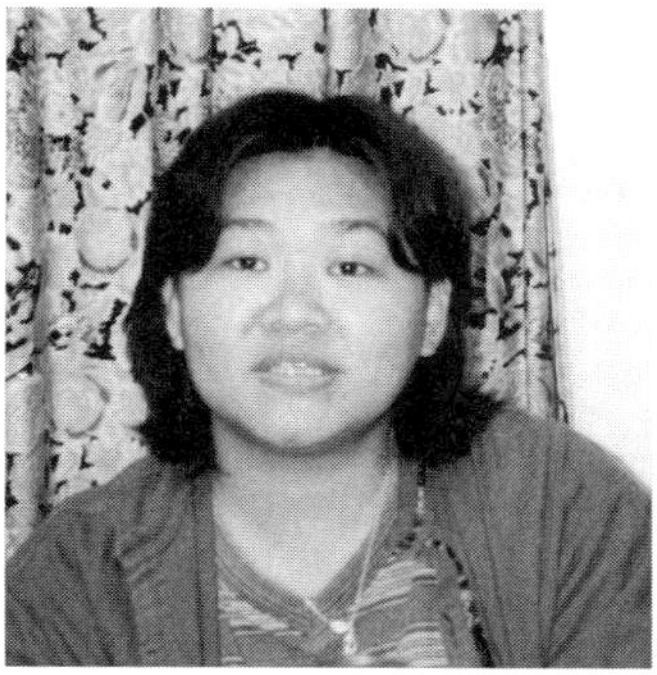

リカラッ・アウーは、一九六九年、屏東の軍人村（原語「眷村《けんそん》」）に生まれた。リカラッ・アウーはパイワン名で、中国名は高振蕙《カオチエンホイ》である。父は中国安徽省出身で、戦後、兵隊として台湾に渡って来たが、除隊して軍人村に住み、豆腐店を営んでいた。母は、屏東県来義郷出身のパイワン族である。

国民政府が台湾に移って時が流れ、故郷の大陸へ帰るという夢が遠くなった一九六〇年代になると、台湾に渡ってきた外省人のあいだに結婚ブームがおきた。多くの外省人が結婚仲介業者に金を払って原住民の女性を紹介してもらい、気に入った娘と結婚した。アウーの母もそのようにして十八歳でアウーの父に嫁いだ。

ふたりのあいだには、アウーを長女に、一男三女が生まれたが、アウーが小学校五年生の時に弟が亡くなり、その後、一家は台中市に転居した。

アウーは、一九八六年、大甲高級中学（日本の高校にあたる）を卒業すると小学校で講師をつとめるようになった。彼女はそこでワリスと出会う。八七年、ワリスと結婚し、八八年に長男ウェイシュー、九二年に長女リドゥルが生まれた。

また、九〇年にはワリスとともに雑誌『猟人文化』を創刊し（九二年停刊）、その編集や発行の煩雑な事務を担当し、またアウー自身もフィールドワークを行なってルポルタージュを書いた。その後、二人は台湾原住民人文センターを設立して活動を続けた。

九四年、アウーはワリスとともにタイヤルの部落にもどって、文化活動を行なうようになった。この部落は大安渓の河岸にあるタイヤル族北勢群の部落で、土地の人たちはミフ部落と呼んでいる。日本統治時代には埋伏坪部落と呼ばれていた。行政のうえでは、台中県和平郷自由村雙崎である。ふたりはこの地で創作だけでなく、部落における原住民文化の構築運動もはじめた。

部落に住むようになった翌年の九五年に、次男ウェイハイが生まれた。本巻でとりあげた「誕生」「忘れられた怒り」「ウェイハイ病院にいく」「大安渓岸の夜」は、この次男の誕生をめぐるできごとを描いている。

九九年九月に台湾中部を襲った九二一大地震で、ミフ部落は大きな被害を受けた。当時、活動の舞台を台北に移していたアウーも部落にもどり、震災後の部落再建にとりくんだ。二〇〇〇年秋に訳者がミフ部落を訪ねたとき、ワリスとアウーは被災者のコミュニティーを組織し、仮設住宅の建設から、部落の唯一の産業である農業の立てなおしのための農産物販売、現金収入を得るための伝統的な工芸品をつくる工房の運営、さらにはパソコン教室の運営にまでたずさわり、人々の世話をし、相談にのり、そのかたわら原稿を書いていた。

アウーはその後、二〇〇〇年に設立された総統府人権諮問小委員会の委員に任命されている。〇二年一月、アウーはワリスと離婚し、現在は台北に住んでいる。

リカラッ・アウーは自分の民族アイデンティティーをパイワン族としているが、彼女が自分は原住民族であるというアイデンティティーを確立するまでの過程は複雑である。アウーは漢民族とパイワン族の血を引いている。しかし、父親は白色テロ時代に政治犯の汚名を着せられた老兵だったので、外省人ではあるが弱い立場にあった。アウーは同級生からは原住民差別を受け、学校の教師からは冷たく扱われて、つらい学校生活を送った。アウー自身は自分が政治犯の娘であると知らなかったので、差別的な待遇を受けるのは母が原住民だからだと思っていたという。アウーは、十七歳までは自分は外省人二世だという意識を持っていた。（邱貴芬「原住民女性的聲音：訪談阿烏（上）（下）」一九九八年、ウェブサイト『南方電子報』参照）

アウーの「身份認同在原住民文学創作中的呈現」（台湾原住民文教基金会編『二一世紀台湾原住民文学』一九九九年）によると、彼女が原住民意識に目覚めたのは、八七年におこった湯英伸事件（原住民青年が雇用主一家を殺害した事件）がきっかけであったという。

アウーの創作活動におおきな影響をあたえたのは、父親とワリス・ノカンである。故郷の安徽省で簡易師範卒の教師だった父親は、幼いアウーに『三字経』から始まる、いわゆる中国古典文学の教育をほどこした。彼女には毎日、古典の暗誦と日記を書くことが課されていたという。アウーは高級中学時代に創作を始めたが、卒業後、ワリスと出会ったことによって、その眼は現代文学へ向けられることになった。ワリスの本棚には、閉鎖的な軍人村では見ることもできなかったさまざまな先進的な文学雑誌がならんでいた。アウーは、文学とは堅苦しいものではなく生活に密着したものだと知って、創作意欲をかきたてられたと話している。

リカラッ・アウーの著作は、散文集『誰がこの衣装を着るのだろうか』(原題『誰来穿我織的美麗衣裳』一九九六年、晨星出版社)、『赤い唇のヴヴ』(原題『紅嘴巴的ＶｕＶｕ』一九九七年、同)、『ムリダン』(原題『穆莉淡』、一九九八年、女書出版社)が出版されている。また、彼女は『一九九七原住民文化手暦』(一九九六年、常民文化)も編集している。

本巻では、三冊の散文集から計二四編の作品を翻訳した。

ここでリカラッ・アウーの描く世界を理解するために、作品をいくつかに分類してみた。

(一)都市や部落に生きる原住民諸族の女性たちを描いた作品

「誰がこの衣装を着るのだろうか」「歌が好きなアミの少女」「白い微笑」「色あせた刺青」「傷口」「姑と野菜畑」「医者をもとめて」

(二)生まれ育った部落を離れ、外省人と結婚したパイワン族の母を描いた作品

「軍人村の母」「祖霊に忘れられた子ども」「情深く義に厚い、あるパイワン姉妹」「ムリダン」

(三)大陸から渡ってきて望郷の思いむなしく亡くなった外省人の父を描いた作品

「故郷を出た少年」「父と七夕」「あの時代」

(四)女権の強いパイワン社会で生きる祖母を描いた作品

「離婚したい耳」「赤い唇のヴヴ」「永遠の恋人」

(五)タイヤルの部落で育つ子どもたちの純真さや彼らを取り巻く社会の問題点を描いた作品

「山の子と魚」「オンドリ実験」

(六)変化していく原住民社会におこるできごとを描き、伝統文化が失われていくことへの危機感を描いた作品

「誕生」「忘れられた怒り」「大安渓岸の夜」「ウェイハイ、病院に行く」「さよなら、巫婆」

(七)現代社会や文化破壊、女性差別などを批判した評論

アウーは、(七)に分類される作品も数多く書いてい

るが、本巻では創作をあつかうとしたことから、評論は翻訳していない。以下、本巻に訳出した作品を分類にそって見てみよう。

分類(一)の作品に描かれる原住民女性たちは、その多くが苦しみのなかに生きている。アウーは、原住民女性は、原住民と、女性という二重の差別を受けていると述べている。

「誰がこの衣装を着るのだろうか」のアミ族の母親は、教育のために平地の町に送った娘の価値観が変わってしまい、もはや伝統の文化を継承しようとしないことを嘆く。原住民の子どもたちの多くが教育のために部落を出ると、そのまま町や都会に住むようになり、部落には帰ってこない。町での生活も恵まれたものではないが、部落にもどっても仕事がない。また、中国文化を基盤とする教育で育ってきた彼らは、原住民の文化を劣ったものと感じており、現代の都市文明に魅かれる。部落には老人だけが残され、伝統の文化は失われていく。このアミ族の母親の嘆きは、多くの原住民の老人に共通する嘆きである。

「白い微笑」「色あせた刺青」は、白色テロに翻弄された原住民女性を描いている。アウーは、夫ワリスとともに白色テロの被害者となった原住民からの聞き取り調査を行ない、白色テロが原住民社会にも大きな影響を与えたことを記録した。ここに描かれたふたりの女性は家族が政治犯とされたことで辛酸をなめた。五〇年代、反体制と見られる言動をした人たちが逮捕され、収監され、あるいは処刑された。しかし、実際には逮捕された人の多くは冤罪であった。アウーの父親もこのような状況のなかで逮捕され、幸いにも生きのびることができたが、「政治犯」という汚名が一生つきまとった。前述したように、アウーはそのためにみじめな学校生活を余儀なくされた。周囲の人々の冷たい眼に耐えてきた女性たちによせるアウーの熱い涙と思いが読みとれる。

「傷口」「姑と野菜畑」「医者をもとめて」は、タイヤルの姑と義妹を描いている。タイヤル社会は父権社会であり、女性たちは弱い立場にある。夫を支えて辛い時代を生き抜いて老境を迎え、脱力感からか病気がちな姑、夫からの暴力に苦しみついに新しい生き方を決意する義妹。男性中心社会に生きる女性たちへのアウーの思いやりと共感が読みとれる作品である。

つらい境遇で生きる原住民女性を描いた作品が多いなかで「歌が好きなアミの少女」のけなげな明るさは救いである。その明るさはアミ族の民族的な性格によるものだけではあるまい。海のように広い母親の愛を感じさせる作品である。

(二)アウーの母親は、パイワンの部落を出て、大陸から来た兵隊に嫁ぎ、軍人村で暮らした。言葉も文化もちがい、年齢も離れた夫との結婚生活、当時の社会にあった露骨な原住民差別など、母親は苦労をかさねた。夫の死後、彼女は生まれ育った部落へ帰って、パイワン社会で自分の居場所をとりもどすべく苦闘する。アウーにとって、子ども時代の母親の印象は、暗く無口な影のような存在だったという。しかしその後、アウーは自分は原住民だという意識を持つようになり、結婚式をパイワン族の伝統にのっとって行うまでになった。

「ムリダン」は母の名でもあるが、自己のアイデンティティーをパイワン族に求める作者の願いがこの作品にはこめられている。

(三)アウーの父親は国共内戦時代(一九四六〜四九年)に大陸で強制的に兵隊にとられ、台湾に渡ってきた老兵である。作品には、老兵たちの望郷の思いと故郷に帰れない嘆きが描かれている。

「あの時代」には、五〇年代前半の白色テロにまきこまれて政治犯とされた父の無念の思いが描かれているが、また、運命共同体となった軍人村の人々が、異郷の地台湾でどのような思いで生きてきたのかを知ることができる作品でもある。

(四)には祖母が描かれている。アウーの祖母は、女権の強いパイワン社会のなかでもとりわけ自由闊達な性格だったらしい。年をとってから恋愛して子どもたちの反対をおしきって結婚したが、数年もしないうちに、その男性を気に入らないと言って離縁した。「わたしにはわたしの歌いかたがある、わたしの歌はまだ終わっていない」と主張する祖母は、女性にとってたいへん魅力的な存在といえよう。

「赤い唇のヴヴ」は、好物のビンロウの汁で口が赤く染まった祖母をさしているが、この作品は祖母の一生をたどりながら、同時に、清朝末期から日本政府の理蕃政策、国民政府の山地平地化政策まで、原住民族が歩んできた苦難の歴史を描いている。統治政権がとってきた原住民政策がいかに彼らの文化を無視し、破壊してきたかが具体的に描かれており、原住民の心の痛みを知ることができる。また、高砂義勇隊として南洋で戦った原住民のことは比較的よく知られているが、戦後、台湾に戻れなくなり、半世紀も大陸をさまよった原住民がいたことはあまり知られていない。この作品からはそのような事実も知ることができる。

(五)「山の子と魚」は子どもたちの純真さと、彼らが遭遇した原住民差別を描いた、心痛む作品である。このほかにもアウーは「臭鼠の歌」「飛鼠の悩みごと」など、子どもたちをテーマにした作品をいくつか書いている。愛情にあふれ、ユーモアもある作品だが、原住民である子どもたちをとりまく現実や将来への懸念がこめられた作品が多い。

(六) 台湾社会の変化にともなって、原住民の社会にもさまざまな変化が起こっている。ここでは、次男ウェイシューの誕生をめぐるいくつかのできごとが描かれている。

台湾社会は漢民族の文化にのっとって、子どもは父親の姓を名のる。しかし、法律が改正されて、母の姓を名のることができるようになった。アウーとワリスの次男は、両親の協議の結果、母のリカラッ姓を継ぐことになった。

「誕生」には、パイワンの名を継ぐ子どもの出生を喜ぶリカラッ家の家族が描かれている。「忘れられた怒り」は、法的に認められた民族名登録の手続きにともなうごたごたを描く。原住民権利促進運動において姓名回復(「名前を返せ」運動)は重要な運動のひとつであった。一九九五年、立法院(国会)を「姓名条例修正草案」が通過し、伝統的な民族名が正式に認められることになったが、作品に描かれているように行政現場の無関心や、漢民族の無理解などから、まだまだ混乱は多い。

アウーの三番目の子どもで次男のウェイハイ・ワリスは、パイワン名のリカラッ・チャナフを正式に名のる、はじめての子どもになるはずだった。しかし、母の姓を名のることができるのは、漢民族同士の結婚によって生まれた子どもに限られるということで、戸籍上は漢民族(外省人)であるリカラッ・アウーと原住民のワリス・ノカンのあいだに生まれた次男をリカラッ・チャナフとして戸籍に登録することはできなかった。

ちなみに、タイヤル族の命名は、個人の名の後に父の名をつける。ウェイハイ・ワリスは、ウェイハイが本人の名で、ワリスは父の名である。一方、パイワン族の命名は、家の名の後に、個人の名が来る。ウェイハイのパイワン名、リカラッ・チャナフは、リカラッが家の名で、チャナフが本人の名である。

この戸籍登録をめぐるできごとは、新しく生まれてきた子どもが母の姓を継ぎ、さらにパイワンの名を正式に名のることができるという喜びにひたっていたアウーを打ちのめした。アウーは女性が幾重にも抑圧された状況にあることを再認識し、さらなる努力を心に誓う。

「さよなら、巫婆」の巫婆は、パイワン族の伝統的な祖霊信仰において重要な役割をはたす巫女のことである。作者の母の住む部落の最後の巫婆の死と、伝統的な信仰の中心を失った人々の悲しみやとまどいを描いた作品である。

アウーは九八年十一月に台北で開かれた「台湾原住民文学研討座談会」（前掲『二一世紀台湾原住民文学』収録）で、この巫婆の葬儀のときに、はじめて部落の人たちからパイワンの子どもであると認められた、と述べている。パイワン族の作家としてすでに多くの作品を発表していたアウーだったが、やっとパイワンの人々から部落の子どもと認められたとその喜びを語ったのだ。自己のアイデンティティーをパイワン族として確立するまでにアウーがたどってきた道のりを思うと、この作品には彼女の深い思いがこめられていることがわかるだろう。

リカラッ・アウーは、原住民作家のなかでは数少ない女性作家であり、また、その複雑なエスニックアイデンティティーや政治犯の家族としての経験などから、弱い立場にある人たちをあたたかい眼で見つめ、その痛みを包みこむようなやさしさで描いてきた。彼女はまた、強権的なものに対する鋭い批判の眼を持っている。アウーは主として散文や評論、ルポルタージュを書いてきたが、いつか小説を書きたいと語っている。アウーの次なる作品が期待される。

シャマン・ラポガンについて

「黒い胸びれ」の舞台の蘭嶼島は、台湾の最南端の地、鵝鑾鼻から東へ約七六キロ離れた太平洋にうかぶ小島である。面積は約四五・八平方キロメートル、島の周囲は全長約三八・五キロメートルで、歩けば一日で回れる大きさである。火山活動によってできた島で、島の最高峰の紅頭山は五四八メートル、年間を通じて高温多雨多湿で、年間平均気温は約二六度、年間平均降水量は三、四四〇ミリ、島の大部分は熱帯雨林におおわれている。

蘭嶼島は、日本統治時代には紅頭嶼と呼ばれていたが、戦後は、胡蝶蘭の花が多かったことから蘭嶼島と呼ばれるようになった。タオ族はタオ語で島を「ポンソノタオ（人の島）」と呼んでいる。

この島に住むタオ族（自称。ヤミ族）は人口約三千人で、イモロッド（紅頭）、イラタイ（漁人）、ヤユ（椰油）、イラライ（朗島）、イヴァリノ（野銀）、イラモミルク（東清）の六つの部落に住んでいる。

「ヤミ」という名称は、今から約百年前の一八九七年にこの島を調査した人類学者の鳥居龍蔵がつけたもので、現在でも公式名称は「ヤミ族（雅美族）」である。しかし、「人」を意味する「タオ」を民族名称にしようという動きがあり、近年、メディアなどでも「タオ族（達悟族）」と表記することが多くなった。本書では、「タオ族」を用いることにする。

タオ族は、台湾原住民族のうち、唯一の海洋民族で、フィリピン北部のバタン諸島から移住してきたと伝えられ、漁業と農業で自給自足の生計をたててきた平和な民族である。

タオ族の文化はトビウオ文化といわれており、シャマン・ラポガンは著作『八代湾的神話』の副題を「トビウオの故郷から来た神話」としている。

トビウオ漁は三月にはじまり八月ごろに終わるが、トビウオを捕る時期や時間帯、漁法、食べ方や保存の方法、さらには、トビウオはタオ暦の四月十四日（太陽暦では十一月ごろ）には食べ終わらなければならないなど、トビウオに関して、複雑なきまりがある。

シャマン・ラポガンは「飛魚神話故事」（『八代湾的神話』一九九二年、晨星出版社）につぎのような話を収録している。

ある日、タオ族の祖先が、海辺ではじめてトビウオを見つけ、持って帰ってほかの魚や蟹といっしょに煮て食べたところ、村に皮膚病や奇病がひろまった。一方、トビウオの世界でも異変が起こって、たくさんのトビウオが死んだ。ある夜、タオ族の長老の夢にトビウオの王があらわれて、このような異変が起こったのは、タオの人たちがまちがったやり方でトビウオを食べたからだと言い、伝えたいことがたくさんあるので、翌朝、海辺で会いたいと言った。長老が約束の場所で待っていると、「黒い胸びれのトビウオ」（トビウオの王）がやって来て、トビウオの種類や、それぞれのトビウオの捕り方、食べ方、トビウオを祭る儀式や、一年のあいだにするべき仕事とその進め方などをくわしく教え、人々に伝えるように言った。それ以降、タオの人々は「黒い胸びれのトビウオ」のことばを守って平和に暮らしている。

日本統治時代、この島は特別行政区となり、一般の人は入ることができなかった。戦後、台湾政府はこの島に行政機関や学校のほかに、軍事施設や台湾本島の囚人を収容するための刑務所を作った。戦後も人々は半農半漁で暮らしていたが、観光も主要な産業となった。

一九八二年、島の南部、タオ族にとって祖先の聖地であるリカラマイのそばの龍門地区に、台湾本島にある原子力発電所から運ばれた核廃棄物を貯蔵する施設が完成した。それに対して、民族の生存をおびやかすものとしてタオ族は反対運動を展開してきた。また、島に国家公園（国立公園）を設立しようとする動きもあったが、伝統的な生活手段である漁撈活動を制限するものであるとタオ族が反対して取りやめになった。

最近は核廃棄物貯蔵への反対運動に加えて、タオ族自治区設立への動きがメディアで取り上げられるようになった。

ここで、作者について述べると、シャマン・ラポガンは一九五七年、蘭嶼島（台東県蘭嶼郷）紅頭村に生まれた。中国名は施努来《シーヌーライ》である。

シャマン・ラポガンは、七三年に蘭嶼国民中学を卒業すると、両親の反対をおしきって島を出て、台東高級中学に進んだ。高級中学卒業に際しては幾つかの大学への推薦入学が提示されたが、彼は原住民子弟枠での進学を潔しとせず、実力で自分の希望する大学に進みたいと台北に出て勉学を続け、八〇年、淡江大学仏語科に入学した。その後、台北で暮らしながら、原住民運動に加わるようになり、八八年には蘭嶼島への核廃棄物貯蔵反対運動にも参加した。しかし、自分はタオの文化を知らないという反省から、前述したように八九年に故郷の蘭嶼にもどり、小中学校で講師をしながら、タオ族の伝統的文化を学びはじめた。

シャマン・ラポガンはトビウオ漁やシイラ釣り、潜水しての魚捕り、タオ族の伝統的な舟であるタタラを造る技術をはじめ、さまざまな行事の知識や伝統的な詩歌の口承まで、タオの男として求められる伝統文化を習得し、そのかたわら創作活動をつづけて作品を発表してきた。さらに九八年からは国立清華大学人類学研究所（大学院）の修士課程に在籍して研究活動を行っている。

ところで、シャマン・ラポガンは「ラポガンの父」という意味である。タオ族の命名は、テクノニミー（子供本位呼称法）による。最初の子どもが生まれると、その父親は「シャマン＋子どもの名前」、母親は「シナン＋子どもの名前」、祖父母はともに「シャプン＋子どもの名前」となる。八六年に長男「シ・ラポガン」（「シ」は幼名につける冠詞）が誕生し、父親は「シャマン・ラポガン」、母親は「シナン・ラポガン」、祖父母は「シャプン・ラポガン」となった。ただし、シャマン・ラポガンが民族名を回復したのは、八九年に蘭嶼にもどってからである。

前述のアウーの作品に、民族名を名のるときの混乱を描いた作品があったが、シャマン・ラポガンにも、『八代湾的神話』（前掲）に、娘の名前を戸政事務所に届けたときのことを描いた作品「娘の名前」がある。

シャマン・ラポガンの著作は『八代湾的神話』（前掲）、『冷海情深』（一九九七年、聯合文学出版社）、『黒色的翅膀』（一九九九年、晨星出版社）が出版されている。さらに、二〇〇二年には『海浪的記憶』（聯合文学出版社）を出版した。

『八代湾的神話』には、島に伝わる神話が、ローマ字表記のタオ語で収録されており、対照するかたちで中国語訳がつけられている。さらに、何編かの散文も収められている。『冷海情深』は中国語で書かれた散文集で、シャマン・ラポガンが台湾本島から蘭嶼島に帰り、タオ族としてのアイデンティティーをふたたび確立する過程が描かれている。『黒色的翅膀』は本書で訳出した「黒い胸びれ」である。

「黒い胸びれ」は、シャマン・ラポガンの最初の長編小説である。前述したように「黒い胸びれ」はトビウオの王のことである。作品は四章からなっており、トビウオ漁を中心としたタオの人々の生活が描かれている。

第一章には「黒い胸びれのトビウオ」に率いられたトビウオたちが蘭嶼島へむかう旅が描かれている。先に述べたように、タオ族はフィリピン北部のバタン諸島から移住してきたと伝えられており、かつてはバタン諸島まで交易に出かけたと言われている。トビウオの群れは、そのバタン諸島を経て、故郷の蘭嶼島へ苦難の旅を続ける。強食弱肉の海の世界が写実的に描かれており、自ら潜水して魚を捕るシャマン・ラポガンならではの描写である。

第二章には、夜のトビウオ漁が描かれている。この漁は、蘭嶼島の南にある小蘭嶼と呼ばれる海域で行なわれるが、最後の漁に出た老人を主人公に、漁の情景や、帰港する舟で歌われる豊漁の歌、舟をでむかえる部落の人々の様子がメルヘンのように描かれる。

第三章は、四人の少年たち、カロロ、ジジミット、カスワル、ジャヘヤが主人公である。シャマン・ラポガンの子ども時代の六〇年代初めの島の様子が描かれている。海に魅了され、たくましいタオの男たちに憧れ、豊